中國新聞史研究輯刊

二 編

主編 方漢奇

副主編 王潤澤、程曼麗

第 9 冊

中國宗教廣播史

艾紅紅 著

花木蘭文化出版社

國家圖書館出版品預行編目資料

中國宗教廣播史／艾紅紅 著 -- 初版 -- 新北市：花木蘭文化出
版社，2014〔民 103〕
目 4+234 面；19×26 公分
（中國新聞史研究輯刊 二編；第 9 冊）
ISBN 978-986-322-816-5（精裝）
1.廣播事業 2.歷史 3.中國
890.9208   103013287

ISBN-978-986-322-816-5

9 789863 228165

中國新聞史研究輯刊
二 編　第九冊　　　　　　　　ISBN：978-986-322-816-5

中國宗教廣播史

作　　者　艾紅紅
主　　編　方漢奇
副 主 編　王潤澤、程曼麗
總 編 輯　杜潔祥
出　　版　花木蘭文化出版社
發 行 所　花木蘭文化出版社
發 行 人　高小娟
聯絡地址　235 新北市中和區中安街七二號十三樓
　　　　　電話：02-2923-1455／傳真：02-2923-1452
網　　址　http://www.huamulan.tw 信箱 hml810518@gmail.com
印　　刷　普羅文化出版廣告事業
初　　版　2014 年 9 月
定　　價　二編 11 冊（精裝）新台幣 22,000 元

中國宗教廣播史

艾紅紅　著

作者簡介

艾紅紅，女，中國傳媒大學新聞學院教授，文學博士。兼任中國新聞史學會理事。主要致力於中外新聞史、廣播電視理論與歷史的教學與研究工作。主持教育部人文社會科學基金課題一項；參與國家社科基金、國家廣電總局和教育部基金課題數項。著作有《中國廣播電視史初論》、《新時期電視新聞改革研究》、《〈新聞聯播〉研究》；參著、參編有《中國廣播電視通史》、《中國廣播電視史教程》、《中國廣播電視新論》、《中華人民共和國科技傳播史》、《中國廣播電視圖史》、《廣播電視概論》、《新中國 60 年・學界回眸 新聞學發展卷》等。發表學術論文數十篇。

提　　要

　　本書主要梳理我國基督教、佛教、天主教和伊斯蘭教廣播的發展歷程，從宗教事業與廣播傳播的互動角度，分析二者在彼此融合過程中的調適與改變，同時注意在社會變革、國內外戰爭和政權更迭的時代大背景下，細究宗教廣播內容與形式的變化，探討其與社會合拍共振、相互影響的軌跡及規律，以期為當代宗教傳播和廣播事業提供鏡鑒。

　　全書共分六章。第一章介紹中國廣播發端時期基督教傳播的情況，並分析廣播中率先出現基督教內容的原因。第二章分別從基督教、佛教、天主教和伊斯蘭教廣播四個方面，梳理抗日戰爭爆發前國內宗教廣播的發展脈絡，論述這一時期宗教廣播的特點。第三章分析抗日戰爭爆發後宗教廣播的變化。在深重的民族危機面前，許多宗教界人士挺身而出，利用廣播電臺呼籲民眾團結，一致對外，宗教廣播一時極為興盛，並呈現出與此前不同的內容與形式特徵。第四章敘述戰後至 1949 年宗教廣播的復興。這一時期，各種宗教內容再度在廣播中大量呈現，一些宗教團體和個人的廣播活動也極為活躍，宗教廣播在中國大陸進入迄今為止最後一個高峰期，在節目內容、形式與電臺的內部運作和外部管理等方面都日趨成熟。第五章為 1949 年至今的大陸宗教廣播事業，為宗教廣播發展最為曲折的一個時期。在經歷了幾十年的相對沉寂後，如今，借助互聯網搭橋，宗教廣播在大陸地區又成為觸手可得的資源，且在許多方面升級換代。（網路）廣播電臺與聽眾（網友）的互動空前提高，網路參與下的宗教廣播格局錯綜複雜，值得關注。最後一章介紹臺灣、香港和澳門地區的宗教廣播。全書以時間為經，宗教廣播為緯，對這一曲折發展過程的梳理和分析，不僅開中國宗教廣播研究之先河，也為考察中國宗教傳播事業提供了一個獨特的視角。

本書受教育部人文社會科學研究項目基金資助
項目批准號：09YJC860034

目次

引　言

一、本書寫作緣起

　　也許是因為廣播技術源自西方，廣播事業由外國人引進之故，第一家落地中國的外商廣播電臺——奧斯邦電臺在上海租界開播的第一天，就安排播出了當時每晚在卡爾登大戲院演出的福音歌曲《金門四重唱》(Golden Gate Quartet)，成為中國宗教廣播之先聲。繼之於 1924 年開辦的上海美商開洛電臺，也在禮拜日設置了美國教堂講座及讚美歌等基督教節目〔註 1〕。1930 年後，上海的中西電臺、其美電臺、利利電臺、友聯電臺、航運電臺、國華電臺和華僑電臺，北京的潞河中學實驗電臺、育英電臺以及紹興的越聲電臺等也都相繼設立了一些宗教性的節目。不久又出現了專門的基督教電臺和佛教電臺。一些電臺還邀請伊斯蘭教、道教和東正教的人士，在廣播中宣傳本教教義。1937 年抗日戰爭爆發，國內宗教界人士同仇敵愾，紛紛在電臺發表演講，激勵國民，共同禦侮，一時影響甚著。抗日戰爭結束，國共內戰又爆發。國無寧日，民心不安。宗教廣播成為那時許多人的心靈寄託，規模和影響不減反增。不過隨著國內政權的更迭和人民共和國各項新政的推行，到 1953 年，隨著民營廣播事業在中國大陸的終結，宗教節目和宗教廣播電臺也悄然退出。至今未見有宗教組織或團體經營的專業電臺，更沒有專業的宗教節目或欄目，以致這方面的歷史已甚少為人所知。

　　與大陸地區的發展軌迹不同，20 世紀中期以來，尤其是 20 世紀 80 年代後，臺灣和香港地區的宗教廣播事業卻蓬勃發展，在社會救濟、勸人行善和撫慰人心等方面都發揮了積極作用。但由於大陸地區長期以來對宗教廣播的隔膜，除了學界對此有所關注外，普通人對這一議題幾乎一無所知。這不能

〔註 1〕《無線電播送音樂近訊》，《申報》1924 年 12 月 13 日。

不說是一個巨大的遺憾。

鑒於此，本書希望在這一方面能有所貢獻。

二、文獻綜述

研究宗教廣播，尤其是民國時期的宗教廣播，需要佔有一手的廣播資料。但無線電/有線電廣播屬於聲音載體，優勢在於傳播迅速及時，收聽公開便利，缺陷是聲音稍縱即逝，只能在規定時間內順序收聽，原始的音頻資料收集和復現困難。尤其是在錄音技術和手段相對落後，錄音製作和音像保存成本相對高昂的 20 世紀前半葉，電臺每日播出的「實況」資料保存就顯得尤為困難，不要說自收自支的民營電臺，就是實力雄厚的國民黨中央廣播電臺，也無力承擔這一工作。當時，絕大多數電臺尚未配置專用錄音設備，電臺通常的播音方式為口頭直播加播放唱片。從目前掌握的材料看，民國時期和中華人民共和國建立初期，廣播電臺的「實況」（當時播出的音頻記錄）資料留存極少，只有少量通過同步灌製唱片等手段保存下來的珍貴音頻，如孫中山、蔣介石、宋美齡等政界和文化界要人的演說，以及少量廣播歌曲或著名的曲藝唱段，尚未發現完整的廣播電臺節目欄目音頻資料。因此，如實「再現」當年宗教廣播的原貌，在今天已成了「不可能完成的任務」。由於缺乏第一手材料，後人研究當時的廣播，就只能通過閱讀同期的報紙、刊物、書籍等文字資料，以「拼圖」的形式加以綴合和「還原」了。

查閱報紙可發現，在廣播事業發達的上海，《大陸報》、《申報》、《大美晚報》等都不時刊載各電臺的節目單，評析電臺節目內容，議論廣播圈內發生的新聞。《申報》甚至數次與民營電臺合作辦新聞，相關的報導也較為詳盡。而天津出版的《廣播日報》則是迄今發現的民國時期唯一一家以「廣播」為題的日報，對同時期天津廣播的報導翔實而連續。

在刊物方面，國民黨中央廣播無線電臺管理處創辦的《廣播周報》，〔註2〕

〔註2〕《廣播周報》，1934 年 9 月由國民黨中央廣播無線電臺管理處創辦。它是我國第一份廣播節目報，也是現代出版時間最長，發行量最大的廣播專業報刊。該刊前後共發行 14 年，經歷了三個階段：1934 年 9 月創刊，1937 年 8 月出至第 150 期後休刊；1939 年 1 月 1 日於重慶復刊出版第 151 期，中間一度因印刷和經費的雙重困難改為不定期刊，1941 年 4 月出至第 196 期後因敵機轟炸、印刷困難而再次休刊；1946 年 9 月於南京復刊，期數另起，1948 年 12 月出至第 116 期後終刊。經過不斷發展，《廣播周報》最後已成為一份以預告、介紹廣播節目，披露廣播動態、幕後為主，兼有副刊的綜合型專業報刊。

保存了大量的廣播資料，上面經常刊載全國各電臺的節目單和一些優秀的播音稿件。一些民營電臺也創辦專業刊物，擴展自己的話語平臺。如上海市民營廣播電臺公會文書組編的《廣播無線電》，上海大美電臺周報社編印的《無線電》，上海勝利無線電播音公司編的《勝利無線電》，上海福音廣播社出版的《福音廣播季刊》，北平中國廣播月刊社編印的《中國廣播月刊》，等等。上述刊物是瞭解當時廣播事業運行情況的相對原始和全面的「檔案」資料。還有如宗教組織創辦的《時兆月報》、《通問報》周刊、《聖教雜誌》等，也偶有宗教廣播的報導。書籍方面，民國時期出版的涉及宗教廣播的主要有上海福音廣播電臺負責人王完白主編的《見證如雲——無線電聽眾之自述》（廣協書局 1940 年版）及《續見證如雲》（通問報社 1948 年版），爲上海福音電臺部分聽眾在電臺發表的「見證」演講集。英文版《教皇的呼聲》則收錄了上海天主教電臺中教皇的部分演講。

　　2006 年，國家圖書館文獻複製中心印製出版了 209 卷本《民國佛教期刊文獻集成》。該書由我國資深佛教期刊編輯、中國社會科學院世界宗教研究所黃夏年教授主編。其中收集了 148 種珍罕佛教期刊，包括《海潮音》、《威音》、《內學》、《微妙聲》、《世間解》和《獅子吼》等，還有民國時期珍貴的老照片數千張，重要佛教學術論文近萬篇，各類佛教新聞三萬餘條。加上其後出版的 86 卷本（含目錄索引卷）《集成補編》，兩套書系共計收入民國佛教期刊 233 種，各館藏孤本多達 59 種；其中含收齊所有期數的刊物 154 種，基本上將民國時期的佛教刊物搜羅殆盡，是本書研究佛教廣播的重要參考。而 1985 年由上海市檔案館、北京廣播學院、上海市廣播電視局合編的《舊中國的上海廣播事業》〔註 3〕，則彙集了上海廣播尤其是上海市民營廣播的大量相關文獻資料——眾所周知，上海是中國民營廣播的大本營，也是宗教廣播的集聚區。因此，《舊中國的上海廣播事業》也是本書最爲倚重的文獻來源之一。

　　近年來，互聯網飛速發展，全球信息共享的平臺已經搭建。這爲學術研究提供了前所未有的便利條件，也大大拓展了本人的視野。此書中有關臺灣、香港和澳門地區宗教廣播的內容，主要就是通過互聯網資源的搜索和整理所得。而本人所在的學校圖書館也購買了諸如「晚清、民國期刊全文數據庫（1833

〔註 3〕上海市檔案館、北京廣播學院、上海市廣播電視局合編：《舊中國的上海廣播事業》，檔案出版社、中國廣播電視出版社 1985 年版。

～1949）」、「大成老舊刊全文數據庫」、「申報」數據庫以及「中國知網」的文獻數據庫等，供師生們免費查閱，也是筆者常去搜索的寶庫。不能想像，如果沒有互聯網海量數字資源的幫助，如何能在浩如煙海的文獻中找到本研究所需的宗教廣播資料。

三、本書的主要內容與研究方法

本書在廣泛搜集相關期刊和書籍的基礎上，試圖整理和勾描出宗教廣播在中國發展的大致圖景，探尋宗教事業與廣播事業的互動，分析二者在彼此融合過程中的調適與改變，以期對當代宗教傳播和廣播事業提供借鑒與啓示。同時在社會變革、國內外戰爭的時代大背景下，對宗教廣播內容與形式的變化進行剖析，以展示其與社會合拍共振、相互影響的軌迹及規律。本書重點梳理宗教廣播在中國出現以來所走過的道路，並對這一過程中基督教、天主教和佛教、伊斯蘭教廣播的作用與功能、特點及原因進行分析論述，目的在於盡可能如實的呈現中國宗教廣播的本來面貌。

需要強調的是，首先，本書的「中國宗教廣播」，包含了外國商人在華廣播電臺的宗教傳播。外商未經中國政府允許而私自開辦電臺這一行為，實質是中國遭遇外強入侵後被迫走向現代化過程中的遭遇之一種，其本身也是廣播科技、廣播傳播本土化探索中必經的一環。外商電臺在中國的出現，正像經濟學中的「鯰魚效應」，刺激並推動了中國的無線電廣播事業興起，並對中國本土商業廣播起到了引領和示範作用，是中國現代廣播事業發展中無法割裂的一章。正是出於這一認知，本書把早期來華的外商宗教廣播作為第一章進行重點論述。

其次，本書所謂的「宗教廣播」，既包括一般電臺的宗教節目，也包括宗教團體或個人開辦的以弘揚宗教精神為旨歸的專業電臺。此外宗教界人士的廣播活動也是本書重點探討和研究的內容。

最後是關於「基督教」概念的使用。基督教亦稱基督宗教，是世界上傳播最廣、教徒人數最多且影響最大的宗教，與佛教、伊斯蘭教並稱為世界三大宗教。在具體使用時，這一概念還有廣義和狹義之分。廣義的基督教是指信奉耶穌基督為救世主的各教派的統稱，包括天主教、新教和東正教三大教派和其他一些較小教派。狹義的「基督教」僅指基督新教。本書所使用的這一概念為後者所指涉的範疇。

　　本書的研究方法主要就是文獻梳理和分析法，即大量參照已有文獻中對宗教廣播的記載，並借鑒和吸收各種相關成果，綜合形成自己的框架和思路。在一個時間為經、人物和事件為緯的坐標體系內，為讀者呈現宗教廣播事業近一百年來在中華大地上曲折動蕩的發展歷程。

　　全書共分六章，第一章介紹中國廣播發端時期基督教傳播的情況，並分析廣播中率先出現基督教內容的原因。第二章分別從基督教、佛教、天主教和伊斯蘭教廣播四個部類，梳理抗日戰爭爆發前國內宗教廣播的發展，論述這一時期宗教廣播的特點。第三章分析抗日戰爭爆發後宗教廣播的變化。在深重的民族危機面前，許多宗教界人士挺身而出，利用廣播電臺宣傳抗日，呼籲民眾團結，一致對外。宗教廣播一時極為興盛，並呈現出與此前不同的內容與形式特徵。第四章敘述和分析戰後至 1949 年宗教廣播的復興及其原因。1946～1949 年，各種宗教內容再度在廣播中大量呈現，一些宗教團體和個人的廣播活動也極為活躍，宗教廣播進入大陸地區迄今為止的最後一個高峰期，在節目內容、形式與電臺的內部運作和外部管理上都日趨成熟。第五章為 1949 年至今的大陸宗教廣播事業，為宗教廣播發展最為曲折的一個時期。在經歷了幾十年的相對沉寂後，如今，借助互聯網，宗教廣播在大陸地區已成為觸手可得的資源。網絡與廣播、宗教的聯姻，也使得近年來的宗教廣播更加錯綜複雜，良莠不齊。最後一章介紹臺灣、香港和澳門地區的宗教廣播。全書以時間為經，宗教廣播為緯，對這一曲折發展過程的梳理和分析，不僅開中國宗教廣播研究之先河，也為考察中國宗教傳播事業提供了一個獨特的視角。

第一章　宗教廣播的肇端

　　「在世界各國、各民族的歷史和現實中，宗教是一種來自於傳統又具有文化功能的普遍存在的社會交往現象，它滲透於政治、社會生活的各個方面，並隨著社會環境的變化而變化。」〔註1〕宗教事業與新興傳媒的共融共舞，可以說是宗教傳播隨著社會環境變化而謀求改進的最佳註腳：15世紀中葉，德國人約翰內斯·古登堡（Johannes Gensfleisch zur Laden zum Gutenberg）為了更好地傳播基督教義，研製發明了金屬活字印刷術，並率先應用於《古登堡聖經》的印刷和出版，最終極大地推動了西方科學與社會的發展。1906年聖誕節前夜，加拿大科學家瑞納德·費森登（Reginald Fessenden，1866～1932）在美國馬薩諸塞州布蘭特羅克鎮進行了人類第一次無線電傳聲（音）實驗，取得成功。在這次試驗中，費森登在電臺宣讀了《聖經》中有關主耶穌基督降生的故事，無形中把新生的無線電廣播變成了傳播上帝福音的「空中教堂」。

　　1920年11月2日，美國西屋電器公司（Westinghouse Electric Corporation）在賓夕法尼亞州第二大城市匹茲堡的KDKA廣播電臺開始播音。這是第一家領取美國商務部執照的廣播電臺，也是世界最早的正式廣播電臺。次年1月，KDKA廣播電臺開始播出當地教堂唱詩班的實況廣播，由電臺的工程師穿著唱詩班的長袍，自己拿著設備到教堂現場進行「直播」。基督教節目自此登堂入室，成為美國很多電臺禮拜日常設的節目類型。1922年，「你要聽空氣中的音樂麼」已成為美國人通常見面時的問候語〔註2〕。1923年，美國全國收音機

〔註1〕黃夏年：《宗教傳播的過去與現在》，《新聞與傳播研究》1992年第4期。
〔註2〕高山：《無線電應用的推廣》，《東方雜誌》第19卷第11號。

數量達 250 萬臺，收聽廣播成了千家萬戶生活的中心。〔註3〕美國也因此被稱為「世界無線電之發狂者」，「城市居民無論矣，即農夫、走販之家，每喜裝置一收話機，依報所載，按時聽收，以供家庭娛樂。」〔註4〕一些樂觀的人士預測，廣播改變世界已經是「無可挽回」的趨勢。因為「即時傳播和信息交換會使尚未文明的國家文明起來，並且可以促進世界各種民族的友好關係和彼此的瞭解。」〔註5〕廣播事業日漸發達，宗教傳播也將迎來真正的「空中」傳教時代。

第一節　基督教會與中國廣播事業的肇始

巧合的是，中國第一批廣播電臺是由外國商人在租界地區創辦的，且與各基督教團體有著千絲萬縷的關係。

一、民國北京政府的電信管理及對廣播事業的態度

近代以來，面對西方列強的堅船利炮，國人普遍意識到「師夷長技以制夷」的重要性和緊迫性。對新興的無線電技術，中國政府也極為重視，一方面積極加以引進和利用，一方面注意培養和延攬相關人才，充實壯大我國的無線電隊伍。從時間點看，中國也是較早運用無線電技術的國家：1899 年，兩廣總督譚鍾麟曾於廣州督署、馬口前山、威遠各要塞及各江防巡艦上裝設無線電機，並曾根據無線電收到的求救信號，成功營救出遇險的香港德文汽船。1903 年，清政府在北京、天津、廣州三地裝設無線電話；1905 年在天津開辦無線電報學堂；1906 年成立郵傳部，開始辦理全國電報事業。1912 年中華民國成立後，政府設交通部電政司，管理全國電政，兼管公、民營電氣事業，各省還分別設立電政監督，統轄各電信局。1913 年，北京交通傳習所裝設學術無線電臺。1915 年，南京海軍軍官學校設無線電科，培養電信專業人才。同時政府還購進國外無線電話設備，以作通訊和研究之用。

〔註3〕〔美〕戴維斯·哈伯斯塔姆著，尹向澤譯：《媒介與權勢：誰掌管美國·前言》（上卷），國際文化出版公司 2006 年版，第 14 頁。

〔註4〕曹仲淵：《三年來上海無線電話之情形》（1924 年 8 月 15 日），《舊中國的上海廣播事業》，第 54 頁。

〔註5〕Michael A. Krysko: American Radio in China ──International Encounters with Technology and Communications, 1919-41 Palgrave Macmillan, 2011 P8.

但當歐美國家的廣播事業漸成興旺之勢時，中國卻只有小範圍內的廣播試驗，且基本局限於大城市的租界或外國人聚居區。1921 年，上海的數百家私裝無線電臺，「皆以租界爲護身符」〔註 6〕。中國人自己卻未見有裝設電臺的任何報導。究其原因，固然與當時中國的科技水平和整體經濟狀況有關，實際也與中國政府的廣播管控方式分不開。

當時，北京政府在無線電管理方面的法律依據，主要是 1915 年 4 月 18 日頒佈的《電信條例》。《條例》規定：

> 第一條，電報電話，不論有線無線，均稱爲電信。第二條，電信由國家經營。第三條，左列電信，經政府之許可，得由個人或團體私設：一、供鐵路礦山及其他特別營業之專用者。二、個人團體或官署，因圖遞送之便利，設於其所居之處，與電報局相接續者。三、個人團體或官署，專供一宅地範圍內通信之用者。四、船舶航海時所用者。五、供學術試驗上之用者。六、電話之通信範圍。

作爲無線電廣播出現以前最高層次的無線電管理法規，《條例》對「電信」範圍的界定可謂清晰，對其由「國家經營」的大方向也極爲明確。但其第三條「許可」個人或團體「私設」的範圍，不僅包含六種情況，而且「其他特別營業之專用」條款等於是沒有明確的界定範圍，實質是爲民間「私設」電信留有餘地。然而，上述條例所規定的「電報電話」，顯然並不包含廣播事業，因爲此時廣播還沒有問世。新興的無線電廣播事業，屬於特殊的「電信」範疇，與個人或團體之間的「電報」和「電話」通訊有很大不同，屬於功效強大的大眾傳媒。北京政府的法律制訂者，無法預見幾年後才會出現的無線電廣播，更不可能對其做出合適的法律界定。

眾所周知，民國初年的北京政府，是一個人才薈萃的精英政府。對於無線電事業的最新進展，北京政府交通部始終密切關注，也較早參加了一些國際無線電組織，並參與了部分國際無線電規約的制定。1920 年，北京政府應意大利之邀，加入了國際無線電公會。1921 年，華盛頓限制軍備會議第十八決議案規定，各種無線電機非經中國政府允准，不得在中國境內經營或建設。上述無線電組織和相關議案的簽署，爲中國在處理國際間無線電關係方面確立了基本的法律框架。

〔註 6〕曹仲淵：《三年來上海無線電話之情形》（1924 年 8 月 15 日），《舊中國的上海廣播事業》，第 72 頁。

　　北京政府還嘗試對國內無線電廣播試驗進行法制化管理。1921 年，交通部為上海的兩家基督教組織頒發了正式的廣播執照，它們是上海基督教青年會和三育學校。

　　上海基督教青年會是基督教青年會（Young Men's Christian Association，簡稱 Y.M.C.A）的一個分支機構，成立於 1900 年。基督教青年會原本由英國商人喬治威廉於 1844 年 6 月 6 日於英國倫敦創立，目的是希望通過堅定的信仰和推動社會服務活動，來改善青年人的精神生活和社會文化環境。1851 年，青年會活動傳到了美國，並逐漸從單純以宗教活動為號召的青年職工團體發展成以「德、智、體、群」四育為宗旨的社會活動機構。1854 年，美國和加拿大聯合成立了「基督教青年會北美協會」（International Committee of Y.M.C.A. in U.S.A. and Canada）。1855 年，歐美各國青年會在巴黎舉行第一次國際會議，組成「基督教青年會世界協會」（World Alliance of the Young Men's Christian Association Society）。20 世紀後，青年會逐漸從對個別青年施加影響，擴大成為對整個社會推行改良主義、參與政治活動和社會活動的基督教外圍團體。1900 年 1 月 6 日，上海青年會成立，逐步發展成為「遠東地區最大的青年會，也是中國青年會運動中活動最發達、會員最多的城市青年會。」〔註 7〕張振聲、宋耀如、顏惠慶等民國時期的著名人士都是該會參加者。該會極為重視無線電廣播，在其所辦的商業日校中，曾較早開設無線電課程。上海基督教青年會幹事、無線電專家饒伯森博士〔註8〕還加入了中國無線電俱樂部〔註9〕，並熱衷於在各地演講新興的無線電技術，推廣無線電事業，現場示範無線電廣播原理。饒博士的演講極受歡迎，僅 1914 年就有 128428 人聽過他的演講〔註10〕。1924 年，累計聽過他演講的聽眾達 200 萬之多。〔註11〕

〔註 7〕趙曉陽著：《基督教青年會在中國：本土和現代的探索》，社會科學文獻出版社 2008 年版，第 49 頁。

〔註 8〕饒伯森博士（Robertson, Clarence H. 1871～1960），美國傳教士，生於愛荷華州。1895～1902 年任普渡大學機械工程系教師。1902 年辭職來華，在基督教青年會任幹事，並從事科學普及工作。他創辦了青年會演講部，用圖表、實物如陀螺儀、收音機等配合演講，受到歡迎，影響了許多年輕人。

〔註 9〕中國無線電俱樂部（Radio Club of China）是上海無線電公會中成立最早者，由曹仲淵等少數中西人士於 1921 年組織創立。後改名上海無線電學會。會員包括曹仲淵、饒伯森等共 20 餘人，其中華人占最多數。參見曹仲淵：《三年來上海無線電話之情形》，《舊中國的上海廣播事業》，第 63 頁。

〔註10〕〔美〕邢軍著，趙曉陽譯：《革命之火的洗禮——美國社會福音和中國基督教青年會（1919～1937）》，上海古籍出版社 2006 年版，第 44 頁。

在此基礎上，1921 年 12 月，上海基督教青年會「費九牛二虎之力，二百餘日之時，始領得此破天荒無線電話及電報之執照第一號。三育學校以有例可援，領得第二號，尚不大難。上海數百具之無線電機，只此兩家爲冠冕堂皇有法律之保障。」〔註12〕

上海三育學校爲基督復臨安息日會設立的教會學校。所謂「三育」，是靈、智、體並重，智、仁、勇兼備的意思。學校於清光緒 26 年（1900 年）始建於河南省周家口（今河南省周口市川匯區），初名道醫宮話學校。宣統 3 年（1911年），學校遷至上海，校址設在寧國路安息日會中華總會處，定名爲三育大學。民國元年（1912 年），三育大學遷往南京，翌年遷回上海寧國路。1919 年秋，美國傳教士梁恩德（S・L・Frost）任校長後，添聘教員，提高程度，加增新課，擴充校舍，改校名爲「上海三育大學」，正式開辦完全初級大學。「由那年起，校務日漸發達，聲譽亦遠播全國；加以添設工廠，幫助無力讀書的貧寒學子，故四方有志的青年，無不望風來歸。後因滬地環境不良，對於實行基督教育，亦多不適宜，遂於民國十三年在滬寧鐵路旁的橋頭鎮購地七百五十畝，自建校舍大小二十四座，在十四年九月正式由滬遷，更名爲中華三育學校。」〔註13〕

下面是民國北京政府頒發的第一份執照全文：

輕便試驗演講用無線電報無線電話局執照第一號

茲准中華基督教青年會（下稱領照人），在該會上海試驗室建設無線電報無線電話聯合局二所，專爲實驗之用。或在中國境內得將該二局自由遷移，惟須在同一城內建設。其設立期限，每次不得逾十日，僅以向公眾演講爲目的。

此項執照，自給發日起滿一年爲止，作爲有效，並須遵守下開各條件：

一、領照人應繳納中華銀幣十元，作爲檢查等項費用。

二、領照人除經下表規定允許使用之機件外（以後稱爲領照機件），不准裝置、建設或使用別種無線電報或無線電話機件。

〔註11〕 曹仲淵：《三年來上海無線電話之情形》，參見《舊中國的上海廣播事業》，第55 頁。
〔註12〕 曹仲淵：《三年來上海無線電話之情形》，《舊中國的上海廣播事業》，第 72 頁。
〔註13〕 參見《中華聖工史》，http://www.fuyinchina.com/n1838c245p7.aspx

三、該項電臺所發電波長不得過二百五十公尺。

四、該項電臺所用最大天線，電力不得過五華脫。

五、該項電臺，無論何時，其通信範圍，不得逾十五海里。

六、領照機件，非得交通部電政督辦正式公函認可後，不得將下表所列機件改動或變更。

七、該項電臺之裝置，得由交通部電政督辦派員調查，其領照機件，並得在相當時間內拆卸檢驗。

八、領照人使用領照機件，應專為試驗及講演之用。

九、領照人或領照人代表、或得領照人允許者，不得將領照機件作為收發商業無線電報、無線電話與公眾通信之用。

十、領照人使用領照機件時，不得對於下列各項有所擾亂。

甲、中國軍艦與軍艦，或軍艦與其他電臺，無論與海岸局或船隻局用無線電通信時。

乙、經中國政府核准在中國境內或中國領海內建設使用之無線電報、無線電話局互相通信時，尤以上述陸地或海面無線電報局收發無論何種無線電報時，此項領照機件若同時使用，不得發生擾亂或障礙。

十一、領照人每日使用領照機件之時間，應照下表所規定，無論如何使用時間，總數不得超過一小時。

十二、領照人使用領照機件，應隨時遵守中國政府所頒佈之規則。

十三、領照人領有此項執照後，因而損害於法團公司及法人等利益，無論何時，電政督辦經上項被害人之請求，得令該領照人負賠償之義務。

十四、無論何時，倘電政督辦為中國政府利益起見，認為必需禁用該項領照機件或完全由政府管理，領照人應恪遵電政督辦之指示。

十五、領照人如有違背或不遵照此項執照所開各節辦理情事，每次應科以墨銀一百元之罰款。交通部電政督辦對於該領照人上述每次之違犯，得用文書開示處罰，並取銷其執照。

十六、領照機件移往各城時，領照人應將此項執照或其副本隨

身攜帶，在機件移動前一星期，領照人應將必要情形報告電政督辦。
又於第一次移動前一星期，應另表開明該臺在每一城鎮建設期限，
呈報電政督辦。

十七、上述該電臺之詳表列下：

甲、電臺名稱：基督教青年會演講部宣講局。

乙、國籍：中國。

丙、呼號：XYM。

丁、通信範圍。以海里計算：

子、日間五海里。

丑、夜間十五海里。

戊、機件性質：

子、眞空管式，專發無線電報、無線電話用之不減
輻電波。

丑、波長定爲二百公尺左右。

己、通信時間：演講時間，該項各城不同，但每日使用
時間總數不得逾一小時。

庚、庚、電力：

子、最大入力及原動力蓄電池五十華脫。

丑、最大天線電力五華脫。

辛、交流機：無。

中華民國十年十二月日
交通部電政督辦祝書元

通觀上述執照各項條款，可謂縝密細緻，令人歎爲觀止。但因兩家電臺的播
出時間不固定，內容局限於宗教和學術演講，且不是「面向不特定多數」的
大眾傳播，因此還稱不上眞正意義上的廣播，只能算是「試驗」。這大概也正
是交通部頒發「試驗演講用」執照的初衷。不過透過此事不難發現，基督教
組織（個人）對廣播事業傾心已久，且用力甚勤。而北京政府交通部把第一
份廣播執照頒發給上海的基督教機構，也說明當時在華基督教所處的強勢地
位。

二、上海租界外商電臺開設的基督教節目

1922 年 12 月，美國商人奧斯邦（E・G・Osborn）以東方無線電公司子公司中國無線電公司經理的身份，從美國運到上海一套完整的無線電廣播設備，並與上海的英文報紙《大陸報》（China Press）〔註14〕館合作，在上海公共租界內最繁華的地帶廣東路大來洋行屋頂（Dollar Building）辦公室的一套房間中，安裝並組建了「大陸報——中國無線電公司廣播電臺」（Redios Corporation of China，以下簡稱「奧斯邦電臺」），呼號 XRO，發射功率 50 瓦。從 1923 年 1 月 19 日開始，《大陸報》陸續報導了幾次奧斯邦廣播電臺正在籌備的消息。報導稱，奧斯邦之所以開設廣播電臺，是為了「將上海帶入世界先進城市的行列」，並用「人所能達到的最快速度在空中傳布新聞消息、證券交易和匯兌價格」，同時他還計劃自己組織一支廣播樂隊，以「深深地取悅於所有音樂愛好者」。〔註15〕而《大陸報》與奧斯邦合作辦臺的意圖也很明顯，就是通過獨家刊登該臺節目表，以吸引更多的讀者訂閱。

1923 年 1 月 22 日，《申報》以《無線電傳播音樂之試驗》為題，報導了中國無線電公司所辦電臺的最新進展情況：「大陸報云，中國無線電公司 Radios Corporation of China 在廣東路大來洋行屋頂造有無線電臺，安置應用機械，能傳聲至各處，大陸報已與該公司約定，自星期二晚起，每晚八時以新聞音樂演說等傳播空中，凡上海附近無線電臺及裝有收電機械者不下五百處，將盡能聞之。昨日午後曾經試驗一次，據上海附近各船發來無線電報，及北京蘇州南京等處發來電報，咸稱曾聞上海傳出音樂之聲，甚為清晰，雖遠如奉天，亦聞之云。」

1 月 23 日，《大陸報》以《今晚八點開始新聞、音樂及娛樂節目（Program Starts at Eight o'Clock：News Music Entertainment》）為題，刊載了奧斯邦電臺將於當晚實驗播出的消息，並附有「《今晚廣播節目單（Tonight's Radio Program）》

〔註14〕《大陸報》（China Press）係美商密勒、費萊煦、勞合等人和中國人聯合組織的。中美雙方各擁有一半股本，於 1911 年 8 月 20 日試刊，九天後正式出版。該報言論代表在滬美僑的利益，消息報導繁簡得當，迅速及時，文筆活潑輕鬆，為上海最早的美國式編排的報紙，頗受讀者歡迎，發行量一度超過《字林西報》。1949 年上海解放後，該報停刊。

〔註15〕《舊中國的上海廣播事業》，第 4 頁。

時　間	節目內容	備　註
20：00	介紹性預告	
20：15	德芙札克的小提琴獨奏《詼諧曲》	世界著名的小提琴家賈羅斯拉‧科西恩（Jaroslav Kocian）今夜稍晚時候在法國總會演奏
20：30	金門四重唱	目前每晚在卡爾登演出
20：45	薩克管獨奏	最動人歌曲《藍調》，卡爾登樂隊的喬治‧霍爾
21：05	舞曲	《大陸報》還將在節目之間插播國際和本埠新聞簡報〔註16〕

　　《大陸報》表示，之後將每日刊載奧斯邦電臺的節目單。「無線電愛好者要是尚未成為《大陸報》日益增多的讀者中的一員，建議他們訂閱《大陸報》。」〔註17〕這種用刊載電臺節目表以促進報紙發行的營銷手段，顯示出該報對廣播潛在市場的重視，也體現了奧斯邦對廣播與報刊互動傳播實現雙贏的深謀遠慮。而《金門四重唱》這種福音歌曲的安排，顯然不是意在宗教傳播，而是為迎合當時上海上流社會的一種時尚。

　　之後，奧斯邦電臺又在禮拜天設置了布道和祈禱節目。〔註18〕

　　基督教青年會幹事饒伯森已為奧斯邦電臺的首場播音做了充分準備。當晚，在他親手裝設的收音機前，「500 多名中外聽眾在四川路中華基督教青年會大樓的禮堂內聽到了首次《大陸報》暨中國無線電公司的廣播音樂會。」〔註19〕「饒伯森在音樂會開始前發表了簡短講話。準 8 點時，他的講話被無線電傳出的聲音打斷了。從那時開始，一個多小時，一大批聽眾驚訝地坐著，對當代最新奇迹又驚又喜。饒伯森教授的接收機裝配得很好，音樂會從頭到尾毫無故障地傳給了聽眾。」〔註20〕

　　與基督教青年會電臺和三育學校電臺不同，奧斯邦未經中國政府允許，私自設臺，還借報紙大張旗鼓宣傳，顯然是侵犯了中國電政主權，也引起交通部的強烈不滿。1923 年 3 月 7 日，交通部致電天津、上海、奉天、武漢等局，查外人私設電臺之事。3 月 12 日，天津業餘無線電學會的主席歇爾曼在回英格蘭的途中來到上海，會見了奧斯邦、饒伯森和《大陸報》的廣播編輯。

〔註16〕趙玉明主編：《現代中國廣播史料選編》，汕頭大學出版社 2007 年版，第 15 頁。
〔註17〕《舊中國的上海廣播事業》，第 7 頁。
〔註18〕郭鎮之：《中國境內第一座廣播電臺考》，《北京廣播學院學報》1986 年第 1 期。
〔註19〕《舊中國的上海廣播事業》，第 8 頁。
〔註20〕《大陸報》1923 年 1 月 24 日報導，《舊中國的上海廣播事業》，第 8 頁。

他告知說，他們（天津方面）已請求北洋政府交通部考慮修改現有的限制無線電的法令，但迄無答覆。第二天，歇爾曼在奧斯邦電臺演講，要求所有業餘愛好者竭誠支持津滬兩地的合作，以削弱中國政府限制使用無線電的政策。3 月 14 日，交通部咨外交部並飭知江蘇特派交涉員「嚴行取締上海西人所設無線電學會及公司」〔註 21〕。此處的「無線電學會」即上海國際無線電學會，「公司」即中國無線電公司。

這一次，基督教青年會竟站在了中國政府的對立面，決定從 3 月 12 日起開展「無線電周」宣傳活動，以大造聲勢。〔註 22〕但此時已於事無補，大約在 4 月間，奧斯邦電臺因內部經營問題而停播。

而饒伯森博士仍一如既往，致力於宣傳廣播事業，曾在大街上用人力車載著一部巨大的廣播收發機向路人演示廣播接收原理。〔註 23〕

早期外商在上海開辦的廣播電臺中時間較長、影響較大的是美商開洛電話材料公司（Kellogg Switchboard And Supply Co.）所辦的廣播電臺。該臺沿襲了奧斯邦電臺的做法，周日播出講道和禮拜節目。

奧斯邦電臺開播時，美國開洛公司上海總部和供應公司遠東分公司的經理羅伊・迪萊（Roy Delay）是這項實驗的積極參與者，認為奧斯邦電臺的開播是「中國傳播進程中一次巨大的飛躍」。事實上，早在奧斯邦電臺實驗之前，迪萊就因「一直積極在中國密切參與通訊設備的商業活動」〔註 24〕而獲利不菲，並由此推斷無線電廣播事業是一項有利可圖的事業。他確信，「中國人民將歡迎廣播，因為它不僅證明是一種娛樂的源泉，同時也是一種教育中國青年的手段，是科學貢獻給世界的最新通訊手段。」〔註 25〕奧斯邦電臺停播後，迪萊以每月租金 75 兩的價格租下這套機器設備，並把電臺發射機裝設於福開森路（今武康路）的一片草地上，播音室設在江西路（今江西中路）62 號開洛公司內，於 1924 年 4 月開播。電臺的呼號 KRC，電力 100 瓦。後為改換裝置，增加電力，電臺於當年 7 月 18 日停播，8 月 4 日擴充電力為 200 瓦後繼續播出。

〔註 21〕《交通部電政司關於嚴行取締私設電臺等紀事》，《舊中國的上海廣播事業》，第 40 頁。
〔註 22〕郭鎮之：《中國境內第一座廣播電臺考》，《北京廣播學院學報》1986 年第 1 期。
〔註 23〕Michael A. Krysko: American Radio in China——International Encounters with Technology and Communications, 1919-41 Palgrave Macmillan, 2011 P84.
〔註 24〕《大陸報》1923 年 1 月 23 日報導，參見《舊中國的上海廣播事業》，第 6 頁。
〔註 25〕《舊中國的上海廣播事業》，第 6 頁。

從 1924 年 4 月 21 日起，《大晚報》館開始借助開洛電臺設施，於每日中午 13 點傳播新聞等類，每星期至少播送音樂一次，星期日停止。〔註26〕5 月 15 日，《申報》館開始借該臺報告新聞，並特設「申報館無線電話部」，由著名記者趙君豪〔註27〕負責其事，並在報社五樓放置一臺對講電話，直通至廣播臺。〔註28〕「申報館無線電話部」每日播出兩次，上午 9：45 至 10：15 報告匯兌、市價、錢莊兌現價格、小菜上市等等，晚上 7 時至 8：30 為重要新聞及百代公司留聲機新片。有時還有音樂和名人演說等。《申報》為此發佈消息，一方面為開洛公司的各種無線電器材大做廣告，一方面又稱「本館每日報告一切，係以便利本埠市民為目的，想國內不乏電學專家，如有以無線電話普通智識，有及趣味新聞，投函本館者，本館當為分別披露於常識或自由談，並給薄酬，以增興趣。又海上如有名樂師欲獻藝而欲籍本館無線電話供同好者，可先期來函商酌，函面請書『申報館無線電話部收』即可。」〔註29〕電臺開播之初，遠在大連的聽眾來信反映收到了其播音。不久，新孚洋行、巴黎飯店和日本神戶電器公司也加入到開洛公司的電台播音隊伍中。1924 年 8 月 15 日《東方雜誌》〔註30〕刊載的開洛公司節目單顯示，除周日外，電臺每天播送四次，分別由《申報》館、《大晚報》館、新孚洋行和巴黎飯店承擔，周日則由日本神戶電器公司用日語報告一次新聞，並奏唱日本音樂：周一上午 9：45 至 10：15，是《申報》館用上海土語報告匯兌、市價、船舶班期的

〔註26〕《大晚報新裝無線電傳聲器》，《申報》1924 年 4 月 20 日。

〔註27〕趙君豪（1900～1966）江蘇興化人，著名新聞記者，學者。1920 年畢業於交通大學，翌年進《申報》工作，先後擔任過記者、編輯、編輯主任等職。1929 年兼任復旦大學新聞系編輯課教授。30 年代還兼任過中央大學、上海商學院、暨南大學教授。1932 年在滬創辦與主編《旅行雜誌》。上海淪陷後《申報》在滬暫時停刊期間，他寫成《中國近代之報業》，於 1938 年出版。「孤島」時期，《申報》掛美商招牌於 1938 年 10 月在滬復刊，他又返回報社，進行愛國抗日宣傳，被日偽特務機關作為暗殺對象列入黑名單。1941 年到重慶，一度任職於國民黨中央秘書處專門委員會，將「孤島」時期愛國報人的抗日事迹寫成《上海報人的奮鬥》一書出版。抗戰勝利後返滬，任《申報》副總編輯。1949 年上海解放前夕前往臺灣，為臺灣《新生報》主持人之一。1966 年病逝於臺灣。

〔註28〕趙君豪：《記〈申報〉播音》，《無線電問答彙刊》第 19 期，1932 年 10 月 10 日版。

〔註29〕《本埠新聞：本館無線電話報告新聞》，《申報》1924 年 5 月 14 日第 13 版。

〔註30〕曹仲淵：《三年來上海無線電話之情形》，《東方雜誌》第 21 卷第 18 號，1924 年 8 月 15 日。

時間；中午 12：00 至 13：30，是《大晚報》館用英語報告匯兌及市場消息並演奏音樂；下午 18：00 至 18：30，由新孚洋行用英語報告新聞並演唱歌曲；晚上 20：30 至 21：30，再由《申報》館用上海土語報告新聞並演唱歌樂；晚上 9：30 至 11：00，是巴黎飯店用英語報告新聞並演奏歌曲的時間。

在上述五家機構利用開洛公司播音設備播送了一段時間後，1924 年底，開洛公司正式加入到播送隊伍中來。迪萊雇傭了《大陸報》記者艾琳・庫恩作爲電臺的女播音員，庫恩因此對外宣稱，自己是「第一個過去在東方做廣播的女性，可能也是第一個做商業性廣播的女性。」在一篇回憶文章中，庫恩寫道，「我走到『麥克風』面前，把我的聲音傳到空氣中」。「這一小小工具的引進，用人類的聲音填補了文化的代溝，同時也改變了中國的整個未來」。「我們獲得了許多報導，華北、華南以及日本的崇拜者滿腔熱情地寫道，國內傳教士們用他們小小的廣播電臺就與世界接通了。」〔註 31〕

從 1925 年 6 月起，該臺在每周日上午 11：00 - 12：00 的特別節目中，安排爲美國教堂講道及讚美歌節目〔註 32〕。據《申報》1925 年 8 月 22 日刊載的該臺節目單顯示，星期日上午 11：00 - 12：30 的特別節目，爲美國教堂講道、讚美歌及四音合唱〔註 33〕。

開洛電臺的節目，既有西方音樂，也有中國音樂、日本音樂，還有戲曲、商情節目以及美國教堂講道、讚美歌及各種新聞，播出新聞及氣象報告時則

〔註 31〕 據 Michael A. Krysko: American Radio in China ——International Encounters with Technology and Communications, 1919-41 Palgrave Macmillan, 2011 P3 譯。原文如下：To serve as the program's announcer, he hired *China Press* reporter Irene Kuhn, who shared his enthusiasm for radio's future in China. "The possibilities of radio in China are beyond the wildest dreams of the most perfervid romanticist," she wrote in one of her articles. "In his great country where thousands of people are living in the hinterlands, so far removed from even the fringes of civilization that they are as yet unaware of the fact that China threw off her monarchial from of government in 1911," she posited, "the introduction of a small instrument which can bridge the gap with the human voice can change the entire fortune of China." On December 15, 1924, Kuhn did her part to spark that change over the new Delay station "I had stepped before a 'mike,' and sent my voice into the air," she recollected, "the first woman ever to broadcast in the Orient and probably the first feminine announcer in the business." Her broadcasts were apparently a hit. "We got reports by the table," she recalled. "Missionaries cut off from the outside world in their little stations in the interior, fans in North and South China, and Japan, wrote enthusiastically."

〔註 32〕 《申報》1925 年 6 月 1 日報導，《舊中國的上海廣播事業》，第 24 頁。

〔註 33〕 《申報》1925 年 8 月 22 日報導，轉引自《舊中國的上海廣播事業》，第 27 頁。

中英文並舉，〔註34〕「務使全部節目盡使中西人士滿意愜心而後已」〔註35〕。有研究者指出，開洛電臺的這種做法，是把本應出現的民族文化衝突，化解成了一場貌似公正的商業遊戲〔註36〕。而這種中西交匯，五方雜糅，融多元文化於一體的廣播節目設置，無疑也鮮明地體現了大上海租界文化的特徵。

1929 年 10 月，開洛電臺因電杆折斷而停播。

三、基督教與廣播率先結盟之原因

在民國北京政府的嚴格管控下，上海基督教青年會卻能獲得第一份正式的廣播電台執照；美商奧斯邦和迪萊等也可以無視規定，自由設立電臺，播出基督教內容。推究其背後的深層原因，只能說是特殊時代的產物。

作為一個世界性的宗教團體，基督教中國青年會成立之初，即以服務社會為號召。在 20 世紀的前 20 年裏，「青年會會員以 350% 的速度迅速激增，但在中國受歡迎的程度僅用這些增長數字是無法表達的。不像過去的傳教事業總是伴隨著『吃洋教』的說法，青年會則從許多重要的中國人那裡獲得了經濟支持，獲得了官方獨一無二的支持。」〔註37〕這是因為，「在青年會發展壯大的各個時期，青年會都利用自身與教會、西方的特殊關係，積極聯絡當時中國社會的歷屆政府、首腦要員，不僅北洋政府重視利用和發展青年會，南方以孫中山為代表的革命勢力也十分重視爭取青年會。」〔註38〕其來華的外國幹事大多長袖善舞，交遊廣泛。如上海青年會幹事饒伯森就與曾任中華民國大總統的黎元洪頗有淵源。1923 年 9 月黎元洪到上海期間，饒伯森博士曾親自為其演示無線電收音機技術。黎元洪也高度評價基督教青年會的工作，曾說：「我希望在世界上每個城市和鄉村都建立青年會，這樣人們會有一種共同的服務觀念，在國家之間會有更多的相互同情與合作。」〔註39〕青年會自己培養的中國幹事，也大都在社會上有良好的

〔註34〕參見《舊中國的上海廣播事業》，第 23～24 頁。

〔註35〕參見《舊中國的上海廣播事業》，第 26 頁。

〔註36〕楊葉青：《中國早期廣播的形態與特徵》，
　　　　http://blog.sina.com.cn/s/blog_6e8098cf01012g61.html。

〔註37〕〔美〕邢軍著，趙曉陽譯：《革命之火的洗禮——美國社會福音和中國基督教青年會（1919～1937）》，第 43 頁。

〔註38〕趙曉陽著：《基督教青年會在中國》本土和現代的探索》，社會科學文獻出版社 2008 年版，第 35 頁。

〔註39〕樂靈生：《中國基督教青年會》，第 347 頁。本書轉引自邢軍著，趙曉陽譯：《革命之火的洗禮——美國社會福音和中國基督教青年會（1919～1937）》，第 44 頁。

聲譽。1927 年 12 月蔣介石與宋美齡在上海舉行婚禮時，主婚人即爲青年會總幹事余日章〔註 40〕。中國是人情社會，關係社會。基督教青年會與當時政界要員之間的密切互動，無疑有助於其電臺申請的成功。

圖爲 1923 年 9 月黎元洪總統在聽收音機。左爲其小孫子，後爲上海基督教青年會的饒伯森博士。圖片來自 Michael A. Krysko：American Radio in China ──International Encounters with Technology and Communications,p3

　　基督教青年會在爭取人心，取得高層支持方面的努力，也得到了教會方面的讚譽。在傳教士們看來，「基督教要想在中國取得立足之地，必先得到人民的承認、景仰、贊成與接受。」〔註 41〕應該說，經過幾代人的努力，到 20 世紀初，「承認與景仰已在人民心目中獲得成功，而贊成與接受的人則尚居於少數。」〔註 42〕「1895 年，四川的外國人逃到中國人家裏去避難，而 1916 年，中國人卻要逃到外國人家裏避難，前後情形截然相反，意味深長的是這竟然是一種普遍的現象。基督教運動現在已被公認爲宗教運動，不具有

〔註 40〕余日章（David Z.T.Yui　1882～1936），湖北蒲圻人，生於武昌。中國近代史上非常重要的基督教領袖。中國最早「紅十字會」組織的創立者，「平民教育之父」晏陽初的啓蒙老師，蔣介石與宋美齡的證婚人。
〔註 41〕中華續行委辦會調查特委會編：《中華歸主：中國基督教事業統計》（第一卷），中國社會科學出版社 1987 年版，第 87 頁。
〔註 42〕中華續行委辦會調查特委會編：《中華歸主：中國基督教事業統計》（第一卷），中國社會科學出版社 1987 年版，第 87 頁。

政治色彩。青年會在各大城市中舉辦的饒伯森教授的科學演講和穆德博士的遊行演講，都有效地促進了這種變化。同時，某些基督教領袖出入政界擔當國事，更加使人瞭解基督教是中國人普通生活中的事情，而不是西方對中國的侵略。」〔註43〕青年會和三育學校最先取得廣播執照，即是上述認識與實踐發展的自然結果。

而奧斯邦和迪萊等外商的廣播活動顯然與上述兩家性質不同。他們創辦電臺的主要目的，就是推銷無線電器材，賺取商業利潤。開設基督教節目也是為了激起消費者對無線電的興趣。這些電臺的受眾定位是當時上海及附近擁有收聽設備的上層人群。為了吸引聽眾，幾家電臺甚至在周末特設基督教禮拜節目，以吸引基督徒收聽。這與純粹的宗教傳播意在化育心靈的初衷雖大相徑庭，但電臺設立者爭取受眾的迫切心態卻與基督教傳教士異曲而同工。

這又涉及到另一個問題，即上海的基督徒或與基督教事業有關聯的人是否足夠多，且有必要單獨為他們設立節目？從奧斯邦電臺開播當晚的情形就不難找到答案。當晚的主要收聽場所有禮查飯店、卡爾登飯店，但兩處的收音設備都「因工作得不太好」而影響了效果〔註44〕。只有在四川路中華基督教青年會大樓禮堂內的 500 多聽眾見證了這場廣播首秀，是當時最大的一個集體收聽點。

上海的基督教事業開始於清朝末期。第一次鴉片戰爭後，清政府與英國簽訂《南京條約》，上海成為五個通商口岸之一，從而為西方的傳教事業打開了大門。1843 年，英國倫敦會傳教士麥都思、雒魏林、慕維廉等人相繼來到上海。他們借助不平等條約，在上海建立教堂，開辦醫館和印刷所，並建造住宅。其後英國聖公會、美國聖公會、美國長老會、美國浸禮會、美國監理會等基督教各宗派先後來到上海，建堂傳教。鴉片戰爭結束不久，英、美基督教的主要派別便在上海建立了傳教的立足點。

第二次鴉片戰爭後，基督教在華傳教勢力進一步壯大，先後在上海舉行了三次由各宗派代表參加的在華傳教士全國性大會，傳教差會已把上海作為對華傳教事業的基地。這一時期英美基督教差會開辦的學校、醫院、文字出版機構等，在客觀上對中西文化交流起了一定的作用。到 19 世紀末 20 世紀初，基督教原先沒有成立差會的較小宗派，如內地會、基督會、宣道會、公

〔註43〕中華續行委辦會調查特委會編：《中華歸主：中國基督教事業統計》（第一卷），中國社會科學出版社 1987 年版，第 87 頁。

〔註44〕《舊中國的上海廣播事業》，檔案出版社 1985 年版，第 8 頁。

誼會、基督復臨安息日會等也派遣傳教士來上海，基督教青年會、基督教女青年會等社會服務團體和慈善救濟團體也進入上海，上海隨之成為中國基督教派最多的城市。一份海關報告曾經寫道：「由於上海是中國最主要的商業中心，所以它也就成為這一帝國的傳教中心。大多數教會都在這裡建立其總部，並在這裡指揮其在中國各地的工作。〔註 45〕」此外，基督教組織還在上海開展教育事業、出版事業和公共衛生事業，逐漸把觸角深入到社會的方方面面。基督教傳教事業的興旺，也帶動了上海信教人數的增長。1915 年，上海市已有受信教徒 3700 多人，每年增幅達 13% 以上。〔註 46〕加上大量外國人在租界聚集生活，使得基督教徒成為當時的一個重要群體。

當然，奧斯邦電臺和開洛電臺不約而同在禮拜日開設布道和祈禱節目，也並非什麼「原創」，而是借鑒了其母國最初的廣播模式。美國著名神學家尼布爾曾說，美國是「世界上最世俗的國家，也是宗教性最強的國家」〔註 47〕。其主流宗教就是基督教。美國的鈔票上印有「我們信仰上帝」字樣，國歌唱詞裏有「上帝保祐美國」之語。美國總統就職要手按《聖經》進行宣誓，國會參眾兩院的每一屆會議都以國會牧師主持的祈禱開始。甚至美國的軍隊、醫院、監獄、機場和大學校園裏都活躍著一些宗教團體，還有宗教職業人員提供宗教服務。而哈佛大學、耶魯大學、普林斯頓大學等許多著名的美國大學最初都是由教會創辦的。對於大多數人來說，宗教活動已成為其日常生活的方式。在這樣濃厚的宗教氛圍下，廣播電臺中出現宗教性內容，幾乎是順理成章、自然而然的事情。事實也的確如此。美國第一家獲得政府執照的 KDKA 電臺，開播後不久就轉播教堂儀式。1921 年，美國賓夕法尼亞州匹茲堡髑髏地聖公會還創辦了第一家基督教無線電廣播電臺。之後開播的很多電臺，都自覺不自覺地承擔了宗教傳播的任務。

心理學研究證明，在判斷何為正確時，人們會根據別人的意見行事。因為，「看到別人正在做，就覺得一種行為是恰當的，這種傾向通常都運作得不

〔註 45〕李向平：《「本色化」與社會化——近代上海「海派」基督教的社會化歷程》，《上海大學學報》2004 年第 3 期。

〔註 46〕中華續行委辦會調查特委會編：《中華歸主：中國基督教事業統計》（第一卷），中國社會科學出版社 1987 年版，第 298 頁。

〔註 47〕轉引自可非：《美國，最有宗教情懷的世俗國家》，《世界知識》2006 年第 9 期。

錯。」〔註48〕而且，越是感覺到不確定或意外性太大的時候，越有可能覺得別人的行為是正確的。廣播電臺在中國初次實驗大眾傳播，作為技術工作者還有商人的奧斯邦和迪萊先生最可能的做法就是模仿本國的電臺。也正是這種並不高明的「克隆」，使得基督教這一外來宗教在中國率先實現了與廣播媒體的結盟。

宗教傳播關乎人心，也關乎政治，關乎權力和權利對社會資源的分配。廣播事業作為一種稀缺的社會資源，同時又是一種面向大眾的媒介，在中國最先與基督教聯姻，實際正是權力與權利分配的結果。

第二節　基督教廣播本土化的初步探索

與 19 世紀初第一位來華傳教士馬禮遜的遭遇不同，外商引入中國的基督教廣播，雖然違反了中國電政，但它攜帶著現代通信技術的最新成果，順利到達每一位聽眾耳中，而且大受歡迎。到 20 年代末 30 年代初，基督教廣播就成為基督教在華宣教事業的一大功績。

一、中國政府廣播規管方式的變遷

面對上海接二連三出現的外商電臺實驗廣播，北京政府交通部一面不斷交涉，一面召集專門人員，參考中外成法，研究和籌劃釐定廣播無線電管制規則。在電臺創辦者資質問題上，「顧官辦則經費支絀，難保無虧累之虞；商辦則取締困難，難免生意外之弊。」〔註49〕而對於收音機的管制問題，決策者們也頗為猶疑。「顧自由售賣則取締之手續紛繁，委託專賣則恐中外詰責，二者亦各有利弊。」〔註50〕經反覆研究，北京政府交通部於 1924 年 8 月出臺了《裝用廣播無線電接收機暫行規則》。

《規則》對接收機（收音機）裝用地點做了明確規定：「只限於通都大邑及繁盛市鎮，惟軍事邊防、海防及政府或地方官廳示禁之區域不得裝設」。《規

〔註48〕 〔美〕羅伯特.西奧迪尼著，閭佳譯：《影響力》，北方聯合出版傳媒股份有限公司、萬卷出版公司 2013 年版，第 122 頁。

〔註49〕 葉紹藩擬稿：《北京國民政府交通部電政司關於討論廣播無線電規則內容的簽呈》（1924），參見趙玉明主編《中國現代廣播史料選編》，汕頭大學出版社 2007 年版，第 20 頁。

〔註50〕 葉紹藩擬稿：《北京國民政府交通部電政司關於討論廣播無線電規則內容的簽呈》（1924），參見趙玉明主編：《中國現代廣播史料選編》，第 20 頁。

則》還要求，裝設收音機者須申領交通部核發的執照，申請者除需將名字、住址、年歲、職業及商號性質如實填報外，「凡中國人民裝用接收機 receiver 者，應由其同鄉委任以上職官一人或六等以上殷實商號一家出具證書，以證明其請願書內所列各項均屬實在；凡僑華、外人裝用接收機 receiver 者，請願書內所列各項應由其本國公使、或領事、或同國籍之殷實商號二家爲之證明」。這種實名製的廣播接收機管制措施，在當局可謂用心良苦，但其僅盯著治「標」——收音機，而不是著眼治「本」——廣播發射電臺的法理思路，在那個存在諸多「特區」的時代，未免顯得避重就輕，不得要領。

與此同時，北京政府的官辦廣播無線電臺建設計劃也在緊鑼密鼓地進行之中。1927 年 5 月 15 日，官辦天津無線廣播電臺選址天津的英租界博羅斯道與內比爾道交口（今煙臺道與四川路交口），正式對外播音，呼號 COTH，發射功率 500 瓦，主要播出曲藝、戲曲、新聞等節目。〔註51〕同年 9 月 1 日，北京廣播電臺正式播音，呼號 COPK，發射功率初期爲 20 瓦，後增至 100 瓦，除 20 分鐘的新聞外，主要播送唱片，有中西音樂，戲曲和京劇等娛樂節目。1928 年 6 月北京更名爲「北平」，該臺隨之改稱「北平廣播無線電臺」。瀋陽廣播電臺也於 1928 年 1 月 1 日正式開播，發射功率 2 千瓦，呼號 COMK。

這一時期，各派軍閥勢力你爭我鬥，此消彼長。一些地方軍閥出於維繫政權的需要，也出臺了針對無線電廣播的法規，某種程度上彌補了北京政府《電信條例》的一些缺失。如長期盤踞東北的奉系軍閥爲發展軍事實力，加強軍事通信聯絡，很早就關注並致力於發展無線電通訊事業。1923 年 1 月 21 日，哈爾濱出版的《濱江時報》曾刊登《無線電運往江省》消息，稱「……現籌備妥切於昨日十六日由奉運去無線電機一架，臺架二支及應用材料數箱云」。3 月 17 日又報導，「本埠無線電臺……任北京交通大學無線電科之劉瀚爲副臺長主持其事。現在，擬增加下列數項：（一）遠東通訊……（二）行市通訊……（三）無線電話。……現該臺擬就哈埠市內，於重要機關設置電機，如中俄各戲園中各設電線一架。聞此項話機該臺即能自製，每架約值七八十元。」〔註52〕上述報導顯示出，當時的哈爾濱已有了裝設廣播無線電臺的計劃。

1926 年 9 月，東北無線電話監督處上呈「《廣播無線電條例》、《裝設廣播

〔註51〕南京國民政府統一北方後，1929 年 8 月，天津廣播無線電臺由天津市政府接管，改名爲天津特別市廣播無線電話局。

〔註52〕陳爾泰著：《中國廣播史考》，中國廣播電視出版社 2008 年版，第 26 頁。

無線電收聽器規則》、《運銷廣播無線電收聽器規則》三個法規，得到鎮威上將軍公署的批准，同意頒行。」〔註53〕三項法規共 44 條，其中規定「任何個人或機關不得在東三省境內私運、私售或私設無線電機器並經營廣播無線電事業。」〔註54〕這就進一步確立了官辦廣播在東三省的唯一合法性。10 月，官辦的哈爾濱廣播電臺開播。

　　在廣東，1926 年 9 月 25 日，廣州國民政府頒佈《無線電信條例》。其中第四條規定：「廣播無線電話事業及廣播無線電話收音臺由政府設立，管理局另定規則管理之。」「第五條，除廣播無線電話收音機外，個人或團體機關如欲設立無線電發報或收報臺者，需先呈報建設廳。如有下列理由之一，經核准給予執照，方得設立。惟所給執照得隨時取消之。甲、行駛海洋及沿海各口岸之船隻為謀航行上之安全。乙、個人或教育機關為研究試驗之用，其研究試驗之方法確與無線電學前途有重大關係者。丙、個人或團體機關因特殊情形經建設廳認為有設立電臺之必要。」〔註55〕這一條例與北京政府的《電信條例》在法理思路上相近，又較之有明顯進步，即明確了「廣播無線電話事業和廣播無線電話收音臺」及「廣播無線電話收音機」的設置和管理規則。但由於當時廣州國民政府的控制區域僅限於廣東地區，法律適應面較小，未能推及全國。〔註56〕

　　循此條例，1927 年 8 月 12 日，廣州市市政委員會委員長林雲陔提議籌辦廣州無線電播音臺，經市政委員會會議通過並開始籌建，但直到兩年後該臺才開始播音。

　　南京國民政府建立後，1928 年 12 月 13 日頒佈了《中華民國廣播無線電臺條例》，規定「廣播電臺得由中華民國政府機關、公眾或私人團體或私人設立，但事前須經國民黨政府建設委員會無線電管理處之特許，違者由當地負責機關制止其設立。」〔註57〕此後交通部還頒佈了一系列的法規章程，如《廣

〔註53〕陳爾泰：《中國廣播之父──劉瀚傳》，中國廣播電視出版社 2006 年版，第 118 頁。

〔註54〕《遼寧省志・廣播電視志》，遼寧科學技術出版社 1998 年版，第 53 頁。

〔註55〕參閱「國家圖書館藏民國法律相關資料」電子資源。
　　　http://res3.nlc.gov.cn/roclaw/jj.jsp 抬 bookid=Z-016004

〔註56〕1926 年 11 月 8 日，國民黨中央政治會議決定把中央黨部和國民政府遷往武漢。同年 12 月 5 日，國民黨中央正式宣佈中央黨部和政府停止在廣州辦公，各機關工作人員分批前往武漢。廣州國民政府的歷史使命隨之結束。

〔註57〕《中華民國法規彙編・交通》第 150 頁，轉引自：《舊中國的上海廣播事業》

播無線電臺及其裝設及使用暫行章程》（1929 年 4 月 9 日）、《廣播無線電話收聽機裝設及使用暫行章程》（1929 年 4 月 9 日）、《裝設廣播無線電收音機登記暫行辦法》（1931 年 4 月 10 日）等。1932 年 11 月 24 日，交通部公佈了《民營廣播無線電臺暫行取締（後改為設置）規則》，開始對廣播電臺進行規範管理。各種政策的出臺，促進了廣播事業的發展，也刺激宗教廣播進入快速發展的時期。

二、基督教本土化運動與國人自辦基督教節目的興起

　　基督教是外來的「洋教」，其進入中國後就一直在與中國本土文化進行著艱難的磨合。為了傳教，國外教會一方面大量派遣傳教士來華，一方面又撥款援助國內的傳教機構，這就使中國教會在經濟上基本上依賴並受控於外國勢力。在教會內，西方傳教士成為中心，獨攬大權。「中國教會所體現的只能是差會和傳教士的意志，它所代表的只是不同國家的不同差會的利益，而中國基督徒的意願根本沒有得到反映。」〔註 58〕為此，一些中國基督徒試圖擺脫西方教會的控制，實現教務自立。光緒 29 年初，夏粹芳、宋耀如等 13 人發起成立了中國基督徒會，創辦了《中國基督徒報》。光緒 32 年，上海閘北堂牧師俞國楨宣佈脫離美國北長老會的管轄，成立由中國人自辦的耶穌教自立會，四年後成立全國總會。全國不少地方的基督徒紛紛響應，形成了規模浩大的中國基督教自立運動。1912 年 6 月，中華民國內務部正式批准青年會全國協會立案。1912 年，在北京舉行了中國基督教青年會第六次全國會議，決定在上海建立總部，改稱「中華基督教青年會全國組合」（The National Committee of the Y.M.C.A. in China）。1915 年 11 月，青年會召開第七次全國大會，改稱「中華基督教青年會全國協會」（Young Men's Christian Association of China），一直沿用至今。到 20 世紀 20 年代，幾乎所有主流教派的全國組織都冠以「中華」名稱，並推定中國教牧人員為第一負責人，以圖改變「洋教」的面貌。1920 年，在全江蘇省（上海當時屬於江蘇）受薪的中國基督教職員中，上海一地就占到 53%。〔註 59〕基督教的本土化運動取得了階段性的成果。

　　「五四」新文化運動時期，受新思潮的影響，一些知識分子開展了一場

第 173 頁。

〔註 58〕 王繼武：《試論中國基督教本色化運動的起因》，《世界宗教研究》，1988 年第 1 期。

〔註 59〕 《中華歸主：中國基督教事業統計》（第一卷），第 296 頁。

反對基督教在中國傳播的運動，認爲基督教是帝國主義入侵的工具，提出了
「打倒帝國主義就要打倒基督教」的口號〔註60〕。對於基督教而言，這場「非
基督教運動」，恰好爲其提供了一次自我反省與革新的契機，一部分教會人士
將其關注的重點由「個人福音」轉向「社會福音」，主張教徒應爲民族正義、
國家存亡和社會改造擔負起更大的責任，倡導基督教思想應與中國文化相結
合，並由此開始了基督教的自立和「本色化」、民族化歷程。〔註61〕1922 年，
西方傳教士進一步提出了教會本色化的主張，並在同年 5 月上海舉行的第二
次基督教全國大會上，正式提出了本色化教會的口號。所謂「本色化」，即「中
國基督教會以聖經爲指導，積極努力使基督教的神學教義、禮拜儀式、組織
結構以及傳教方式等適合我國的國情、民情，適合我國人民的心裏接受方式
和靈性表達方式，使之與廣大人民群眾和社會現實認同，從而把中國教會辦
好的一項事業。」〔註62〕目的是祛除基督教的「洋相」，成爲中國化的基督教。
這符合廣大的中國信眾希望擺脫外籍傳教士管制的願望，也反映了那一時期
許多基督徒的呼聲。應該說，上海基督教青年會的許多活動，都體現了其本
色化的追求。而其得到北京政府交通部的電臺執照，也說明這一做法的效應
已開始顯現。

　　1927 年底，北京出現了第一家私營的廣播電臺——燕聲廣播電臺。發射
功率 15 瓦，呼號 XGKD。電臺以廣告維持生計，但也設有宗教演講節目。到
20 世紀末 30 年代初，一些中國的基督徒到廣播電臺或發表演講，或參與布道，
或講授科學常識，爭取人心。基督教廣播在經歷了外國人的示範後，國內基
督徒和團體受到傳播宗教的使命感驅使，同時看到廣播這一新生事物的無限
發展潛力和無可比擬的便利與優勢，已開始主動應用廣播無線電作爲傳道的
工具了。

〔註60〕袁蓉：《論國民黨要人在「非基督教運動」中的立場》，《史林》，2001 年第 3 期。
〔註61〕劉俊鳳，李雲峰：《20 世紀三四十年代西北地區宗教生活的變遷》，《西北大學
　　　　學報》，2006 年 9 月第 36 卷第 5 期。
〔註62〕王美秀：《基督教的中國化及其難點》，《世界宗教研究》1996 年第 1 期，第
　　　　74 頁。

第二章　宗教廣播的多元發展

　　20世紀30年代初至抗日戰爭全面爆發前，中國的宗教廣播事業邁上了一個新臺階。這一時期，既有基督教、天主教、佛教和伊斯蘭教組織（機構、個人）辦的廣播節目，也有基督教、佛教的專門電臺。在多元並存的格局下，基督教廣播的節目數量最多，成就最大，伊斯蘭教廣播數量最少，節目類型也相對單一。

第一節　概　述

　　這一時期宗教廣播的快速發展，是各種力量推動的結果。基督教、佛教、天主教和伊斯蘭教的廣播節目，不僅爲幾大宗教的傳播和發展做出了積極貢獻，也豐富了廣播節目類型，成爲30年代廣播業態多元化的一個明證。

一、廣播行業組織的成立

　　30年代的宗教廣播節目或電臺，幾乎都由宗教組織發起設立，並與電臺之間協調運作。沒有這種有效的溝通與協作，宗教廣播不太可能在這麼短時間內獲得如此快速發展。

　　1912年中華民國成立後，規定人民有信仰宗教和集會結社之自由，非依法律不得限制之。在這一背景下，許多宗教界人士開始組織社會團體或學術機關，以加強內外聯繫與合作。南京國民政府宣佈實行「訓政」後，意欲加強民間同業組織的管理，使之成爲在社會局註冊的公開化、社會化合法機構。1929年，國民黨第三屆中央執行委員會第二次全體會議通過了《人民團體組織方案》，對人民團體的類別、黨團關係及組織程序作了詳細規定。按照這一方案，各民營廣播電臺也可以合法地組織同業公會，並在政府監管下有一定

運作空間和權利職責範圍。

　　同業公會是中國近代特別是民國時期普遍存在的新式工商行業組織，主要是爲了使一些行業尤其是新興的職業能夠自我管理而成立的。由於它承擔著半政府職能，與政府之間建立起各種正式或非正式的合作關係，因此「不僅在行業的自治與自律、整合與管理中起著重要作用，而且在維護同業利益，促進行業發展乃至整個社會經濟生活的運轉中也有著不容忽視的影響，同時在很大程度上又是政府進行經濟調控與管理的重要工具。因此，同業公會的活動內容與影響常常突破經濟範疇而滲透到社會生活的諸多層面，從而對近代中國社會的變遷不無作用。」〔註1〕。1934 年 5 月 1 日，國民黨上海市執行委員會頒發上海市無線電播音業同業公會許可證書。11 月 11 日，上海市各民營廣播電臺正式成立民營無線電播音業同業公會。凡屬上海華商經營的電臺並經過交通部發給執照或登記註冊者，均爲該會會員。該會成立的目的，是爲聯絡感情，互通信息。公會設總務、組織、調查、會計、研究五科，日常會務爲解決各電臺相互間的問題，並爲各電臺上報和收轉國民政府當局交辦的各項事務等。會議推舉福音電臺負責人王完白爲主席，王完白、亞美電臺負責人蘇祖國和元昌電臺負責人張元賢等九人爲執委。王完白以福音電臺總經理身份加入播音業同業公會，並被推舉爲主席一職，其在上海廣播界的影響力可見一斑。關於王完白及福音電臺，本章將在後面詳細介紹，此處暫不贅述。

　　在播音業同業公會成立當天，上海市黨部、社會局和市商會都派代表參加了揭幕儀式。

　　「只要有組織，便可有力量。」〔註2〕民營無線電播音業同業公會甫一成立，即對相關的各項事務積極發聲。1935 年 6 月初，就一些民營電臺無端被取締，造成電臺業主的損失事件，以及許多電臺呈請審查播音的材料往往得不到及時批覆，導致電臺無法取捨材料等情況，播音業同業公會派出王完白、蘇祖國和王緯之前往上海民營電臺的主管機關──交通部上海國際電信局交涉，在與局長溫毓慶〔註3〕面談後，問題獲得圓滿解決。此前，國際電信局一

〔註 1〕 馬德坤：《民國濟南同業公會研究的回顧與反思》，《東嶽論叢》2011 年第 8 期。
〔註 2〕 錢穆：《中國歷代政治得失》，九州出版社 2012 年版，第 169 頁。
〔註 3〕 溫毓慶，廣東省臺山縣人，清華大學畢業，後留學美國，獲哈佛大學博士學位。回國後曾任清華大學教授、財政部稅務專門學校校長、財政部參事等職。由於他精通無線電業務，曾爲蔣介石研究過中文密電。20 世紀 20 年代末光華大學教授顏任光任交通部電政司司長期間，溫毓慶參與籌建我國第一座國際無線電臺──設在上海真茹的國際無線電臺，並出任交通部上海國際電訊局局長。

且查出某電臺「不合格」，便會立即下令停播，毫無迴旋餘地，電臺往往要因此遭受慘重損失。經過這次交涉後，國際電信局承諾，以後會事先書面知照，以三日為期，要求電臺自行改正即可。而對電臺呈請材料批覆緩慢等問題，上海國際電信局也表示可以轉達並敦促教育局盡速審查發還。

時隔不久，播音業同業公會又在與英商電器音樂公司的經濟糾紛中，堅決捍衛了民營電臺的行業利益。

1936 年 12 月 25 日 18 時 15 分，上海市播音業同業公會收聽到國民黨中央電臺關於「蔣介石離開西安、西安事變和平解決」的新聞，立即通知各會員電臺轉播。19 時左右，上海各報始有號外出版。電臺播送新聞首次搶在了報紙的前面。〔註4〕而江蘇無錫各界收聽到上海亞美廣播電臺的報告後，通過長途電話詢實，亦隨即播送，該地報紙亦出號外。

二、專門的宗教電臺出現

這一時期，由宗教團體或組織設立的專門性宗教廣播電臺如福音電臺、佛音電臺陸續創立。這些電臺均以弘揚宗教教義為目的，在或豐富或相對單調的節目設置中，宗教儀式化的節目往往佔有相當的比例，其它非宗教性節目大多也與宗教日常社會工作密切相關（如醫藥衛生、道德節目、兒童節目、家庭節目等）。為了吸引更多的聽眾，有的也設置了一些在當時比較受歡迎的娛樂節目。

這種專門的宗教廣播電臺與一般民營商業電臺不同，其經費來源並非純依賴廣告，而是全部或部分來自於宗教團體或個人的捐助。

三、宗教廣播不斷「擴容」

這既表現在宗教廣播播音陣地的擴張上，也表現在宗教節目內容和播出時間的增加上。

與 20 年代只有民營電臺開設宗教節目不同，30 年代後，宗教廣播不僅在民營電臺中出現，部分官辦電臺也設有宗教節目。宗教團體和個人為了謀求更好發展，一般都重視與政治、政府的關係，力所能及地向政府輸誠。宗教廣播亦不例外。如福音電臺就曾多次邀請當時政界要人到電臺發表演講，並在電臺中表達對政府政策（如蔣介石發起的新生活運動）的支持。當然，這

〔註4〕參見趙凱主編：《上海廣播電視志》，上海社會科學院出版社 1999 年版，第 168
頁。

也與當時一些政界人士的宗教信仰有關。領導辛亥革命的孫中山先生和他的不少革命同志如陸皓東、陳少白等都信仰基督教，蔣介石也因為夫人全家信仰基督教而成為基督徒，夫婦兩人均對上海福音電臺青睞有加。國民黨元老戴季陶則是虔誠的佛教徒，且積極支持佛教事業的各項改革，支持佛音電臺。這些政界人物的宗教信仰和態度，無疑給當時的宗教廣播提供了一個寬鬆的政治環境，也使得宗教節目得以在官辦電臺播出。而作為一種告知的活動，宗教界領袖和政界知名人士的廣播演講，無疑又提升了電臺的知名度和宗教事業在民眾心目中的公信力。

宗教廣播還突破了以往只在星期日播送一些儀式性節目的舊例，開始一周七天每日播出。為此，許多宗教界人士殫精竭慮，認真組織電臺節目。他們或邀請各方人士到電臺做宗教演講，或請唱詩班到電臺錄製唱片播出，或在電臺誦經念佛。長期存在並每日播音的各種宗教節目，使聽眾有更多時間接觸宗教，也更易受到宗教傳播的影響，從而最終成為宗教的忠實信徒。

不僅如此，這一時期的宗教廣播，在內容設計上更為關心國計，體貼民生，世俗化取向明顯；既面向宗教教徒，還兼顧潛在的教徒和不信教者，一定程度上拓展了宗教廣播的適應面與普及面。

第二節　基督教廣播的繁榮

基督教在中國率先與廣播結盟，並得到了官方的有力支持。到 20 世紀 30 年代，不僅出現了專門的福音電臺，還在全國不少民辦和官辦的電臺中開設了基督教節目。更為重要的是，從這些電臺的主持者和經費來源、電臺節目的定位看，基督教廣播雖然也兼顧外籍人士，開設有外語節目，但卻無一例外都是以本籍基督徒為主。國人自主開辦的基督教廣播，顯然對電臺所處的環境有更好的感知力，對電臺的操控和掌握更有分寸，對國內聽眾的品味和需求更加瞭解。

一、上海、北京（平）和天津的基督教廣播

（一）上海

上海不僅是中國民營電臺的大本營，也是廣播收音機的集聚地；不僅是我國基督教廣播的發祥地，也是基督教廣播最興盛的地區。據統計，1932 年 1 月至 1934 年 1 月，上海市內新建廣播電臺 15 家，1934 年電臺總數 41 家。

「一二八」戰事後，上海收音機的進口已有 20 萬具以上，1936 年的數目更是驚人。其深入民間的勢力，已遠超報紙之上。因此在一般人看來，無線電播音無疑成了近代有效的宣傳利器之一。〔註5〕基督教人士也充分利用這一便利條件，介入廣播事業的各項工作。在他們的共同努力下，經過短短幾年的時間，不但辦有基督教節目的電臺數量增加，而且還出現了一座專門的基督教廣播電臺——福音廣播電臺。據《中國無線電》雜誌 1934 年 2 月 5 日第二卷第三期刊登的上海各廣播電臺一覽表現實，41 家廣播電臺中，除福音廣播電臺外，還有中西電臺和其美電臺播出基督教節目〔註6〕。而在《中國無線電》雜誌所刊登的抗戰前夕上海各廣播電臺一覽表（1937 年 1 月 5 日）中，29 家電臺有四家設有基督教節目，分別是中西電臺、福音電臺、國華電臺和華僑電臺。

下表是部分播送基督教節目的電臺情況〔註7〕：

電　臺	節　目	時　間	備　註
華美	英語演講	一小時，具體時間不詳	星期日（1932 年）
	衛生演講		每月一次
福音	晨禱	上午 8：00 - 8：30	每日（1934 年）
	兒童故事	下午 5：00 - 5：30	星期日停（1934 年）
	聖經研究	下午 6：00 - 6：30	星期日停（1934 年）
中西	基督教義	下午 3：00 - 4：00	星期六（1934 年）
	基督教義	下午 6：40 - 7：10	星期日（1937 年）
	耶教	15：45 - 16：30	年份不詳，出自《廣播周報》「全國廣播電臺播音節目分類表」第 18 頁（七）宗教節目
航業	基督教義	上午 8：10 - 8：40	每日（1937 年）

〔註5〕 參見上海市檔案館：Q166-1-32，第 3 頁。轉引自陳文文，徐翠：《上海福音廣播電臺——中國空中福音的先聲》，《科技信息》2009 年 25 期。

〔註6〕《舊中國的上海廣播事業》，第 133 頁。

〔註7〕 節目資料來源於《中國無線電雜誌》所刊載的各電臺播音時間表。詳見《舊中國的上海廣播事業》，第 114～133 頁，第 146～172 頁；《廣播周報》第 51 期、第 142 期。另，1932 年基督福臨安息日會的節目信息來自姚耀思牧師的《廣播傳教術與北平公教廣播事業》，詳見本書附錄四。

其美 1934	教堂節目	上午 9：45 - 11：25	星期日（1934 年）
國華 1937	布道	下午 12：40 - 1：20	星期日（1937 年）
華僑	聖經布道	下午 6：00 - 7：00	星期日（1937 年）
	聖經‧樂隊	18：00	每日（1935 年）

　　上表中，福音電臺是專門性質的基督教廣播電臺，後文將做詳細的介紹和分析。此處只列出福音電臺 1934 年節目表中幾個代表性的節目。

　　除了日常的基督教節目外，遇有特殊的日子，一些電臺還開設基督教特別節目，如 1934 年 4 月 1 日復活節當天，中西大藥房電臺和福音電臺都播放了慶祝復活節的特別節目。〔註8〕中西電臺的節目從下午 3 點播放到 4 點，包括「教堂鐘聲」、「王完白醫師報告」、「伯特利唱詩班之音樂詩歌多種」、「布道名家王載先生〔註9〕講道」、「自信基督教後」、「熱心傳道」等。福音電臺下午 4 點半以後開始播放聖約翰大學、慕爾堂等慶祝基督復活的特別節目，8 點半以後也邀請了布道名家王載先生在電臺講道。

　　不止民營電臺設有基督教節目，上海的官辦電臺也與基督教組織有著密切的合作關係。如上海國際電信局奉交通部令開辦，1935 年 3 月開播的上海交通部廣播電臺，就曾在抗戰前專門為基督教青年會和女青年會設置了演講節目。

（二）北京

　　北京的基督教傳教事業最早出現於 19 世紀中葉。在經歷了初創階段之後，來自英美的傳教士在北京得以立足。到 20 世紀初，基督教在北京獲得較快發展，城內共建立了 60 多座教堂，成為西方教會集中的城市之一。大批傳教士集中在此，興辦教育和醫療機構，如燕京大學、育英中學、潞河中學、彙文中學以及普仁醫院等。20 世紀上半葉，有若干新的教派傳入北京，其中有一些是中國信徒自創的獨立教派，北京也成為華人自立教會的重要基地。

　　20 世紀 30 年代，北京有 7 座廣播電臺，其中兩座為教會學校創辦和控制，分別為通縣潞河中學廣播實驗電臺和育英廣播無線電臺。

　　通縣潞河中學廣播實驗電臺建立於 1932 年初，呼號為 LVHO。潞河中學的前身是美國傳教士姜戴德於 1867 年開辦的八境神學院，後在美國華北

〔註8〕《二電臺慶祝復活節》，《申報》1934 年 4 月 1 日版。
〔註9〕王載（1898～1975），福建福州人，我國著名布道家，對中國教會的復興作出了卓越的貢獻。

公理會、長老會和英國倫敦會等三個基督教會共同投資下重建，由美國傳教士擔任校長。1927 年，首任中國校長到任後，改革辦學宗旨，提倡「造成健全人格，培植升學和職業知識」〔註 10〕。關於該臺的詳細資料，目前已很難查考。

育英廣播無線電臺建立於 1933 年，地址在育英中學內，起初電力 30 瓦〔註 11〕，後增強電力為 150 瓦。育英中學由美國基督教會公理會於 1864 年出資創辦，早期教學人員多為美國傳教士。1931 年，該校學生成立了研究無線電的團體「電波團」，共同研究無線電原理，製造各種無線電零件。電波團成員認為，廣播電臺是「提倡科學、開通民智的唯一之利器」，應當對其善加利用。為此該團「向育英學校校方及學校自治會提議在育英學校建立無線電廣播電臺。經研究，校方及學校自治會決定為建立育英電臺開展募捐，結果共募得洋約七八百元，其餘經費由學校提供。從 1931 年 10 月初開始動工建立育英無線電廣播電臺，至 1932 年 4 月底完成，共計花費 2000 元左右。1933 年 5 月 6 日晚，電臺試播，6 月末正式播音，12 月 16 日舉行了落成典禮。1934 年，因電源供給不穩及市電不足等原因，電臺進行了一次改裝，隨後繼續播音至 1935 年春，電臺再次加以改裝。

育英電臺開播之初，只在每日下午廣播本校報告及中西名歌兩小時，宗旨是「以廣播關於社會之科學常識，促進社會教育，改造社會生活及利用音樂歌曲陶冶人之心情並供本校學生研究無線電原理及廣播技藝。」〔註 12〕而《無線電雜誌》1934 年 10 月份的一份節目表（第 59 頁）也顯示，該臺到此時仍沒有宗教節目，只在周二、周四和周六早上播出，內容包括唱歌、音樂、周聞、演講（衛生、名人、科學）、兒童故事、無線電教育周、中國新憲法草案說明等。但 1935 年秋電臺恢復播音後，改為每星期二、四、六晚七時至八時半，由育英學校擔任，主要播送有關音樂、科技、衛生、文學、史地、常識等節目；星期三、五、日則為華北福音廣播社擔任，每晚定時播送中文和英文祈禱等〔註 13〕。1937 年七七事變後，電臺自行拆毀〔註 14〕。

〔註 10〕《北京百科全書·通州卷》，北京出版社 2001 年版，第 198 頁。
〔註 11〕《北京志·新聞出版廣播電視卷·廣播電視志》，北京出版社 2006 年版，第 23 頁。
〔註 12〕《北平育英中學廣播電臺管理章程》，《育英周刊》1933 年第 4 期。
〔註 13〕齊耐敵：《四年來育英廣播電臺之概括》，《育英史鑒》，北京市第二十五中學校史編委會編輯，2004 年 9 月印刷，第 150 頁。
〔註 14〕董恩：《我們的電臺》，《育英史鑒》，第 256 頁。

1937 年的一份節目表〔註15〕顯示，育英電臺的節目設置有以下特點：周一至周六只有晚上播音，每天節目時長爲 2 小時 50 分鐘（19：00 - 21：50），其中「晚禱」節目佔據 20 分鐘，（包括中文和英文各 10 分鐘），周三還另有 15 分鐘的《宗教漫談》。而周日的宗教節目次數和時長明顯增加，一共三次，95 分鐘。上午有 35 分鐘的宗教節目，晚上還有半小時的漢語，半小時的英語宗教節目。可見宗教節目在該電臺中的重要地位。

該臺基督教節目的分佈時間如下表：

時　間	節　目	備　註
08：55 - 09：30	宗教節目	周日
19：30 - 20：00	宗教節目	周日
20：30 - 21：00	英文宗教節目	周日
19：40 - 19：55	宗教漫談	周三
21：15 - 21：25	中文晚禱	周一至周六
21：40 - 21：50	英文晚禱	周一至周六

（三）天津

天津在中國近現代政治舞臺上扮演著重要的角色。1928 年 6 月國民革命軍佔領天津後，南京國民政府將其設立爲「特別市」。後來又改爲直轄市，可見其政治地位。到 20 世紀 30 年代，天津已經是中國第二大商業城市和北方最大的金融商貿中心。也正是在這一時期，天津的基督教青年會電臺和東方電臺相繼創辦起一些基督教節目。

1. 天津基督教青年會電臺

1934 年 11 月，設在天津東馬路青年會（現在爲天津少年宮）樓上的青年會電臺開播，呼號 XQKB，電力最初爲 50 瓦，1935 年 9 月改爲 150 瓦，播音質量較好。1937 年 7 月，日本侵略者發動「天津事變」，東馬路「華界」落人日軍控制之中，青年會廣播電臺停播。1939 年，日本帝國主義者派人到青年會，以「需要」爲名，由僞政府出面，僅付了很少一點錢，將廣播器材全部買走。

〔註15〕詳細的節目資料參見《廣播周報》第 142 期第 48 頁。

　　天津中華基督教青年會（簡稱「天津青年會」）的成立時間早於上海青年會，是在 1895 年 12 月由北美協會派遣的青年會第一個專業幹事來會理組織成立的國內第一個城市青年會。「1914 年，依靠美國人萬那美克（Wanamakeer）的捐款和當地捐款，青年會東馬路的四層會所建成，內有閱覽室、會議室、體育館、禮堂、宿舍等，頗具規模。青年會以此為陣地，開展了許多有益的活動，在社會上享有良好的聲譽。主要事工有社會辦學、賑濟災民，組織有合唱團、口琴隊、京劇社、夏令營、學生聚會、團契以及各類體育活動。」〔註 16〕設立廣播電臺的主要目的，就是為了宣傳青年會的宗旨，擴大它的影響，並為它的樂隊、歌詠隊以及各種講座活動提供有利的活動場所。

　　在青年會電臺的節目中，宗教內容佔了相當的比重，有宗教講座、禮拜、聖經及晚禱等。以下是該臺 1937 年的節目表〔註17〕：

時　間	節　目	備　註
08：00	早操	
08：30	宗教節目	
09：00	新聞	
	青年禮拜	星期〔註18〕
09：30	各種常識	
	青年禮拜	星期
10：00	休息	
11：00	京東大鼓	
11：40	交通報告	
12：00	八角鼓	
12：40	警策語	
13：00	單人話劇	
13：40	經濟報告	

〔註16〕趙曉陽著：《基督教青年會在中國：本土和現代的探索》，社會科學文獻出版社 2008 年版，第 42 頁。
〔註17〕詳細的節目資料參見《廣播周報》第 142 期第 39 頁。
〔註18〕本書節目表中的星期，如無特別說明，均指星期日。

14：00	休息	
16：00	國劇	
16：30	講演	
17：00	兒童教育	
17：30	學術演講	
18：00	西河大鼓	
18：40	報時	
19：00	單弦	
19：40	聖經金句	
20：00 - 21：05	轉播中央臺節目	
21：05	唱片	
21：45	警策語	
22：00	對口相聲	
22：40	恭讀聖經及晚禱	
23：00	停止	

除了定期播出的宗教節目，該臺還時常轉播青年會各種活動實況，並報告青年會的會務。

其他非宗教節目的類型也很豐富，包括中央社新聞、早操、常識、曲藝（大鼓、單弦、相聲、話劇、唱片）、警策語、交通、經濟、學術（英文講演、教授國音字母、國劇講座教授）、兒童節目（1935 年還舉辦了兒童技藝播音比賽）等。

該臺的運營獨具特色：它播出廣告，但卻申明不做煙酒行業的廣告。可見，雖然是商業電臺，但是商業目的不是青年會辦臺的首要任務。它的曲藝廣播節目不請女演員演出，1936 年又決定完全用男士報告員播音。1935 年 10月，青年會電臺還開始用其電臺轉播當時北平電臺廣播的北平各戲院的京劇實況，受到不少聽眾歡迎。〔註 19〕

2. 東方廣播電臺

東方廣播電臺於 1935 年春開始廣播，同年 5 月領得政府執照。電臺呼號

〔註 19〕 參見天津廣播電視史編寫組，《解放前天津的廣播電臺》，《現代傳播》1985年 01 期。

爲 XOKA，發射功率爲 150 瓦，爲東方貿易工程公司所辦，臺址設在法租界。
1937 年，日本帝國主義者加緊對所侵佔地區的全面控制，電臺不久即告關閉。
因該臺是私營企業所辦，與教會沒有直接關係，因此該臺的宗教節目比較單
一，只有宗教音樂。「東方電臺在廣播節目中安排了相當數量的西洋古典音
樂、各種舞曲及宗教音樂。」〔註 20〕。

二、第一座專門的基督教廣播電臺——福音廣播電臺

　　福音廣播電臺由上海基督教同人集資創辦，於民國 22 年（1933 年）12
月 2 日在上海正式開播，呼號 XHHA，發射功率 150 瓦，臺址在博物院路（今
虎丘路）19 號。它不僅是我國第一座專門的基督教電臺，也是我國第一座專
門的宗教電臺。

　　1933 年 12 月 2 日，《申報》報導了福音廣播電臺開播的消息：

《上海福音廣播社今日開幕》

　　　上海基督教同人爲服務社會，特組織福音廣播社，自建電臺，
籌備數月，現已就緒，定於今日（十二月二日）下午四時假座博物
館路十九號廣學會九樓舉行電臺開幕禮，歡迎各界仕女參觀。該電
臺播音周率八百四十千周波，電力一百五十瓦特，社址在博物院路
十九號七樓。每日播音節目如下：上午八時至八時半晨禱；八時半
至九時新聞報告；下午一時至一時二十分英文演講；一時二十分至
四十分國語讀經；一時四十分至二時世界時事；五時至五時半聖經
研究；五時半至六時家庭改良或人格訓練；六時至六時半兒童故事；
七時至七時半音樂；七時半至八時布道；八時至八時半醫學衛生；
八時半至九時社會問題；九時至九時半故事或傳記；九時半至四十
五分晚間新聞；九時四十五分晚禱。〔註 21〕

福音電臺的經費由發起人自行捐助，主要由富商信徒李觀森、趙晉卿等提供
捐款，王完白任電臺總經理，電臺無廣告收入。1936 年元旦，1000 瓦新電機
建成啓用，呼號改爲 XMHD，經費公開募捐，凡年捐兩元以上者，皆爲福音
廣播社社員。電臺還出版《福音廣播季刊》。

〔註 20〕　天津廣播電視史編寫組，《解放前天津的廣播電臺》，《現代傳播》1985 年第 1
　　　　　期。
〔註 21〕　轉引自《舊中國的上海廣播事業》，第 110 頁。

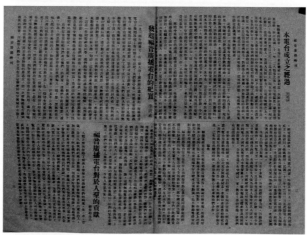

《福音廣播季刊》封面及其中一期的正文頁

電臺總經理王完白先生是浙江紹興人。1909 年畢業於蘇州伊利薩伯醫學院，1913 年赴日本，留學千葉醫校細菌學專科。回國後創辦常州福音醫院，任院長歷 20 餘年。對於地方事業，王完白極為熱心。曾兼任福音醫學專門學校校長，醫師公會主席；又設立紅十字會、衛生會、拒毒會、戒煙醫院等，皆負責主持。1932 年上海「一二八」抗戰後，王完白先生赴滬，發起播音演講，在一些民營電臺講授醫學衛生常識，探討宗教學術，一時影響甚廣。

—部之海上　鑑年人名國中—

王完白

王完白先生，為醫界耆宿，現年五十九歲，生於農曆三月初七日，合國曆四月二日，浙江紹縣籍。於一九○九年畢業蘇州伊利薩伯醫學院。因其學識優長，極為同學所推崇。始終任母校同學會會長。嗣於一九一三年赴日本，留學千葉醫校，修畢細菌學專科。民初至武進，創辦常州福音醫院，任院長歷二十年。并另建新教堂，名從謙堂，以紀念其先德。代理院長四年。民國紀元前，任江陰福音醫院謝絕教會經費，完全自立。附設從謙學校，直維持至為國人自辦對邊省傳教之機關，曾於一九三九年赴美國出席世界宗教大會，各國皆有代表參加，以提倡道德感化宗旨。此外復愛好攝影，從前申報時報之圖畫週刊中時有先生之佳作。先生待人誠篤，不僅為名醫師，且有純學者之風度。蓋集醫學家，宗教家，藝術家，教育家，於一身焉。其固定通訊處為上海愚園路一二三號。

今同時對於地方公益事業，亦創辦不少。復兼任福音醫學專門學校校長，醫師公會主席；又設立紅十字會、衛生會、拒毒會、戒煙醫院等，皆負責主持。先生對於國內之醫學聯合組織，亦為最早之主動者。曾被推為中華醫學會執行委員，全國醫師聯合會會長於醫，中華衛生會常務理事，等等職。一二八戰後來滬，已歷有年所。並開辦福音廣播電台，任總經理。又與上海三十餘家民營無線電播音台，被舉為主席，仍從事公益事業，直至事變發止。先生現在任於醫師業務外，仍兼發行人。該報已有四十餘年歷史，銷行遍國內外。此外復任中華國內佈道會常務董事，生命雜誌。

— 199 —

（張丹子編：《中國名人年鑑·上海之部》【中國名人年鑑社 1944年版】刊載的王完白先生介紹）

福音電臺創辦後，王完白等人苦心經營，「無休止，無缺乏」〔註22〕，根據聽眾的要求不斷改進節目內容和形式。

電臺的日常節目有宗教類和非宗教類兩種。其中宗教節目所佔比例最高。如周一至周六的節目從早上 7：30 的音樂開始，晚 10：00 結束，節目總時長為 395 分鐘，其中宗教類節目占 235 分鐘，非宗教類節目 160 分鐘。周日節目從早 7：45 的晨禱開始，晚 9：30 結束，節目總時長為 375 分鐘，除播出 60 分鐘的民營無線電播音業同業公會節目外，其餘 315 分鐘全部為基督教節目（包括音樂，布道，禮拜和晚禱）。福音電臺設置非宗教節目，說明基督教廣播並非一味說教，而是同時結合了「曲線宣教」的策略，通過播送大眾世俗生活中比較喜愛和關心的內容來吸引聽眾，在日積月累的浸潤中，逐步改變普通聽眾的信仰與習俗。

作為一個專門性質的基督教電臺，福音電臺的目標受眾群主要是基督徒和潛在的基督信仰者，目的是使他們通過收聽廣播，更加理解聖經等基督教教義，跟隨節目參與祈禱等宗教儀式，從而更加「接近」耶穌基督，來增強信仰，增加「靈性」而獲得「重生」。這也佐證了該電臺的宗旨：「輔助造就基督人格，救助未得真理者，及輔助各需要者。」〔註23〕

該臺宗教性質的節目有：

　　（1）音樂：周一至周六每天 8 次，共 95 分鐘；周日 1 次，15 分鐘。

　　（2）布道：周一至周六每天 6 次，共 90 分鐘；周日 2 次，包括俄文布道 1 次（30 分鐘），國語布道 1 次（60 分鐘）。

　　（3）晨禱：每天 1 次，30 分鐘。

　　（4）晚禱：周日 1 次，60 分鐘。

　　（5）禮拜：星期日共 3 次，包括英文禮拜 90 分鐘，粵語禮拜 30 分鐘，夜禮拜 30 分鐘。

　　（6）聖經研究：周一至周六每天 1 次，20 分鐘。

星期日是基督教的禮拜日，大部分基督徒都在禮拜日這天，放下手中所有的事情到教會去作禮拜。基督教「禮拜」的主要內容有祈禱、唱讚美詩、唱詩班獻唱、讀經、講道、啟應和祝福等。其中，牧師的講道在禮拜的內容中占

〔註22〕王完白：《前奏曲》，《福音廣播季刊》1936 年第 1 卷第 2 期。

〔註23〕《福音廣播季刊》第一卷第二期，中華民國二十五年十月至十二月。

重要的時間。福音電臺也配合這個特殊的日子，在禮拜日轉播教會的「禮拜」活動，並在一天當中安排三次「禮拜」節目——上午、下午、晚上各一次，分別用不同的語言（英語、國語和粵語）播出。「星日上午轉播聖三一堂英語禮拜，下午轉播勉勵會國語禮拜、聖公會國語禮拜，晚上有粵語禮拜、國語講道等。」〔註24〕這種儀式性極強的禮拜日播音，通過無線電波傳向聽眾，無疑營造了一個比實體教堂要寬廣數倍的空中「教堂」。

宗教性質不明顯的節目有周一至周六的英語新聞 15 分鐘，兒童故事 30 分鐘，英文故事 25 分鐘，王完白醫師播講醫學衛生 25 分鐘，中央臺節目 65 分鐘。周日則有播音業公會節目 60 分鐘。其中，除了轉播中央電臺的 65 分鐘節目和播音業同業公會 60 分鐘節目為非宗教內容外，其他類似兒童故事、醫學衛生等節目，實質還是圍繞著宗教事業而設立。

除了日常節目，福音電臺還對基督教會的一些重大事件進行廣播。如對於奮興布道大會的宣傳。1936 年 6 月，福音電臺舉行第一次無線電的奮興布道大會，為期十天，由上海宣道會守真堂的趙世光、浸信會戚慶才兩位牧師負責。〔註25〕

福音電臺關注社會熱點和重大事件，但卻注意以基督教的立場和觀點來報導，意圖引導聽眾從宗教的角度看待這些社會熱點，從側面進行引導。如 1936 年 12 月，震驚中外的西安事變爆發。福音電臺對此高度關注，並對這一事件進行了詳細及時的報導：

「後即在本電臺每日報告，請國內信徒，午間同時祈禱。迨耶誕日將晚，本電臺得西報確息，蔣委員長也已脫險，立在電臺以中英文廣播佳音，頃刻之間，歡騰全國，余等即在電臺中感謝神恩。後讀教會報紙，知蔣委員長在西安被劫持時，各物皆捨棄，唯獨保留聖經，後此半月內，只有讀聖經祈禱，而次日遇救。箴言云，心中謀算在人，應允祈求在主，與吾國謀事在人成事在天之古語，若合符節，固凡合於主旨之祈求，必蒙允許，成就之速，如應斯響也。〔註26〕」

〔註24〕http://www.shtong.gov.cn/node2/node2245/node75195/node75204/node75305/node75319/userobject1ai92068.html

〔註25〕戚慶才：《我在福音電臺布道之經過》，《福音廣播季刊》第 1 卷第 2 期（1936 年 10～12 月），第 5～7 頁，轉引自陳文文，徐翠：《上海福音廣播電臺——中國空中福音的先聲》，《科技信息》2009 年 25 期。

〔註26〕《福音廣播季刊》第一卷第三期，中華民國二十六年一月至三月份。

對待這一轟動一時的政治事件，福音電臺卻將重點放在蔣介石的基督教信仰上，將一個本是社會各種政治勢力博弈所產生的結果，解讀爲基督教在其中產生的決定作用，從而使聽眾以爲西安事變的和談和蔣介石重歸自由是由於他對基督教的虔誠，是「合於主旨之請求，必蒙允許」。這種對事件的解析顯然是以基督教爲核心的評價方式，旨在引導聽眾通過該事件增強宗教信念，強化對基督教的信仰和崇拜。

與上海同時期的其它民營電臺相比，福音電臺有許多與眾不同之處：

首先，電臺的發起者大部分都是中國基督徒，包括王完白、李觀森、趙晉卿、謝頌羔等。王完白是上海著名的醫生。李觀森是上海著名的商人。趙晉卿的地位最爲顯赫，曾任上海總商會主席和上海工部局第一任華人董事，熱心於教育和慈善事業。謝頌羔是民國時著名哲學家、翻譯家。他們四位都是虔誠的基督教徒，並有一定的經濟基礎。〔註27〕王完白對廣播的作用有深刻認識。他認爲，「無線電播音，已爲今日人類交通勢力最大之利器，無論政治軍事教育宣傳，皆以此爲工具……我基督徒欲求福音易於廣播，捨此莫若」。〔註28〕而僅僅在其它的非專門的基督教電臺中插播基督教節目，福音的傳播效果是非常有限的，「往往宣道以後，即繼之以雜音，似失教義之眞銓」。〔註29〕因此，王完白等人決定成立專門的電臺來宣講福音。

其次，福音電臺的經費皆來自捐款，不設廣告節目。經費起初由發起人自行捐助，三年後電臺影響日益擴大。於是在 1936 年電臺擴大電力爲 1000 瓦，成爲國內民營電臺中功率最大的一家。另建新機後，爲了籌募更多捐款，電臺又成立了福音廣播社（Christian Broadcast Association），向社會公開徵求社員，凡對該宣教事業願意合作者，依該社所訂章程每年繳納會費，即可成爲社員。〔註30〕福音廣播社認爲，「此種事業，不宜由少數人獨任。多數經費，應由多數人各任少數經費，故發起徵求社員，是本社爲國內信徒廣播福音之

〔註27〕 參見陳文文，徐翠：《上海福音廣播電臺——中國空中福音的先聲》，《科技信息》，2009 年 25 期。

〔註28〕 王完白：《前奏曲》：《福音廣播季刊》，第一卷第三期，中華民國二十六年一月至三月份。

〔註29〕 趙錫恩：《福音廣播之社小史》，載《中國基督教會年鑒》第十三期（1934～1936），第 103 頁，轉引自陳文文，徐翠：《上海福音廣播電臺——中國空中福音的先聲》，《科技信息》，2009 年 25 期。

〔註30〕 http://www.shtong.gov.cn/node2/node2245/node75195/node75204/node75305/node75319/userobject1ai92068.html

公共機關。」〔註31〕之後，社員年捐成為電臺的主要經費來源。除社員年捐，還有一部分特捐，如 1937 年「黃簥之太太家屬，爲紀念先德，捐來基金伍佰元」。

　　第三，雖然當時上海播放基督教節目的電臺已不算少，但這些電臺都不是專門電臺，不會把基督教節目作爲主要的內容來安排；福音電臺的基督教節目卻是時間最長、所佔比例最大的，而且儀式性的基督教節目出現的頻率非常高。福音電臺的節目豐富多樣，包括音樂、晨禱、禮拜、布道、聖經研究、英文宗教演講、兒童故事、英文故事、醫學衛生、德育故事、英文新聞等。醫學衛生的主講人爲王完白，英文演講、兒童故事等則主要由各教會的外國人主領擔任；粵語布道有李觀森、黃觀湯等；國語禮拜主要由戚慶才擔任；晨禱由梅立德擔任，竺規身等負責德育故事，《字林西報》館也借福音電臺廣播英文新聞報導。〔註32〕這也與基督教注重社會事業的特點相一致。

　　第四，爲吸引收聽，福音電臺非常重視與聽眾溝通，並善於聽取聽眾意見和建議，據此作出適當修改，顯示出可貴的受眾本位觀。王完白在每周五的播音時間都會針對來信聽眾的問題作出詳細解答。其中有些是關於醫學問題的，但更多的是宗教上的問題，如告訴聽眾怎樣祈禱，應該讀什麼神學書籍等。《福音廣播季刊》也開設《福音播音信箱》和《小朋友信箱》專欄，登載聽眾的來信。能夠在播音時間回覆聽眾來信，使聽眾感覺自己受了很大重視，更加願意與電臺互動，也促使他們更願意接受傳道。一位聽眾就表達了他在聽到電臺回覆時的激動心情：「的確是一劑良好的藥劑，在電臺中這樣誠懇答覆我，這非但是一種極大的安慰，並且還是表現出上帝的榮耀〔註33〕」。

　　在這裡，不信仰基督教聽眾的意見也能得到充分尊重。有一位署名「秋帆君」的聽眾寫信給王完白傾訴說：「我並不是個耶穌教徒，可是因爲身體的衰弱，幾年來給疾病纏磨著，弄得精神上苦痛非凡，時常無緣無故的會起厭世思想，所以我很喜歡聽福音電臺的播音，由於是先生的醫學與宗教，我希望宗教能夠解除我的苦痛，但是對於布道之一節目，我感到非常失望（恕我

〔註31〕 王完白：《前奏曲》：《福音廣播季刊》，第二卷第一期（1937 年），轉引自陳文文，徐翠：《上海福音廣播電臺——中國空中福音的先聲》，《科技信息》，2009 年 25 期。
〔註32〕 參見陳文文，徐翠：《上海福音廣播電臺——中國空中福音的先聲》。
〔註33〕 《福音廣播季刊》第一卷第二期，中華民國二十五年十月至十二月。

坦白的說），因爲他們的言論，不能叫我貿然來信仰耶穌，過去我嘗看過一些哲學書籍，那裡的唯物論，給了我很大的影響，因爲宗教理論沒有辦法來說服唯物論，所以我也沒有辦法來信仰耶穌，所以我希望今後布道的先生們，能夠側重於宗教理論的講解，想法子使一般未會信仰耶穌的也來信仰，不要單爲已經信教的教友們講聖經就完了，要知道像我一樣想信仰耶穌卻沒有辦法相信的青年，不知道多少呢？他們站立在教堂外面，期待著你們理論的說服。」〔註34〕面對這樣尖銳的質疑，王完白立即做出了回應：「按我已允許秋帆君，在五月起，於每晚七時後講醫學與宗教時略講唯物論與基督教，一經報告，立即受到許多青年學子的來信，表示歡迎此項題目」〔註35〕。

在節目的組織上，福音電臺也聽取並借鑒了很多聽眾意見，如王完白的演講原是前半段時間講醫學，後半段時間講基督教義，後來有聽眾來信反映說，他們由於並不是教徒只聽前半段，當播到後半段時就轉臺或關閉收音機了。爲了能吸引更多的聽眾進教，王完白就在前半段講醫學的時候也穿插著講一些宗教知識。爲了更好滿足聽眾的需求，福音電臺還向聽眾徵求播音時間，因爲有聽眾要求將王完白的醫學講座延遲一個小時，於是王完白在播音時間向聽眾公開徵求意見，並決定「憑多數解決」，爲此電臺收到了 70 多封信件。

根據聽眾的反饋，福音電臺的節目有過多次的調整，節目類型不斷增加。除了宗教性的節目外，還設立了新聞節目（新聞與報告、晚間新聞）、文藝節目（音樂）等，並隨著不同情況做相應變動。但是宗教節目始終是比重最大的，並且各類宗教節目的頻率和時間也在不斷增加，新聞節目的時長在逐漸縮短。1934 年是每天早晚各一次，共 50 分鐘；1935 年是周一至周六每天下午一次，共 30 分鐘，周日的這一時間段爲勉勵會節目；1937 年是周一至周六每天中午一次，共 15 分鐘，周日的這一時段沒有任何節目播出。可見，電臺並沒有把新聞放在重要的位置，這也與當時人們對廣播的認識有關，在當時廣播更多的作爲一種「娛樂」的工具，新聞傳播只是其附帶的一項功能，不是其主要功能。而福音電臺更多的把廣播作爲宗教傳播的工具，所以播報新聞也不是該臺的重點。

1937 年，該臺在周日增加了中央節目和播音業公會節目。增加中央電臺

〔註34〕《福音廣播季刊》第一卷第四期，中華民國二十六年四月至六月份。
〔註35〕《福音廣播季刊》第一卷第四期，中華民國二十六年四月至六月份。

的節目，是爲了貫徹執行 1936 年 4 月中央廣播事業指導委員會規定的下午 8 點至 9 點 5 分「一律轉播中央廣播電臺節目」〔註 36〕。當然，福音廣播電臺與國民黨當局的關係也是十分密切，正如在該社出版的《福音廣播季刊》中所公開宣稱的：「本電臺素以提倡基督教之信仰與實行爲職志，與蔣委員長（即蔣介石）的主張如出一轍」〔註 37〕。自然也會貫徹執行中央廣播事業指導委員會的規定，轉播中央廣播電臺的節目。同時，福音電臺還是上海無線電播音業同業公會成員，王完白又任該會主席兼執委，增加播音業公會節目，也在情理之中。據《申報》1937 年 8 月 9 日的報導，周日晚上 8 點至 9 點 5 分是播音公會自用聯合播音時間〔註 38〕，所以福音電臺也在這一時段轉播播音業公會節目。

對照該臺不同年份的節目表〔註 39〕，雖然其中有過多次調整，但也體現出某些相對恒定的辦臺理念：

一是多種語言並用。

該臺從一開始就設有英語新聞和布道節目，並且始終堅持用英語播報新聞這一傳統。英語節目一方面可以吸引在華外國人和海外英語聽眾的收聽，擴大福音廣播的收聽範圍；另一方面，從 20 世紀開始，由於基督教積極改變傳教方式，中國的基督徒構成也發生了很大的變化。他們當中不乏知識分子和上層人士，而教會學校中的宗教教育也使一部分青年知識分子接受了基督教，或即使不信教，對基督教也有好感。教會學校中的基督徒數量也有較大增長，僅 1907 年至 1920 年間，全國教徒的人數就增長了 105%，而教會學校的學生人數則增長 322%。一些英語基礎好的大中學生已經可以直接與外國人對話。這部分聽眾完全可以作爲英語節目的受益者。因此，福音電臺一直堅持設立英語播報新聞的環節，目的就是爲了吸引海內外的英語聽眾，還有上海及附近少數的中國聽眾。

爲擴大宣傳範圍，該臺的節目中還增加了其它語種的節目。如國語布道、俄文布道。更爲難得的是，電臺還增加了方言講道和粵語禮拜節目。這樣做的目的，就是吸引不同方言區的聽眾收聽。

〔註36〕《新聞報》1936 年 4 月 21 日報導，參見《舊中國的上海廣播事業》，第 221 頁。
〔註37〕《福音廣播季刊》第一卷第三期，1937 年 3 月出版。
〔註38〕《申報》1937 年 8 月 9 日報導，參見《舊中國的上海廣播事業》，第 245 頁。
〔註39〕參見本書附錄一。

二是注重醫藥衛生知識的傳播。

王完白以一名醫生的身份每天在電臺播講半小時的醫學和衛生常識節目：「編者每晚七時起所任之演講，自本臺創設迄今，從未間斷，雖以醫學衛生爲名，實以後半段之道德貢獻爲主體，聽眾之由此信主者，爲數殊多〔註40〕」。王完白曾自述創辦這一節目的初衷：「完白在無線電臺演講，題材是以醫學爲賓，宗教爲主，意在引人入勝，歷年因收音而信仰基督的，已難屈指計算。」「聽眾由醫學之階梯而信仰基督者，爲數頗多。」〔註41〕一位寧波的徐先生來信表示：「我最敬愛的完白大醫師，鄙人在五個月前曾經要求醫師答覆醫藥問題，後因經濟不繼，回家調養，現居之地，空氣與環境俱佳，依照先生所講之四項肺病調養法，皆悉心遵守，新近購得收音機，得重聆宏論，對宗教已決意信仰，實行日夜祈禱〔註42〕」。上海《新聞報》也刊載《一個病人的見證》，讀者莊馥春表示，自己本不信教，但在病中聽王完白福音廣播中的醫學與宗教談話後，受洗信教。「我信主的動機是聽了王醫師的播音。」〔註43〕

《福音廣播季刊》幾乎每期都有病人的來信，敘述他們如何在聽了醫學和宗教演講後得到身心上的康健。在積貧積弱的舊中國，雖然擁有收音機的家庭大多爲城市中上層人家，但若因「聽」廣播節目而使病體康復，似乎直到今天都是一種經濟而安全的選擇。同時，大量醫藥知識等內容的播講，無形中也吸引了許多非基督教信徒的收聽〔註44〕，事實上等於培養了一批潛在的基督徒。

實際上，以醫藥衛生的手段來進行宗教宣傳並不是該臺首創，而是基督教傳播的傳統方式之一。西方傳教士一直都把醫療事業「作爲福音的婢女」。根據中國社會落後的醫療衛生狀況和中國民眾對外來宗教的態度，19世紀來華的傳教士們逐漸探索並形成了一整套獨具特色的傳教方法，「醫藥傳教」（medical mission）即爲其中之一種〔註45〕。馬禮遜、郭士力等早期來華的傳教士，大都是一邊布道，一邊行醫。傳教士把治癒病人作爲最好的廣告和接

〔註40〕《福音廣播季刊》第二卷第三期，中華民國二十七年一月至三月份。

〔註41〕《福音廣播季刊》第三卷第一二期合刊，中華民國二十七年秋冬兩季。

〔註42〕《福音廣播季刊》第二卷第三期，中華民國二十七年一月至三月份。

〔註43〕莊馥春：《一個病人的見證——在痛苦中平安快樂》，選自王完白編：《見證如云：無線電聽眾之自述》，中華民國二十九年十二月上海競新印書館印製。

〔註44〕這從《福音廣播季刊》中的聽眾來信可以看出。下文有相關案例介紹。

〔註45〕吳義雄：《醫務傳道方法與「中國醫務傳道會」的早期活動》，《中山大學學報論叢》，2000年第3期。

近群眾的手段，許多傳教點都有傳教醫生的診療活動。儘管大多數中國人對於外國傳教士懷有恐懼和疑慮，但一些窮人和瀕臨死亡的病人願意冒險求助外國醫生，並因西醫的治療而恢復健康並皈依上帝。醫學傳教因而被各傳教士是爲傳播福音的最佳途徑之一〔註46〕。「醫藥傳道」的方法不但有利於打破普通民眾對於基督教這一外來「洋教」的懷疑和排斥心理，同時使那些被醫治痊癒的病人對基督教產生好感，從而更容易接受他們的講道。通過尋醫問病而接觸宗教，進而產生宗教信仰的情況在今天的中國依然屢見不鮮。

　　廣播事業興起後，以治病爲手段的宣教方法被順勢移植到廣播中來。這些節目爲聽眾提供了一些疾病的診治及調養方法，確實起到了一定作用。如王完白曾經提及：「十二月三十日，上海市衛生局職員某醫師來寓見訪，因他有一親戚，患肺病甚久，且發時吐血，但三次用愛克斯光檢查，沒有顯著的損害，又驗痰多次，也從來找不到結核菌，因症狀既爲肺病，所以在鄉間靜養，上禮拜六又去驗痰，仍然沒有病菌，但發見一些螺旋體，他也不以爲意，恰巧本禮拜一在無線電中聽我講肺病調養法，說到咳血的原因，也有因患氣管支螺旋體而起的，可用治梅毒的針藥治療本病，他聽了喜出望外，所以託某醫師來問的，這也可算巧極了。〔註47〕」

　　值得注意的是，基督教電臺播出的醫藥衛生節目並非純粹播講醫學常識，而是夾帶著對基督教義的宣傳，將醫藥的神奇作用比附在基督教上，宣傳新教能夠使身體康健的觀念。一些病人確實因爲根據電臺播送的治療方法而痊癒，卻誤以爲是信仰基督教的結果，從而對基督教深信不疑。而電臺以傳播醫藥衛生知識爲引子，播講基督教義，還使得一些開始只是想收聽醫學演講的聽眾接觸到了基督教，隨後在潛移默化中被「神恩奇妙」感召成爲忠實的基督徒。

　　三是較早開設針對兒童和婦女的對象化節目。

　　在基督教會開展的各項事業當中，對於兒童這一特殊群體一直高度關注。羅素曾指出：「絕大多數人信仰上帝，是因爲讓他們從兒童時代起就受到了這種薰陶，這才是主要的原因。」〔註48〕實施兒童教育，培植兒童基督化人格，介紹他們接近教會，從而引領他們「歸主」，是很多基督教組織極爲重

〔註46〕姚民權、羅偉虹著：《中國基督教簡史》，宗教文化出版社2000年版，第216頁。

〔註47〕《福音廣播季刊》第一卷第三期，中華民國二十六年一月至三月份。

〔註48〕〔英〕羅素：《爲什麼我不是基督教徒》，商務印書館1982年版，第18頁。

視的。福音電臺延續了基督教關注兒童這一特殊群體的做法，一直辦有「兒童故事」之類的對象化節目，由專家擔任兒童節目的播講員，除教唱詩外，並演講故事，還把這些故事印製成冊，在電臺中鼓勵兒童免費來函索取。「本社對於該項節目兒童來信所問一切，皆不嫌麻煩，一一解答，以謀兒童福利」〔註49〕。從《福音廣播季刊》創刊起，就辦有《小朋友信箱》，刊載一些兒童聽眾的來信，十期的季刊中共刊登了 18 封兒童聽眾來信。

電臺還開設了面向婦女的《家庭改良》節目。基督教從創立之始就把婦女看做社會中平等的一員，給予了極大的同情和關注，在讀者來信以及一些見證中，都有關於婦女聽眾的內容。《福音廣播季刊》第三卷一二期合刊中還專門闢出一個版塊《收音機畔的女信徒》，其中有王完白的介紹文章，「就通信和會面的聽眾看起來，多數固屬男性，然而女界收聽受感的，確乎占著很高的數目，因爲家庭中日常能坐在收音機旁的，似乎女性居多，無論識字與否，無不易於領受，我以爲電臺勝於報紙的地方，這也是很有力的一點。就本社已出版的八期季刊中，檢查女界信主的記載，已經不少，現在專就已經知道的女信徒，再提出十位，證明主的奇妙救恩。〔註50〕」

四是該臺始終堅持做非營業性的專門服務社會的基督教廣播電臺。據當時上海的西文報紙稱，這種非營業性的傳教電臺，在全球也是唯此一家。〔註 51〕福音電臺之所以能夠一直發展如此順利（除日本佔領上海期間外），能夠不被外界干擾而專心傳播福音、宣揚基督教義、爲社會服務，與當時電臺所有成員的努力是分不開的。比如電臺的專人牧師竺規身，長期播講德育故事，同時還應聽眾要求，解答各種宗教疑問，舉行代禱，訪問病客，或會晤慕道之友。而該臺的負責人王完白則不僅在電臺親任醫療衛生節目主講人，還擔任民營無線電播音業同業公會的執行會主席，社會活動十分繁忙，對福音廣播電臺的發展也非常有利。另一方面，該臺與國民政府當局的關係相當融洽〔註52〕，這也爲其順利發展鋪平了道路。1934 年電臺正式播音時舉行的盛大的開幕典禮上，上海市長吳鐵成、督辦張之江等都做了演講。1936

〔註49〕《福音廣播季刊》第一卷第二期，中華民國二十五年十月至十二月。

〔註50〕《福音廣播季刊》第三卷第一二合刊，中華民國二十七年秋冬兩季。

〔註51〕阮仁澤、高振農主編：《上海宗教史》，上海人民出版社 1992 年版，第 852～871 頁，轉引自李向平：《「海派基督教」及其歷程——歐美基督教在近代上海的社會化問題》，《二十一世紀》擴增版，第二期，2002 年 5 月 31 日。

〔註52〕參見陳文文，徐翠：《上海福音廣播電臺——中國空中福音的先聲》，《科技信息》2009 年 25 期。

年電臺新機落成禮上，各界領袖四百多人參加。「蔣夫人宋美齡女士演講」、「外交部長張岳軍夫人演講基督徒對於社會的責任」、「聖約翰大學卜舫濟校長英文演講」、「滬江大學劉湛恩校長演講奮戰、團結、犧牲」〔註53〕等，都在當時引起了極大的社會反響。

三、晏陽初與河北定縣廣播實驗

20世紀30年代初，一些懷抱改造社會理念的基督徒，在嘗試用廣播作為實現理想的工具時，將廣播電台從城市轉向了鄉村。這便是基督徒晏陽初與他領導的中華平民教育促進會創辦的定縣實驗電臺。

晏陽初（Y. C. James Yen，1890～1990），四川巴中人。原名興復，字陽初，小名雲霖，世界著名的平民教育家和社會學家。1913年就讀於香港大學，後到美國耶魯大學主攻政治經濟學，獲學士學位。1919 年入普林斯頓大學研究院攻歷史學，獲碩士學位。1923～1949年擔任中華平民教育促進會總會（以下簡稱平教會）總幹事。1926 年在河北定縣（今定州市）開始鄉村平民教育實驗。1940年創辦中國鄉村建設育才院（後名鄉村建設學院），任院長。1944～1945年獲美國錫拉丘茲等三所大學授予的榮譽博士學位。1950年赴美國繼續從事平教事業。1985 年美獲准訪問河北定縣，並受到當時政協主席鄧穎超的接見。1990 年病逝於美國。他終身致力於亞非拉落後地區的平民教育、鄉村改造事業，在教育領域的成就獲得了國際認可。1943 年 5 月，在哥白尼逝世 400 週年紀念會上，晏陽初與愛因斯坦、杜威等人一同被美國百餘所大學的學者推選為「現代世界最具革命性貢獻的偉人」，是當時獲此殊榮的唯一一位東方人。〔註54〕

晏陽初生於四川巴中一個世代書香家庭，父親是當地的塾師，後來成為一個基督教內地會福音堂的中文教師。他在少年時代便皈依基督。1918 年，晏陽初赴法國，任北美基督教青年會戰地服務幹事，其間，他曾在20萬旅法華工中開展了卓有成效的漢語識字教育活動。1920 年在美國普林斯頓大學研究院獲碩士學位後回國，在上海基督教青年會全國協會智育部主持平民教育工作。1923 年，晏陽初組織成立中華平民教育促進會總會，任總幹事。此時的晏陽初雖已辭去青年會之職，但平教會與基督教會的關係仍然極為密切，

〔註53〕《福音電臺新機落成禮》，《申報》1936 年 1 月 5 日報導。

〔註54〕徐敏，王小丁：《晏陽初平民教育思想與中國教育近代化》，載《文史博覽（理論）》2010 年 12 期。

青年會在其中一直起了很重要的作用。平教會資金大多源於基督教信仰非常濃厚的美國，定縣的農村工作也得到教會的支持。〔註55〕教會組織、傳教士、教會教育對晏氏的家庭、人生、事業等有著巨大深遠的影響。正如他在《九十自述》中所言：「影響我一生至深的是內地會。」〔註56〕而基督教會對晏陽初也深感自豪，認爲「中國內地會不必說其它，只就培養出晏陽初一件事說來，已經是極大成果了。」〔註57〕

平教會成立後，即在國內許多地方開展平民教育工作。1929年，平教會選擇了河北定縣作爲「社會的實驗室」，全面推行晏陽初所提出的「文藝、生計、衛生、公民」四大教育。一批留洋歸來的博士、教授，如美國康奈爾大學農學博士、曾任廣州嶺南大學以及南京國立東南大學教授的馮銳，留學美國、曾任北平商業專科學校校長的姚石庵，美國衣阿華大學博士、曾任北京師範大學教授的劉拓，留學法國、曾任北京大學教授的孫伏園，以及留學美國哈佛大學醫學院的陳志潛、著名社會學家李景漢先生等，都先後參與了這一實驗。「當時，祖國大地正是戰亂頻仍、民不聊生的時代，農村中略有文化、有本領的人紛紛逃離土地，到城市中謀生，而這些留洋歸來的博士、教授們卻自願放棄城市的安逸生活，攜帶眷屬來到落後的定縣農村開展平民教育工作，一時間可謂聲勢浩大。晏陽初、平教會、定縣實驗，在當時的朝野上下、甚至國際上都享有很高的知名度。」〔註58〕

1930年6月，天津中國無線電業公司經理胡叔潛借給平教會價值數千元的電臺一座，以供平教會做研究。對此，參加過當年平教工作的鄭炯裳先生曾有如下回憶：「我們在這農村破產、災禍遍地的中國，從事促進平民教育的工作，與探討或解決農村一切問題之實驗，這現成有效的利器，如果用得其法，必能幫助我們收到一舉百效的功績。幸於民國19年6月，承天津中國無線電業公司經理胡叔潛先生，慷慨借予價值數千元的電臺一座，供我們做研究的工具」。〔註59〕他們將播音設備運抵定縣縣城安裝，於是傳播設施（廣播電臺）建起來了。然後，他們從6個示範性的村莊做起，隨即又在定

〔註55〕　參見薛偉強：《晏陽初與基督教的不解之緣》，《世界宗教文化》2007年第1期。

〔註56〕　薛偉強：《晏陽初與基督教的不解之緣》，《世界宗教文化》2007年第1期。

〔註57〕　參見薛偉強：《晏陽初與基督教的不解之緣》，《世界宗教文化》2007年01期。

〔註58〕　宮承波：《中國第一座對農廣播電臺考》，《現代傳播》2005年第3期。

〔註59〕　鄭裳裳：《廣播無線電在農村教育中的實驗》，《民間》1934年第一卷第六期。

縣境內選定了 13 個大小、遠近、窮富、智愚等情形各不相同的村子，每村安置一臺公用的四管式收音機，再配以相應的輔助設施，於是收聽工具也具備了。遂於同年 9 月底，他們開始播音的實驗。〔註60〕就這樣，一座專門面向當地農民的廣播電臺誕生了。定縣實驗電臺應當是我國的第一座對農廣播電臺。〔註61〕

　　定縣實驗電臺主要承擔的是教育功能，「以介紹和訓練改進平民生計所必需之知識技能為宗旨」〔註62〕，節目內容主要是「宣傳平教工作及農民生活上有關係之事件，包括農業常識和農民四季疾病預防等現實需要的東西」〔註63〕，具體可以概括為生計教育、衛生教育、公民教育（思想道德教育）和文藝教育。生計教育節目緊緊圍繞四季流轉的農業生產這一核心。衛生教育節目主要是反覆宣傳洗澡潔身、洗衣除污、保護眼睛、喝開水等衛生常識。公民教育（思想道德教育）和文藝教育節目則是為了提高農民的社會公德意識和社會參與意識，把一些傳統的教化故事經過改編後廣播給農民聽。對於國內外大事要事，電臺也都及時予以發佈，以使「農民不出村，能知世界事」。電臺人員還常常結合當地農民熟習的地方戲曲，編寫有關播音稿，並選編唱片故事，在廣播中教授音樂、戲曲等，使農民們得到許多富有鄉土特色的文藝教育。〔註64〕利用廣播，平教會對當地農民實施了一系列現代性觀念與行為的普及教育。遺憾的是，1936 年，日本對華北的侵略步伐步步逼近，晏陽初和平教總會在戰爭威脅下離開定縣，向南撤退，廣播實驗也隨之終止。

　　可以看到，在致力於「中華歸主」的宗教傳播過程中，中國的基督教廣播工作者在「主歸中華」方面也做出了可貴的探索。這些「盒子傳教士」為中國基督徒建構了不同以往的空中「教堂」，也為廣播事業增添了一道別樣的風景。

〔註60〕 鄭聚裳：《廣播無線電在農村教育中的實驗》，《民間》1934 年第一卷第六期。

〔註61〕 宮承波：《中國第一座對農廣播電臺考》，《現代傳播》2005 年第 3 期。

〔註62〕 李濟生主編：《晏陽初與定縣平民教育》，河北教育出版社 1990 年版，第 47 頁。

〔註63〕 宋恩榮編：《晏陽初文集·平民教育運動的回顧與前瞻》，教育科學出版社 1989 年版，第 227 頁。

〔註64〕 宮承波：《中國第一座對農廣播電臺考》，《現代傳播》2005 年第 3 期。

第三節　天主教廣播的興辦

天主教又稱公教，是在羅馬教會的基礎上發展起來的，因此也稱羅馬公教。16 世紀天主教傳入中國時，其信徒將所崇奉的神稱爲「天主」，故在中國又被稱爲天主教。清康熙晚年，政府採取禁教政策，嚴厲禁止外國人在華傳教。到 18 世紀末，中國天主教徒的人數不升反降，由上紀初的 30 萬人跌至 20 萬，而在 19 世紀前二十年裏，同時在中國的傳教士也僅常年保持在 40 人左右。〔註 65〕

鴉片戰爭後，中國逐漸淪爲一個半封建半殖民地國家。在不平等條約的保護下，天主教重新獲得在中國的傳教自由，並且取得較以往從未有過的發展。來華的傳教士、修會、中國神父、中國教徒等數目急劇增長，天主教傳教範圍幾乎遍及中國全境。〔註 66〕辛亥革命之後，宗教的合法地位得到保證，同時天主教本身也採取了一些措施，通過限制傳教士的政治活動和興辦各項社會福利事業等措施努力改善其社會形象。據 1920 年中華續行委員會就全國基督教事業概況進行的普查統計，當時的天主教徒達到了 1971189 人。

在基督教組織率先利用廣播傳道並獲得較好反響後，天主教組織和個人也看到了廣播這一利器對於傳道的好處，認識到無線電廣播是「宣傳最優良的工具」〔註67〕，開始利用廣播從事宗教活動。「在歐美的公教人士開始利用無線電來宣傳眞理，最初是出於自衛，借鏡於我們的敵人。」〔註68〕1923 年，「美國許多廣播電臺便有了每周一次的公教節目；全國的聯播起始於一九二九年。在同一時期（一九二四～一九三〇），歐洲的每一公教國家，大多數皆已開始了公教的廣播。」〔註69〕1931 年 2 月 12 日，教宗比約第十一向全球發表了廣播講演。當天是比約第十一加冕九週年紀念日，同時也是「華諦岡（作者注：指梵蒂岡）廣播無線電臺落成行開幕禮之日」。下午四點半，比約第十一到該電臺進行了廣播演說，爲電臺主持落成開播典禮，這是教宗親臨電臺，

〔註65〕晏可佳著：《中國天主教簡史》，宗教文化出版社 2001 年版，第 138 頁。

〔註66〕《中國天主教簡史》，第 1 頁，宗教文化出版社 2001 年版，第 164 頁。

〔註67〕姚耀思，《廣播傳教術與北平公教廣播事業》，《北平上智編譯館館刊》第二卷第六期（1947 年）。

〔註68〕姚耀思，《廣播傳教術與北平公教廣播事業》，《北平上智編譯館館刊》第二卷第六期（1947 年）。

〔註69〕姚耀思，《廣播傳教術與北平公教廣播事業》，《北平上智編譯館館刊》第二卷第六期（1947 年）。

首次以廣播爲平臺向全球發佈講演。比約第十一在演講中提到，宣傳聖道本來是他的職責所在，但是慶幸的是有了廣播這個「馬高尼（作者注：指實用無線電報通信的創始人伽利爾摩・馬可尼）君所置選之工具」，使他能夠「向萬物萬民作第一次談話」。他引用《聖經》中的句子，表達了對無線電廣播的倚重：「諸天聽余所言，大地聆余口語；居於普世之萬民不分貧富，專心一志，側耳聽之；環球島嶼及遠方民眾亦聽之。」〔註70〕教宗即羅馬天主教皇。天主教以教皇爲管理教會最高元首。教宗親臨電臺發表演說，對於全球天主教傳播事業的示範效應可想而知。

　　1939年11月11日，教皇庇護十二世在致美國主教團的公函裏表示，「希望公教人士，盡量利用無線電，宣傳基多（基督）底眞精神。」〔註71〕

　　天主教廣播之所以在歐美國家迅速發展，除了宗教界的努力外，還有一個重要原因就是其民眾「大多數是公教徒，在德國有二千萬公教徒，在美國有五分之一的人口是公教徒。」〔註72〕中國的天主教徒數量僅占總人口的「一百五十分之一」〔註73〕，但是天主教廣播也在20世紀30年代創辦起來。「在中國，傳教上有許多特殊的困難。例如：願意研究公教教義的教外人士，爲了顧慮或是害羞而不肯會晤神父；許多地位高尚和受過高等教育的家庭，因傳統習慣而對公教有偏見，沒有人能消除這種誤會；一位新皈公教的人，找不到方法能讓家庭中的旁人認識公教的信仰；廣播是這些問題的一部分（甚或完全的）答案。」〔註74〕天主教人士希望藉由廣播，使宗教與國人共見，「引他們走上尋求眞理之路，」故此相繼加入到廣播事業中來。

一、上海快樂電臺的天主教廣播

　　同基督教一樣，天主教廣播最早出現於上海。

　　1934年6月29日，上海中華全國公進會在陸伯鴻的組織下，開始借快樂電臺播講天主教義。這是爲迄今發現的中國天主教廣播的最早記載。快樂電

〔註70〕《教宗於廣播電中之講演》，北平1931年出版，出版者不詳，第2頁。
〔註71〕吳應楓：《黃鍾播音社開幕辭》，《聖心報》第五十五卷第十期（1941年）。
〔註72〕姚耀思，《廣播傳教術與北平公教廣播事業》，《北平上智編譯館館刊》第二卷第六期（1947年）。
〔註73〕姚耀思，《廣播傳教術與北平公教廣播事業》，《北平上智編譯館館刊》第二卷第六期（1947年）。
〔註74〕《廣播傳教術與北平公教廣播事業》，《北平上智編譯館館刊》第二卷第六期（1947年）。

臺呼號 XLHD，功率 50 瓦，由快樂無線電研究社設立，1932 年開播，1935
年 8 月被交通部命令停辦。

公進會播音的地址，位於上海南市的天主教會學校正修中學內，時間爲
「每日下午六時至七時。」主要是安排「熟悉教義之會員，輪值演講眞理，
以救世道人心，各界來函詢問疑難，研究眞理者，頗不乏人。均由該會專家
詳細答覆。」〔註75〕1934 年 7 月 28 日，天主教人士徐宗澤〔註76〕在該臺發表
演講，題目爲《明相國徐文定公》〔註77〕。徐文定公即明代的徐光啓。徐光
啓不僅是明末數學和科學家、農學家、政治家、軍事家，官至禮部尚書、文
淵閣大學士，同時也是上海地區最早的天主教徒，被稱爲「聖教三柱石」之
首。徐宗澤是徐光啓的第 11 代孫，天主教著名神父，時任徐家匯天主教堂藏
書樓主任，基督雜誌社社長兼總主筆。在這次演講中，徐宗澤詳細介紹了徐
光啓的歷史。

而從當天節目的安排則不難看出其日常的播出流程：1. 進行曲，弦樂合
奏；2. 鳴鐘；3. 唱耶穌帝王歌；4. 報告消息；5. 弦樂合奏；6. 徐博士演講
《明相國徐文定公》；7. 仰求聖母保祐中國歌；8. 管絃樂合奏；9. 唱祈求大
聖若瑟降福歌。均由正修中學絃樂隊歌唱班擔任，快樂電臺義務播送。〔註78〕

中華全國公教進行會是天主教的在俗教徒組織，簡稱「公進會」，是 1902
年教皇利奧十三世正式命名的。1928 年，教皇庇護十一世爲該會制定章程，規
定該會爲在俗教徒從事傳教的組織，維護宗教倫理與原則，舉辦社會福利事業，
在家庭及社會生活中建立遵照天主教教義的精神準則。凡天主教徒，不論年齡
性別、階層職業、文化程度，均可加入。在庇護十一世的扶持下，該會一度遍
佈西歐各國，第二次世界大戰後逐步衰微，爲其他天主教組織所代替。

〔註75〕《上海演講徐文定公歷史：由第十一世孫徐宗澤博士播音》,《公教周刊》1934
年第 278 期。
〔註76〕徐宗澤（1886～1947），上海青浦人。宇潤農，教名若瑟。明代徐光啓的第十
一代世孫，天主教神父。曾留學國外，得哲學博士和神學博士學位。民國 12
年（1923）起主編天主教《聖教雜誌》，兼任徐家匯天主堂藏書樓（亦稱圖書
館）主持人（司鐸）。抗日戰爭爆發後雜誌停刊，專心致力於藏書樓工作，多
年來搜集地方志 2000 餘種，成爲該樓藏書一大特色。著作有《中國天主教傳
教史概論》、《明清以來耶穌會教士著譯書目》等。
〔註77〕《上海演講徐文定公歷史：由第十一世孫徐宗澤博士播音》,《公教周刊》1934
年第 278 期。
〔註78〕《上海演講徐文定公歷史：由第十一世孫徐宗澤博士播音》,《公教周刊》1934
年第 278 期。

在中國，最早的公進會組織可追溯到 1911 年。這一年，經天主教人士雷鳴遠〔註79〕、陸伯鴻〔註80〕等發起，在天津、上海等地成立了公進會。「次年即遍及十數省區，後因天主教內部矛盾於 1917 年起開始衰落。」〔註81〕1928年，教廷令駐華宗座代表轉令各教區再次組織該會。當年即在北京成立了中華全國公教進行總會，並在各教區設分會和支會。1932 年，教廷派于斌出任總監督〔註82〕。此後該會的會務發展迅速，1935 年 9 月，該會曾在上海召開全國性會議。大會旨在交流各教區公教進行會的工作經驗，以推廣組織，加強訓練，更好地推進工作。這次會議經過第二任宗座駐華代表總主教蔡寧批准，並得到各教區主教司鐸的重視。會議設大會指導團和主席團，指導團主席蔡寧，成員為出席大會的全體主教；主席團名譽主席馬相伯，主席陸伯鴻。會議受到上海市政府的高度重視，上海市市長吳鐵城，國民政府行政院副院長孔祥熙分別參加了大會的開幕式和閉幕式。會議提出，要革新傳教方式，以適應現代社會的需要和現代人類的心理，加強新聞宣傳，運用廣播、電影等手段，加強天主教出版事業。這一時期，許多天主教人士都注意到多國公教電臺的成立，有意通過廣播傳播教義。上述快樂電臺的播音，就應是天主教人士實踐「觸電」的結果。

二、上海美籍耶穌會士的天主教英語廣播

1937 年 2 月 19 日，上海公教廣播又開始借公共租界的英文電臺進行定期廣播，之前係由上海公教會不定期地組織播出。廣播由美籍耶穌會士主持，廣播的語言為英語。第一次節目的內容為馬監牧對於當時在上海流行的由一位墨西哥共產主義者所著的一本攻擊上海罪惡的書的辯護演講。之後的演講每兩星期一次，由馬監牧與美籍以及愛爾蘭的兩位司鐸輪流播

〔註79〕雷鳴遠（Vincent Lebbe，1877～1940），字振聲，洗名味增爵，本籍比利時，天主教遣使會神父。他 1901 年來華，後加入中國籍。抗日戰爭初期曾組織救濟團隊救治中國各地的平民。

〔註80〕陸伯鴻（1875～1937），原名陸熙順，出生於上海的一個天主教家庭。20 世紀上半葉知名企業家、慈善家和天主教人士，曾任公教進行會會長一職。是第一批進入上海法租界公董局的五名華人董事之一。

〔註81〕中央人民政府情報總署 1950 年編印內部資料《外國在華教會概況》，第 77 頁。

〔註82〕于斌（1901～1978）是天主教會樞機，祖籍山東省昌邑縣，生於黑龍江將軍轄區蘭西縣，洗名保祿，字野聲，為第二位華人樞機。曾任天主教南京總教區總主教、天主教輔仁大學在臺復校首任校長。

講，「每次播講之後，各英文報紙或期刊必登載原文或節錄要點。」〔註83〕此外每星期午前十一點還廣播唱經彌撒。每隔一星期日下午還有大管琴演奏公教音樂。

上海公教廣播有以下特點：一是節目定期播出，每周或每兩周都有固定的節目。二是節目較爲單一，都是宗教性質的，大部分都是廣播演講，內容多爲宣傳天主教教義，例如討論神與人之關係，新經的默示，基利斯督之使命及其特點。演講節目被稱爲「主日道理廣播」。在天主教中，星期天是主日，是主耶穌基督復活的日子。主日時，天主教徒要望彌撒，聆聽講道，領受聖體。主日是天主教徒生活的中心。而唱經彌撒（天主教內最主要的宗教活動是彌撒）以及公教音樂也都是宗教意味極強的節目。

上海公教廣播在當時頗受英語聽眾尤其是外國聽眾的歡迎，一些英國水兵在咖啡館中，亦有每次按時前往傾耳靜聽。而報刊也關注到了上海公教廣播，「每次講演之後，各英文報紙或期刊必登載原文或節錄要點。」上海寵光社的通訊中更是用了「成績優良」、「大受歡迎」來形容。

寵光社在兩篇通訊中，報導了公教廣播的有關情況。原文轉載於下：

上海公教廣播之成績

（寵光社上海通訊）上海公教廣播自一九三七年二月十九日起，正式定期廣播成立以來，現已有二十七次主日道理廣播。頗受英語聽者歡迎，成績優良，即英國水兵在咖啡館中，亦有每次按時前往傾耳靜聽者。原上海公教之組織，久爲各界人士所渴望，直至去歲始正式成立。初由馬監牧對於當時流行上海書肆中，由一位墨西哥共產主義者，所著攻擊上海罪惡一書，加以辯護，爲第一次廣播。其後每二星期一次，由馬監牧與美籍耶穌會司鐸，及一位愛爾蘭籍聖高龍司鐸輪流演講，有關宗教布道的諸問題。每次講演之後，各英文報紙或期刊必登載原文或節錄要點。此外每星期午前十一點廣播唱經彌撒一臺。每間一星期日下午又大管琴演奏公教音樂一次。近公教廣播聯合會組織成立，爲維持公教廣播於久遠云。〔註84〕

〔註83〕 《上海公教廣播之成績》，《公教學校》，1939 年第五卷第 11 期。
〔註84〕 《公教學校》1939 年第 5 卷第 11 期。

上海公教廣播大受歡迎

（寵光社上海通訊）上海公教廣播，由美籍耶穌會士主持以來，成績日優，一九三七年一九三八年度之廣播，討論現代問題。一九三八年九月起至一九三九年六月，討論宗教問題。自有神論起，討論神與人之關係，新經的默示，基利斯督之使命及其特點，最後五題講討論基利斯督教會至公，至一，至聖，從教徒傳下之四大特性。上海英語聽眾，對於耶穌會士播音者之文藝化英文極為歡迎，因其詞句美麗，聲調抑揚，即從形式上講，亦足吸引一部分文藝嗜好之聽眾云。

這一時期，還有兩位著名的天主教人士也積極參與廣播活動，他們是愛國老人馬相伯以及著名的主教于斌。關於他們的廣播活動，將在後面做詳細介紹，此處暫不贅述。

第四節　廣播電臺弘揚佛法的開始

與基督教組織先知先覺，及時抓住廣播做為傳教工具不同，中國佛教組織對廣播的認知頗有些後知後覺。但在意識到其優勢後，佛教廣播很快進入高速發展階段，成為民國時期幾大宗教中幾乎可與基督教廣播相併提的宗教廣播類型。

一、佛教在 20 世紀初面臨的挑戰與應對

佛教在我國信眾最多，歷史最悠久，影響也最大。「自公元一世紀起，佛教應請來到中國，經幾百年的輸入接納、消化吸收，紮下深根，在中華文化深厚土壤的培育下開花結果，實現了中國化，成為中國文化的重要組成部分，在儒釋道三足鼎立、三元共軛的文化結構中，其地位僅次於儒家。」〔註85〕與基督教積極入世，積極運用各種現代媒介傳播基督教義不同，佛教卻是一種內斂的宗教，具有濃重的出世色彩。它把寺廟修建在遠離人群的地方，信佛被當做一種主動尋求而不是佛來找你。而在普通中國人看來，學佛即是「看破紅塵」、「遁入空門」，認為佛教徒對世俗生活的改善和社會群體的教化較少關心。這與基督教積極入世的精神顯然大相徑庭。

〔註85〕陳兵，鄧子美著：《二十世紀中國佛教》，民族出版社 2000 年版，第 3 頁。

　　20 世紀以來，中國進入前所未有的社會劇烈震蕩時期。外國勢力的不斷入侵，使中國的經濟、政治、文化諸多領域面臨著巨大挑戰，佛教事業也呈現衰頹之勢。佛教事業之不倡，既因國內形勢的劇變，還有佛教自身發展的問題，加上外來科學文化以及更晚傳入中國的基督教、天主教等「洋教」的衝擊。認識到這一危機及其根源後，佛教組織也開始積極主張改革。1912 年 4 月，全國性的佛教組織——中華佛教總會在上海成立，該組織以「統一佛教，闡揚法化，以促進人群道德，完全國民幸福」為宗旨，基本任務是「明昌佛學」、「普及教育」、「組織報館」、「整頓教規」、「提倡公益」、「增興實業」，以適應時代的變化。1913 年 2 月，中華佛教總會在上海召開第一次全國代表會議，選舉冶開、熊希齡為會長，清海為副會長，圓瑛為參議長，文希為總務主任；並確定將《佛教月報》作為總會的會刊，太虛為總編輯。1914 年 3 月，中華佛教總會召開會議，到會各省支、分部代表及來賓 400 餘人，會長冶開以年邁為由，函請辭職，會議又選舉清海任會長，鏡融為副會長。1915 年 12 月袁世凱稱帝後，下令取消中華佛教總會。其後，章嘉呼圖克圖、清海等上書北京政府，要求改中華佛教總會為「中華佛教會」，以期團結全國僧尼，繼續保護寺產。1918 年，北京政府又命令取消中華佛教會。至此，佛教界即處於無組織狀態。

　　中華佛教會被取消後，其下屬組織中比較強的省、縣分會掛靠名寺繼續活動。後隨時局的變化，各地的佛教組織又在不斷恢復和發展。「五四」運動後，各地社團林立，各地還自發組織了大量佛教團體，包括各省或地區性的寺院間聯絡協調組織、講經會與佛學研究團體、居士修行與弘法團體、救濟與慈善團體等。這為建立新的全國性教會作了鋪墊。

　　1927 年以後，南方各地掀起以寺產興辦學校之風，危及佛教。圓瑛大師〔註86〕等於 1929 年 3 月聯合江蘇浙江一帶的佛教徒開會，集體向南京國民政府提出要求，希望在上海建立全國性的佛教組織。1929 年 4 月，由 17 省代表參加的全國佛教徒代表會議在上海召開，決議成立中國佛教會，以保護佛教界權益，宗旨是「聯合全國佛教徒，實現大乘救世精神，宏宣佛教，利益群眾」〔註 87〕。會議選舉了執委、監委等領導機構成員，圓瑛當選為主席；擬

〔註86〕圓瑛大師（1878～1953），法名宏悟，福建古田人。歷任寧波福州天童寺、法海寺、林陽寺、古田極樂寺等名剎方丈。1914 年任中華佛教總會參議長。1930年與太虛大師共同發起組織中國佛教會，被推選為會長。1953 年 6 月被選為中國佛教協會首任會長。

〔註87〕陳兵，鄧子美著：《二十世紀中國佛教》，民族出版社 2000 年版，第 45 頁。

定了會章，呈請國民黨中央和南京政府內務部審批備案之後，佛教界的全國性組織進一步完善。佛教界各種組織和機構的建立，對推動佛教傳播起到了極爲重要的作用。

在不斷探索如何擴大佛教影響，進一步弘揚佛法的過程中，佛教廣播在上海誕生了。

二、上海永生電臺率先開設佛教節目

早在 1931 年，中國佛教界人士就注意到了外國佛教界通過廣播弘揚佛法的現象：「英國佛學雜誌云，佛學今日在西方，已呈蓬勃光昌之象，余（記者自稱）罕聽無線電播音，而最近於一星期內四次，聽得英國各播音臺所放送之佛法演講，且皆爲大有價值之演講。」〔註88〕

爲使中國的廣大佛教徒「同沾法益，普及佛學」，1933 年 3 月 1 日，由佛教居士王一亭、李經緯等創辦的上海佛學書局〔註 89〕開始通過永生電臺，首次播送佛教節目，開佛教廣播之先河。永生電臺創辦於 1933 年 1 月 31 日，呼號 XHHJ，負責單位爲永生無線電公司。該臺首次播出的佛教節目爲佛學答問，並誦讀金剛經。同月，太虛在該臺發表《佛法大意》的廣播演講。

這次播音引起了上海各界的關注，上海佛學書局所辦刊物《佛學半月刊》對此做了宣傳報導：「本局定每日起，每晨七時半到八時一刻，假座南京路永生無線電臺，播送佛學答問，並誦金剛經一卷，祈各界仕女，或凝神恭聽，或隨聲讀誦，功德極爲無量。若對於佛學有疑問者，請具函南京路永生無線電臺，或膠州路本局，當於每晨在電臺播音普答。希各界君子屆時留意，鑒察爲荷。」〔註 90〕

從 1934 年 2 月 5 日《中國無線電》刊登的上海各廣播電臺播音節目時間表上可以看到，永生電臺每天早上 7：45 至 8：30 播出《誦金剛經 佛學演講》，周日 10：15 至 11：00 播出《佛學演講》。〔註91〕1935 年 5 月的節目表則顯示，

〔註88〕《英國播音臺放送佛學演講》，《威音》第 28 期，第 7〜8 頁。

〔註89〕 上海佛學書局是中國近代規模最大的一所專門編輯、刻印、流通典籍的佛教出版機構，1929 年創辦於上海（一說爲 1930 年），宗旨爲「提倡佛學，弘揚佛法」。

〔註90〕《廣播法音》，《佛學半月刊》，第 50 期，第 1 頁。

〔註91〕 參看上海市檔案館、北京廣播學院、上海市廣播電視局合編：《舊中國的上海廣播事業》，第 124 頁。

早 7：00 至 8：00 是《誦金剛經》，8：00 至 9：00，是《誦地藏經》（星期日停），9：00 至 10：00 爲《佛學演講》（星期日），10：00 至 11：00 爲顧榮官講《四明宣卷》〔註 92〕。也即是說，此時該臺整個上午時間播出的基本都是佛教內容。

此外，1933 年 3 月 22 日，佛教居士、國民政府考試院院長戴季陶還曾在南京中央廣播電臺講演《中國之宗教改革與救國事業》。報告以佛教爲例，談了宗教改革的五項問題。

戴季陶（1891～1949），中國國民黨中央委員，國民黨的理論家。早年留學日本，參加同盟會。辛亥革命後追隨孫中山參加了二次革命和護法戰爭，受到孫中山器重。五四運動期間，在上海主編《星期評論》周刊，對社會主義和勞工問題作過一些研究。1924 年在國民黨第一次全國代表大會上當選爲中央執行委員，任中央宣傳部長，黃埔軍校政治部長等職。1925 年孫中山逝世後，積極參加西山會議派的反共活動。同年先後發表《孫文主義的哲學基礎》、《國民革命與中國國民黨》等文章，反對孫中山聯俄、聯共、扶助農工三大政策，是國民黨右派的「理論家」。南京國民政府成立後，歷任國民政府委員、考試院院長、國民黨中央宣傳部長等職，長期充當蔣介石的謀士。1948 年 6 月改任國史館館長。1949 年 2 月在廣州心臟病突發過世（一說戴季陶在廣州因對共產黨人的革命影響感到恐懼而服用安眠藥自殺）。

戴季陶出生在一個佛教氛圍濃厚的家庭。他的祖父母、母親都是佛教徒。戴季陶每日耳濡目染，深受佛教的影響，日後在宗教研究方面頗有建樹，自身也成爲一名佛教徒，認爲中國文明「得佛教之力，尤爲宏偉」〔註 93〕。他還積極參加佛教界組織的各種活動，大力支持佛教改革。如 1932 年 6 月，戴季陶與李濟深、朱子橋等發起在北京雍和宮建金光明道場，祈禱救國。8 月又組織「白馬寺復興籌備會」，在河南佛學社講《振興中國與振興佛教》。1933 年的這次廣播演講，正是他結合自身經驗發表的佛教改革之建議。

〔註92〕 參見《全國電臺播音節目表》，載於《廣播周報》第 36 期，1935 年 5 月 25 日版。

〔註93〕 東初：《中國佛教之重建》，《民國佛教篇》，臺北大乘文化出版社 1978 年版，第 116 頁。

上圖摘自佛學文化社編行《佛教文摘》第三集，民國36年7月出版。

三、佛音廣播電臺的創辦與實踐

　　在永生電臺播送佛教節目後，佛教界人士又陸續在上海其他民營電臺播講佛教。但由於各民營電臺播送講經節目僅為半個小時至一個小時，播送時間不固定，達不到佛教界人士冀求的一打開收音機即有法音的效果，於是聖人開始考慮建立一所專門的佛教電臺。據資料記載，1933年，浙江普陀山普濟寺曾咨詢專業人士建立電臺事宜，「現在普濟寺當家瑩照大和尚，為謀大弘法實灌文明，且便利中外香客起見，特商辦理播音臺一座，圍在太平洋雲海中，真請南海觀音按下雲頭，發出大慈大悲的聲浪來，向大眾說法救苦，最近特邀劉靈華居士到山商議，經劉同山中書記師又林君，前往佛頂山查看。佛頂山又名白華山，居寺後最高處，其西面有慧濟寺，東瞰太平洋，歐美輪船往來滬港者，若在此用英語說法，可使歐美人遙聞。」〔註94〕但不知何故，此項建議一直未見成行。

〔註94〕《普陀山建設播音臺》，《慈航畫報》第1期，第2版。

　　幾乎與此同時，中國佛教會也在醞釀籌建一座專業的廣播電臺。1933年6月，中國佛教會訂購了一座廣播電臺。「本埠赫德路中國佛教會辦事處，爲欲佛教教義，擴大宣傳起見，特設置廣播無線電臺一所，業向德商訂購，其經費由本市居士施省之〔註95〕、黃涵之〔註96〕等所籌集，計該電臺之廣播能力，爲五百瓦特，即邊遠各省，如滇康綏察等地，亦能於最短時間播達。」〔註97〕電臺於當年6月底運至上海。1933年11月28日，《申報》刊載了一篇佛教界致力於廣播事業建設的報導：「上海愛文義路覺園內佛教淨業社因鑒於世道人心之淪落，思有以挽救之，現由該社會員發起集資向歐美名廠定購兩千瓦特電力之播音臺一座，在娛樂之中下砭世之針，並示以懺悔之途，俾世人知吾佛慈悲，庶幾可挽狂流於萬一。」

　　經過幾個月的緊張籌備，1934年1月24日，佛音廣播電臺在赫德路（今常德路）418號開始播音，呼號XMHB，發射功率500瓦，頻率980千赫。該臺由中國佛教會主辦，上海愛文義路（今北京西路）覺園內佛教淨業社具體經辦，以闡揚佛理，宣揚佛化爲宗旨。上海淪陷後，佛音廣播電臺爲抵制日本廣播監督處的控制，於1938年自動停播，以後也未曾復業。

　　上海佛教淨業社是上海有名的居士團體，1922年正式成立。其前身爲上海佛教居士林，「早在1919年至1920年間，有沈心師（輝）、王仙舟（與楫）、關別樵（絅之）等發起組織上海佛教居士林，借錫金公所爲林址，以宏揚佛法、勸修淨土爲宗旨。未幾，又有謝泗亭加入，林址也遷至愛文義路新開捕房對面64號。1921年，沈心師、王仙舟、關別樵、謝泗亭等，認爲上海乃華洋薈萃之區，濁惡更甚於內地，非另闢念佛道場專修淨業，不足以化引初機。於是詢謀僉同，由王仙舟、朱石僧等，與周舜卿等商議另行改組，成立世界佛教居士林；由沈心師、關別樵等就愛文義路原址，成立佛教淨業社，並聘請金懷秋主持其事。」〔註98〕1934年1月22日，佛教淨業社借慶祝釋尊成道聖節之際，請來圓瑛法師、大悲法師等著名的佛教界大師和居士，同時還邀

〔註95〕近代佛教居士。1912年上海佛教淨業社成立後被推爲董事長。1925年起，當選爲上海世界佛教居士林林長。1934年，與葉恭綽、王一亭、關絅之、黃涵之、屈文六等聯合發起，成立中國保護動物會，宣傳放生、護生及造橋等公益事業。
〔註96〕現代佛教居士。曾隨印光大師學佛，對淨土宗尤有研究。1949年後，任上海佛教淨業社社長，畢生弘揚淨土，著作甚多，主要有《觀無量壽佛經白話解》、《阿彌陀經白話解》、《普賢行願品白話解》等。
〔註97〕《中國佛教會設置廣播無線電臺》，《威音》第49期，第3頁。
〔註98〕高振農：《民國年間的上海佛教淨業社》，《法音》1990年第5期。

請外界來賓六七百人，包括政界代表（市政府市黨部代表）發表演說，另外還請來包括梅蘭芳在內的不少藝術界人士，舉行了佛音廣播電臺的開幕典禮。

　　佛音廣播電臺的首次亮相，陣容極爲強大。節目安排內容豐富，形式多樣，讓佛教界人士及普通聽眾大飽耳福。「首由梅畹華〔註99〕君報告開幕，繼唱黨歌，次由市政府市黨部代表演說，又次圓瑛法師演說，卻非和尚暨淨業社各居士合唱佛寶讚，大悲法師演說，日高法師與淨業社各居士合唱華嚴字母，薛筱鄉彈唱揚吟廬編之佛學開編，及戚飯牛君講演，六時，李柏泉彈唱華麗緣，七時，徐哲身君講故事，八時，京劇。九時，葉如玉蘇灘，十時，劉春山滑稽，十一時，國樂獨奏，外界來賓參加者，達六七百人。」〔註100〕這種梅蘭芳擔任報告員，由上海市黨部要員和佛教名師們先後演講，唱經，再加上聽眾聽眾喜聞樂見的喜劇戲曲節目的雜燴組合，在當時和此後都可謂絕無僅有，也使得佛音電臺不像一個純粹宗教性質的電臺，而更像是一個雜糅百家的綜合性電臺——除了宗教節日，還播出很多其他跟宗教完全不搭界的節目。福音電臺雖然也設有非宗教節目，目的卻是爲了傳揚宗教。佛音電臺的包容性與綜合性顯然要比它大得多。

下表為 1934 年佛音電臺開播不久的節目單：〔註101〕

時　間	節　目	備　註
06：30 - 07：30	早課	星期六停
08：00 - 09：00	妙法蓮華經	
09：00 - 10：15	商情唱片	
12：15 - 01：15	馮明鑑 國學	
01：15 - 02：15	彌陀圓中鈔	
02：15 - 04：15	商情唱片	
04：15 - 05：00	李柏泉 秦紀文 再生緣	
05：00 - 05：45	朱耀祥 趙稼秋 大紅袍	
05：45 - 06：00	商情唱片	
06：00 - 07：00	全堂晚課	星期六停
07：00 - 08：00	地藏本願經	

〔註99〕 即梅蘭芳（作者注）。
〔註100〕《佛音廣播電臺開幕》，《威音》第 56 期，第 2 頁。
〔註101〕 此表刊載於《樂聞》1934 年第 1 卷第 2 期。

08：00 - 09：00	王寶慶 蘇州文書	
09：00 - 10：00	張文林 四明文書	

　　佛音電臺每天的節目是從早課（該時段周一的節目爲《紀念周》）和誦經開始的，中間加上一些講經節目。佛教節目（包括早晚課、講經誦經、佛學講演）占全天播音時間的比重不到一半。這些節目爲佛教信徒研修佛法提供了一個重要的信息接收來源。「唐朝時，慧能大師就曾提出『若欲修行，在家亦得，不由在寺』的主張。」〔註102〕這爲信徒們打開了方便之門。而佛教廣播的出現，則使在家修行成爲了另一種「在寺」修行。眾信徒可以按照廣播的節目設置而上早晚課。這種近乎於儀式的修行方式，使得人對佛祖的崇拜在其中得以體現、鞏固和昇華，溝通了人和佛祖的關係，使得佛教理念更加頻繁地在信徒中傳播。講經節目也可以使得那些無法通過入寺修行等方式親身感受法師們的指導的信徒不用親自入寺，只要打開收音機即可收聽到源源不斷的法音。

　　佛音電臺還傚仿其他商業性的民營電臺做法，設置了戲劇、粵樂、故事和話劇等節目，試圖吸引普通聽眾收聽。

　　佛音電臺開播初期，娛樂節目主要有唱片和彈詞，且播出時間較長，約爲四個小時，占當時每天播出時長的三分之一。據《中國無線電》雜誌第 2 卷第 7 期刊戴的節目表統計，當時上海 28 家電臺中，非娛樂節目每家平均每天 1.3 檔（每檔 45 分鐘或 1 小時），娛樂節目平均每家每天 7.75 檔。在娛樂節目中，彈詞居於第一位。鑒於彈詞節目在聽眾中的受歡迎程度，佛音電臺也開播了彈詞節目，邀請李柏泉彈唱《再生緣》、朱趙彈唱《兒女英雄傳》等。電臺還曾邀請平劇演員來臺演出。「中央銀行同人俱樂部播送平劇，在佛教淨業社佛音電臺，自下午二點四十五分至五點十五分，劇目如左，洪之聲坐

張元賢先生，字傑，現年三十五歲，上海市人。歷任上海民營播音業公會執行委員，與華造紙廠廠長。元昌廣告社兼廣播電台總經理等職，先生於社會事業，素其熱忱，對於文化，尤有貢獻云。

台總經理等職，抗戰時期不受敵僞利誘，不畏暴力威脅，歷盡苦難，堅貞不屈，現爲上海市抗戰蒙難同志會會員，幷任播音業公會常務理事，兼任總務科主任委員，上海元昌廣告社經理。元昌鶴鳴廣播電台總經

戚再玉主編的《上海時人誌》（展望出版社 1947 年版，第 140 頁）刊載的張元賢先生介紹。

〔註102〕方軍、蕭銳軍：《一花五葉》，武漢測繪科技大學出版社 1997 年版，第 68 頁。

寨盜馬，楊復麟，白玉麟合唱落馬湖，許密甫四郎探母，楊文豹失街亭，空城計。」〔註103〕在佛音電臺，唱片與彈詞節目幾乎平分秋色，占娛樂性節目播出時長的一半。不過，該臺所播的唱片並非普通娛樂性內容，而是專門供佛教寺院、佛教團體舉行佛事儀式和佛教徒進行個人修持之用。1937 年，佛音電臺開始定期播送話劇，時長約為一個半小時。

　　與基督教福音電臺一樣，佛音電臺也關注社會與時事，不僅加入上海民營廣播電臺同業公會，播出播音業公會的節目，還開設了國學講座節目，甚至還有總理遺教、國債行情、商情節目。由於上海的居士有很多是經商人士，上海佛教淨業社與世界佛教居士林的負責人與部分骨幹成員大部分都是民族資本家與有產工商業者，因此佛音電臺還設置了財經類節目。甚至對一些時事熱點問題，電臺也會及時做出反應。如 1937 年 1 月 28 日為「一二八」事變五週年。為此張元賢先生主持的上海元昌電臺特開闢紀念節目，於當日九時播送警策語及防衛知識。佛音電臺也隨即開設了警策語、音樂警策語及防衛知識節目。〔註104〕

四、其它電臺的佛教節目

　　在佛教界人士的積極推動下，上海開始迎來佛教廣播的第一高峰期，佛教廣播節目數量逐漸增多，民營電臺如李樹德堂、大中華電臺等都相繼開設了講經節目。

抗戰爆發前上海各電臺播出過的佛教節目一覽表〔註105〕：

電　臺	節　目	播出時段	播出年代
佛音	早課	07：00 - 08：00	1937 年 4 月～6 月
	講太上感應篇	16：40 - 17：30	

〔註103〕《申報》民國二十三年，四月十六日，第四版。

〔註104〕警策語又叫精警或警句，指的是某些含義深刻並富有哲理性的簡短語句。佛教界經常將複雜的教義分解成若干警策語來教育信徒。而音樂在佛教中一貫被視為有教化人心的作用，將警策語和音樂相結合，是佛教感化信徒的一種創舉。

〔註105〕資料來源：《廣播周報》第 51 期（1935 年 9 月 7 日）、第 142 期（1937 年 6 月 19 日）的全國廣播電臺播音節目表；《無線電雜誌》（1934 年 10 月）附錄「全國廣播電臺一覽表」；《舊中國的上海廣播事業》第 114～133 頁，第 146～172 頁所刊載的《中國無線電雜誌》各電臺播音時間表；吳平：《無線電波傳法音》《法音》2001 年第 1 期（總第 197 期）第 36 頁。

華光	早課	06：30 - 07：30	1936 年 9 月
	講金剛經	08：00 - 10：00	
	演講（戒殺放生）	11：30 - 12：00	
	念佛	12：00 - 13：00	
永生	誦金剛經，佛學演講	07：45 - 08：30	1934 年
	佛學演講	星期日 10：15 - 11：00	
	朱堯坤：宣卷	00：00 - 01：00（星期六日停），23：00 - 24：00	1934 年 10 月
	誦金剛經	07：00 - 08：00	
	誦觀音經	08：00 - 09：00	
	佛學演講 念普佛	星期日 10：00 - 11：00	
中西	四明宣卷	12：00 - 12：40	1937 年 6 月 19 日
大中華	李仁生、梵行法師：《金剛經》《心經》		1936 年
	誦金剛經	07：30 - 08：30	1936 年 7 月
	佛學通俗演講	08：30 - 09：30	
	通俗佛學演講	09：00 - 09：30	1937 年 6 月 19 日
	四明講卷	11：00 - 11：40	
	四明講卷	13：00 - 13：40	
大陸	張仁心：講佛	09：30 - 10：00	1937 年 7 月 5 日
	張仁心：講佛	18：40 - 19：15	
	講佛學	09：30 - 10：00	1937 年 6 月 19 日
	四明講卷	12：10 - 02：30	
	學佛	18：40 - 19：15	
市音	何佩揚：文明宣卷	23：00 - 24：00	1934 年 10 月
	誦佛學阿彌陀佛	21：05 - 21：45	1936 年 7 月
敦本	金剛經	07：00 - 08：00	1936 年 7 月
利利	佛學節目	15：00 - 16：00	1934 年 10 月
	張仁心：講經	12：00 - 12：40	1937 年 7 月 5 日
華泰	趙孝文：講經	19：00 - 19：40	1937 年 7 月 5 日
	四明宣卷	11：00 - 11：40	1937 年 6 月 19 日
	四明講卷	17：00 - 17：40	
新新	佛經	18：40 - 19：20	1937 年 7 月 5 日

東陸	四明講卷	08：40 - 09：20	1937 年 6 月 19 日
元昌	四明講卷	16：00 - 16：30	1937 年 6 月 19 日
李樹德堂	道根法師：妙法蓮華經	13：30 起	1935 年 9 月 7 日
	道根法師：地藏菩薩本願經	15：00 起	
	佛學誦經	19：00 起	
	楞嚴經	15：00 - 16：00	1936 年 7 月
	彌陀要解	16：00 - 17：00	1936 年 7 月
	誦金剛經	08：00 - 08：40	1937 年
	道根法師：妙法蓮華經	08：40 - 09：20	1937 年
	講金剛經	09：20 - 10：00	1937 年
	童香山：大乘經	18：40 - 19：20	1937 年
惠靈	朱堯坤：書派宣卷	16：20 - 17：10	1934 年 10 月
明遠	趙孝本：寧波宣卷	11：30 - 12：30	1934 年 10 月
富星	朱堯坤：書調宣卷	13：00 - 15：00	1934 年 10 月
友聯	尹世鶴：四明宣卷	11：30 - 12：30	1934 年 10 月
同樂	錢榮卿：宣卷	15：00 - 16：00	1934 年 10 月
安定	錢榮卿：宣卷	18：00 - 19：00	1934 年 10 月
亞聲	講經	10：30 - 11：30	年份不詳（出自《廣播周報》全國廣播電臺播音節目分類表第 18 頁（七）宗教節目）

　　1934 年 12 月，上海佛學書局又建立播誦大乘佛經法會，以提倡誦念佛經，鞏固弘法為宗旨，先後在多家電臺播送佛經〔註106〕。

　　下表是根據資料〔註107〕整理的上海佛學書局在自辦電臺以外組織播送的佛教節目：

電　臺	節　目	播講人	時　間	備　註
永生	佛法大意	太虛	1933.3.12	
	佛教與護國	太虛	1933.5.7	
	佛學略談	范古農		

〔註106〕傅教石：《民國年間的上海佛學書局》，《法音》1988 年第 11 期。
〔註107〕傅教石：《民國年間的上海佛學書局》，《法音》1988 年第 11 期。

	天台宗大意	寶靜法師		
	佛教主義及進行佛教意義	守培法師		
	揀別人法兩執	守培法師		
大中華	金剛經		1936	
	心經		1936	
	通俗佛學講演		1936	
李樹德堂	普賢行願品		1934.12	每日下午七時至八時
	《楞嚴經》		1936	
	《彌陀要解》		1936	
佛音	《華嚴經》		1936	
	《普賢行願品》		1936	
	《彌陀經》		1936	

　　上海佛學書局利用廣播這一現代化的傳播工具，播誦佛學講演、佛經和佛學著述，「使廣大發心學佛者，特別是文化水平較低的學佛者，都能通過電臺的廣播，獲得佛學的基本知識」〔註108〕，也使得廣大佛教信徒和善男信女接受佛化教育，有力地推動了近代佛教的進一步發展。「在一段時期內，佛學思想廣爲普及，學佛者與日俱增，佛教文化事業得到了空前的發展」〔註109〕。

　　佛教廣播之所以在上海誕生並全面開花，與上海當時的氛圍分不開。清末，上海逐步成爲中國經濟、文化的重鎮，中西文化交流的中心。作爲中國當時最大的城市，上海經濟文化的迅速發展爲佛教振興創造了良好的物質基礎。當時全國的著名高僧或經常蒞臨上海，講經說法，著書立說；或在此創辦佛教院校，採用近代教育方式培育僧才。同時，一大批知識淵博、信仰虔誠的佛教居士紛紛在上海立身。這些居士團體均以佛教修行、佛學研究、出版佛教典籍及刊物、舉辦社會慈善事業爲己任。在這些居士中，一批成功的工商界人士，以雄厚的資財讚助佛教事業，爲近代上海佛教的發展提供了物質基礎。至於購買和建立廣播電臺，延攬佛教傳播人才等各項工作，都是由這批居士完成的。

　　上海佛教廣播興旺發達，一些非佛教信徒卻對此頗有非議。魯迅就曾在《奇怪》一文中指出，「例如無線電播音，是摩登的東西，但早晨有和尚念經，

〔註108〕傅教石：《民國年間的上海佛學書局》，《法音》1988 年第 11 期。
〔註109〕《民國年間的上海佛學書局》。

卻不壞。」〔註 110〕魯迅的態度固然有些少見多怪，不過也從一個側面反映了
當時上海佛教廣播泛濫的情形。

　　20 世紀 30 年代中期，在北平、南京、天津、蘇州、紹興、無錫等地的廣
播電臺中，也都出現了佛教廣播。民營電臺如蘇州久大電臺、蘇州百靈電臺、
天津中華電臺、天津青年會電臺、天津東方電臺、紹興越聲電臺、無錫時和
電臺等都設置了佛教節目。天津青年會電臺和東方電臺不僅有基督教節目播
出，還都舉辦過佛經講座。〔註 111〕青年會的節目本身就比較豐富，並不局限
於基督教節目，還有很多其他類型的節目，佛教節目是其中之一。官辦電臺
中，交通部北平電臺、南京中央廣播電臺中也都設置了半小時至一小時的佛
教節目。

1934 年 10 月上海以外各電臺的佛教節目表〔註112〕

電　臺	節　目	播出時間
蘇州久大（XLIB）	陳依仁：講經	上午 10：00 - 11：00 雙日
	春波法師唱讚頌經	上午 10：00 - 11：00 單日
無錫時和（XIGH）	無錫縣佛學會　佛學	07：30 - 08：30 星期一、四
	佛學唱讚	下午 03：00 - 04：00 星期日

1936 年 7 月上海以外各電臺的佛教節目表：

電　臺	節　目	播出時間
南京中央臺	梵音佛讚	上午 10：00 - 11：00
交通部北平電臺	誦佛經	上午 10：30 - 12：00
蘇州久大（XLIB）	佛學	上午 07：45 起
蘇州百靈（XHIC）	佛學	上午 08：15 起
天津中華	講經	上午 08：00 - 09：00
紹興越聲	佛學演講或誦經	上午 10：15 - 11：00
無錫時和（XHIB）	佛學	上午 08：00 - 09：00

〔註 110〕魯迅《奇怪・一》，《中華日報》1934 年 8 月 17 日。文中說「不壞」，乃是作
　　　　者的諷刺之語。
〔註 111〕天津廣播電視史編寫組，《解放前天津的廣播電臺》，《現代傳播》，1985 年第
　　　　1 期。
〔註 112〕參見《無線電雜誌》刊載的《全國廣播電臺一覽表》，1934 年 10 月。

1937 年 7 月上海以外各電臺的佛教節目表〔註 113〕：

電臺名稱（呼號）	功率（瓦）	地　　點	節目名稱	播出時間
四明電臺（XHID）	75	寧波	宣卷	23：00 - 23：40
百靈電臺（XHIC）	75	蘇州	佛音	09：20 - 10：00
時和電臺（XHIB）	75	無錫	佛學	08：20 - 09：00
東方電臺（XQKA）	150	天津	佛經	星期三、星期六 17：40 - 18：00

五、「純粹佛化」之華光電臺

　　1936 年 8 月 17 日，上海佛學書局創辦了佛化播音會的專門電臺——上海華光電臺。臺址設在上海佛學書局門市部二樓，每天從早上六時起至下午十時止，全天播講佛法〔註 114〕。

　　作爲專門的佛教電臺，華光電臺的節目組成較爲單一，完全播送佛化節目，目的是「使電臺播誦佛經正常化、制度化」。正如佛化播音會簡章中所說：「窮維世道衰微，人心陷溺，欲謀挽救非弘揚佛化，闡明因果不足……播音電臺尤爲事半功倍之利器，滬上雖有注重佛化之電臺而節目未能純一，有時亦或作輟，本局有鑒於此，援創設一純粹佛化播音之電臺，專司其事佛化外不播別音，每日上午六時起至下午十時止，完全播送佛化節目計講經及佛教演說早暮課誦，余時念佛，必須終日無間，川流不息，隨時隨地充滿法音，俾廣士眾民欲聞者啓之即是隨喜者開之即來。」〔註 115〕

　　從華光電臺的節目單中可以看到其日常節目的設置：

1936 年 9 月節目單〔註 116〕

播音時間	節目名稱
06：30 - 07：30	早課
07：30 - 08：30	誦金剛經
08：00 - 10：00	講金剛經

〔註 113〕資料來源：《廣播周報》第 142 期（1937 年 6 月 19 日）的全國廣播電臺播音節目表。
〔註 114〕《佛學半月刊》第 134 期，1936 年 9 月出版。
〔註 115〕佛學書局：《佛化播音會簡章》，《佛學半月刊》第 126 期。
〔註 116〕《佛學半月刊》第 133 期。

10：30 - 11：30	講地藏經
11：30 - 12：00	演講（戒殺放生）
12：00 - 01：00	念佛
01：00 - 02：00	講藥師經
02：00 - 03：00	誦藥師經
03：00 - 04：00	講楞嚴經
04：00 - 05：00	講彌陀經
06：00 - 07：00	講佛遺教經
07：00 - 08：00	誦普賢行願品
08：00 - 09：05	轉播中央
09：05 - 10：00	講眞西遊記

　　除了日常性的佛化節目外，華光電臺還直播過上海護國息災法會——1936 年，日寇加緊侵略中國的步伐。11 月，日軍進犯綏遠。此時國難當頭，人心惶惶，社會不安。禍不單行的是，這一年水災嚴重，四川省 50 餘縣市和湖南 40 餘縣市、粵、桂兩省均大面積受災。11 月 23 日，上海各界名流聚集在佛教淨業社，發起組織了上海護國息災法會。法會又稱爲法事、佛事等。是佛教爲誦經、說法、供佛、施僧等舉行的佛教集會、儀式，自古以來十分盛行。佛教認爲，所有災難，均由眾生貪、瞋、癡、慢煩惱所感，殺、盜、淫、妄惡業所造。唯徹底放下妄想、分別、執著，同心至誠懺除業，斷惡修善，一心念佛，釋仇解冤，方能快速消弭危機災難。本次法會以宣揚淨土，發慈悲心，護國息災爲宗旨，啓建大悲道場七日。參會者首日就達到兩千餘人。印光法師應邀主持了此次護國息災法會。法會期間，印光法師還每日在覺園佛教淨業社說法兩小時，並爲綏遠抗戰募捐。在電臺播音中，印光法師向聽眾提出了募捐救濟的要求：

> 「現在綏遠戰事甚急，災禍極慘，我忠勇之戰士，及親愛之同胞，或血肉橫飛、喪身殞命，或屋毀家破、流離失所。無食無衣，飢寒交迫。言念及此，心膽俱碎。今晨圓瑛法師，向余說此事，令勸大家發心救濟。集腋成裘，原不在多寡，有衣助衣，有錢助錢，功德無量，定得善果。要知助人即助己，救人即救己，因果昭彰，絲毫不爽。若己有災難，無人爲助，能稱念聖號，佛菩薩於冥冥中，

亦必加以祐護焉。」〔註117〕

許多聽眾在收音機前，親聆華光電臺傳出的印光法師講法，心靈受到極大
震撼。法會圓滿結束後，大批信眾來到現場，請印光法師傳說皈戒，當場
皈依的人就達到一千七百餘人，供養金共得三千餘元，印光法師分文未收。
經法會最後議決，將款項作為援助抗戰的經費。為了收聽華光電臺的這場
播音法會，無錫佛教淨業社還特意購置了收音機。「無錫佛教淨業社，習以
上海啟建護國息災法會特同伸宏願，亦於昨（古曆十月初九日）起，在該
佛學會，同樣舉行佛七，並置收音機，收聽上海華光電臺播送印光老法師
開示護國息災大意，俾會眾均能隨喜入聽，歡迎各界善信前往參加，共沾
妙諦。」〔註118〕

　　1931 年「九一八」事變以後，日本不斷挑起事端，大小戰爭不斷，佛教
界為了祈禱和平，多次舉辦和平息災法會。但社會上對此事卻頗不理解，「自
抗戰以來，我佛教徒不惜自動而開辦護國息災法會祈最後勝利者已不知凡
幾，其貢獻於國家亦不可謂不巨，然而社會人士從無一語稱道之何耶？不惟
不稱之而反怪罵之，使吾佛教徒蒙怨抱屈。」〔註119〕為此，佛教界通過廣播
解釋開辦法會的初衷，並號召大家踴躍參加。「因為和平要人人從根本上著
手，根本就是我們心地清淨，要求我們心地清淨，不得不仰仗佛力佛法來剷
除我們心中種種的妄想，因為妄想就是造業的主動力，比方我們心中生了貪
嗔疑的念頭，爭奪的事情就要發生了。有了爭奪，小則口角，大則戰爭，口
角所造的業尚小，戰爭所惹的禍則無窮。……全國祈福和平會，就是勸人誦
十萬聲佛號，佛誕日為圓滿期，能可自己發心誦，在外表上看，為全國祈禱
和平，從實際上說，還是自己的功德，自他不二，利人即所以利己。為此請
諸位從速發心誦佛號罷。」〔註120〕

　　雖然華光電臺的建臺目的是「使電臺播誦佛經正常化、制度化」，但是
這種美好願望不久即化為泡影，1937 年 2 月 1 日，華光電臺被上海電報局取
締〔註121〕。

〔註117〕《印光法師上海護國息災法會法語》，http://www.dizang.org/rm/yg1/c15.htm
〔註118〕《無錫佛教淨業社昨開啟護國息災法會》，《佛教日報》第 563 號。
〔註119〕《社論：護國息災》，《佛化新聞報》第 90 期。
〔註120〕《天津廣播電臺電上報告》，《佛學半月刊》第 102 期。
〔註121〕原因不詳（作者注）。

六、這一時期佛教廣播的特點

首先，佛教廣播起步晚，但發展速度很快。

抗戰爆發前，播出佛教節目的電臺數量較多，據目前的統計有 23 座。這些電臺半數以上集中於上海（13 座）。其它地區如北京、南京、天津、紹興等地也都出現了佛教廣播節目。

其次，佛教日常儀式的廣播化操作在專門的佛教電臺中表現明顯，佛音電臺和華光電臺都設置了早晚課節目。

早晚課是出家人日常必行的儀式。一般來說，佛教徒修行的方法主要有兩種：一是學習教理，二是修習禪定。最早的學習教理的方法，是在佛教創立之初，弟子直接聽釋迦牟尼說法，然後展開討論。修習禪定則是打坐，也可以在林間徘徊思索。後來佛教修建了司庵，建立了叢林制度，塑造了佛像，編集了佛經，逐漸形成了禮拜供養佛像以及誦讀佛經的儀式。佛教徒在早晚誦經念佛，在佛教中名為課誦。課誦是佛教寺院定時念持經咒、禮拜三寶和梵唄歌贊等法事，因其冀獲功德於念誦準則之中，所以也叫功課，佛教教義認為，佛徒朝暮需要以課誦來作為自身的規範。課誦的經文均為佛學經典，如楞嚴經、法華經、地藏經、金剛經、藥師經、彌陀經等。

將這種日常儀式設置在廣播節目中，不僅可以加強佛教廣播的宗教意味，也可以方便一些居士或者有心向佛的人在家修行。兩家佛教電臺先後將這一修行方式電子化和固定化，無疑有利於提高電臺受眾的忠實度。

第三，佛教廣播的主體內容是法師的佛法播講和居士的講經、演講。

講經、誦經節目在佛教廣播中所佔比例最大。不管是佛教電臺、民營電臺還是官辦電臺，都把講經、誦經作為主要任務。而這些節目通常由法師來播講。活躍於廣播電臺中的佛教界法師（在佛教中，是凡能演講佛經的出家比丘 [註 122] 稱為法師）有法舫、道根、慧參、悅情、慧舟等，他們經常在電臺播講佛法，內容無外乎是闡釋佛教教義或者直接念誦佛經。而在諸多法師中，突破慣常的形式，以佛教演講節目活躍於電臺的就是太虛法師，其利用電臺頻率之高，在當時佛教界無人能比。關於太虛法師的廣播活動，後面部分將有詳細介紹。

很多居士對佛教廣播也投入了極大熱情。有的居士自己出資，委託上海佛學書局在電臺開辦誦經節目，「茲承黃方氏居士在七月一日起至七月底止，

〔註 122〕滿二十歲，受了具足戒的男子稱作比丘（俗稱和尚）。

委託本局假座南京路永生廣播無線電臺，播誦金剛經一月，願以此功德普及於一切增長福智慧圓成菩提根。〔註123〕還有居士親自到電臺播講佛學，如范古農〔註124〕居士就曾應佛學書局之請，在永生電臺演講《佛法略談》。他以現身說法的方式與聽眾交流佛法問題，顯示出極強的溝通與說服能力。他說「佛學的一個問題，諸位必定以為是很難懂的，早知不然。原來佛法是一個普通的東西。金剛經上說得好，佛說一切法皆是佛法。我現在先把這句經解釋出來，諸位要知道，『佛』是明白的意思，是覺悟的意思，譬如不識道路的人，有人指導他，他就明白了。譬如做錯事的人，被人責問，他就覺悟了，這是佛字的解釋。法是方式的意思，譬如一個人，是有形象的，有體質的——這叫做法。譬如一句話是有名句的，有意義的。這叫做法。合起來便是內有體性，外有方式的東西。」〔註125〕蘇州覺社則長期邀請居士到本市的百靈電臺播講，「蘇州覺社，自八月二十日，開始播音，假座百靈公司電臺，每日上午九時至十時，節目為季聖一居士講經及各種香贊唱法研究，唱誦華嚴字母，念佛功課，誦經等。一般學佛居士，如有意見可來信，以備採用，利益同沾，不勝歡迎，來函寄蘇州護龍街百靈電臺收轉，或天王井巷下塘藥師庵內覺社亦可。」〔註126〕

居士們多從信徒的角度來闡釋佛法，語言平實，便於聽眾理解，改變了佛法在公眾心目中晦澀難懂的刻板印象。當時大多數佛教僧眾的主要職業就是在喪葬等場合誦經做法事，藉此謀取生計。社會上普遍存在著將佛教與迷信相對等的思想。為了改變大眾對佛教的偏見，不同職業的居士到電臺播講佛法，有的還試圖將佛學納入哲學的範疇。如蘇州百靈電臺曾邀請科學家王小徐來臺講授佛學：「蘇州覺社，借座百靈電臺播送佛學節目，今日恭請王

〔註123〕 《茲承黃方氏居士委託佛學書局播誦金剛經一月》，《佛學半月刊》第 83 期。
〔註124〕 范古農（1881～1951），浙江嘉興人。清末秀才。1898 年肄業於上海南洋公學。辛亥革命後轉向佛學研究。1912 年與他人組織嘉興佛學研究會。嗣後，杭州、平湖、嘉善、海鹽、松江等地亦相繼成立佛學會。於寒暑假期間應邀前往各地講經，開居士講經之風氣。1927 年去上海，任佛學書局總編輯，此後漸成為國內佛學界權威。1939 年繼任上海佛學書局總編輯、杭州佛學研究會主講，並擔任《金剛經講義》校訂。1943 年至上海創辦法相學社，集學者講法相。抗戰勝利後專力於法相學，先後講大乘五蘊論、二十唯識論等。著作有《釋尊傳》、《大乘空義集要》、《幻庵文集》、《八識規矩頌貫解》、《觀所緣緣論釋》、《佛教問答》、《生日紀念》等。
〔註125〕 《范古農居士應佛學書局之請在永生播音電臺演講》，《佛學半月刊》第 69 期。
〔註126〕 《蘇州覺社播音消息》，《佛學半月刊》第 86 期。

小徐居士臨時演講，……王居士留學英國多年，對於科學研究極深，……實乃我國先進之大科學家。近十餘年，專攻佛學，心得不少，著有佛法與科學之比較研究一書，風行海內，對於科學佛法融通之處，絕非常人所可幾及。」〔註127〕再如紹興越聲電臺也曾邀請邑中名醫駱季和居士於古曆初二、十八兩日下午一時至二時演講佛學，受到聽眾歡迎。居士的廣泛參與，不僅壯大了佛教傳播的隊伍，也爲佛法的詮釋提供了一個新的視角。這些出身知識分子的居士，具有高出於一般佛教信徒的知識學養和文化底蘊。他們絕不是對佛教的簡單信奉，而是將佛教與其它一般宗教區分開來。有的居士甚至更願意把佛教理解爲一種哲學或科學，並注意結合自身的知識水平，對佛教思想重新加以闡釋。正如王小徐居士在電臺演講時所說：「一般人往往因宗教經典上的記載，與科學知識不合，因而不信這種宗教，然而我以爲佛經上的記載，大半和科學暗合……例如阿含經說，日繞須彌山成晝夜，須彌山麓有東西南北四大部洲，日走山南，則南洲日中，西東北三洲爲日出沒及半夜等。若將須彌山作地球會，則與今之天文學毫無出入。」〔註128〕王小徐將佛教與科學的「暗合」之處加以引申的結果，使聽眾在聽講佛法的同時，也獲得了大量的世界地理和天文知識，可謂一舉兩得。

　　第四，民營電臺和官辦電臺同時辦有佛教節目。除了專門的佛教電臺和播出佛教節目的民營電臺之外，官辦電臺中也出現了佛教節目。如南京中央廣播電臺和交通部北平廣播電臺都有佛經節目播出。北平佛學書局從1937年6月起還邀請法師在北平廣播電臺播講觀音菩薩普門品：「北平佛學書局爲弘揚佛法，特請石燈吉祥寺印智法師，在北平廣播電臺，播講觀音，時間爲下午一點至一點三十分，自六月六號起，以後每逢星期日播講。」〔註129〕

　　第五，這一時期的佛教廣播中還有一類特殊的曲藝節目——宣卷（包括宣卷、四明宣卷和四明講卷等）。宣卷是「宣講寶卷」的簡稱，最早可追溯到唐代佛教的俗講，也就是以講唱變化了的經文的方式，爲世俗人講解佛經。宋元時期，繼承唐代佛教「講經說法」的傳統，產生了一種新的說唱形式，其演唱的文本就是「寶卷」。「寶卷」與「敦煌文書」並稱爲佛教文化遺產的「姐妹花」。〔註130〕在北宋末年寫成的《道山清話》中，就有請僧侶到家中誦

〔註127〕《蘇州覺社恭請王小徐居士播音演講》，《佛學半月刊》第103期。
〔註128〕《蘇州覺社恭請王小徐居士播音演講》，《佛學半月刊》第103期。
〔註129〕《北平佛學書局播講普門品》，《佛學半月刊》第154期。
〔註130〕史琳：《江南民間傳統宣卷的曲調與曲種價值初探》，《中國音樂》2011年第4期。

經和講說因緣的活動。「寶卷」中最著名的有《香山寶卷》，據傳是宋代普明禪師所作。至清朝末期，寶卷在沉寂了一個時期後，又出現在南方江浙一帶，以演唱佛道、民間故事為主，作為一種娛樂和勸善活動，成為一種獨立的民間曲藝形式，並以「宣卷」的名稱在民間流傳開來。據《中國大百科全書》相關條目中記載，清同治、光緒年間和民國初年，宣卷擴展到江南的上海、杭州、蘇州、紹興、寧波城市為中心的廣大地區，雖然仍作布道之用，但已發展成為一種民間說唱藝術。宣卷的內容皆與佛教經籍有關，如《目連寶卷》、《劉香女寶卷》；也有與戲曲同目的，如《琵琶記》、《西廂記》、《循環報》、《粉玉鏡》等；或來自民間傳說故事，如《玉蜻蜓》、《珍珠塔》、《玉鴛鴦》、《碧玉釵》等。宣卷的腳本多為經文，唱詞中有「南無」，表演樂器中有木魚，腔句之間的幫腔襯詞為「南無」，收腔時的幫腔為「彌陀佛、南無佛、阿彌仔格彌陀佛、陀佛南無佛」。四明宣卷一般在佛誕日和農曆的初一、十五日等佛事活動中進行，寧波又別稱「四明」，四明宣卷故此得名。講經採用固定本子，一個故事裝訂一卷，如《目蓮救母》、《劉香女》、《韓湘子度叔》、《王氏女》、《丁郎認父》、《對菱花》等。為表示虔敬，稱為「寶卷」。說唱宣卷作為一個行當來說，參與其事的有僧、尼、道士，更多的是以此為生的藝人。藝人的介入更豐富了宣卷的內容、曲調和娛樂性。這種曲藝形式把宣傳佛教教義與民間藝術相結合，成為一種宣傳佛教教義和勸人為善的形式和工具。在佛教廣播中設置宣卷這種廣泛流傳於民間的曲藝節目，不僅可以更好的弘揚佛法，而且也可以更多的吸引曲藝愛好者收聽。

第六，佛教廣播一開始就非常注意加強國際交流活動。電臺中既有外國人來華時的佛教播講，也有面向在華外人的外語佛教節目。

近代上海是中外文化交流的中心，佛教也不例外。佛教在中國的發展，一直受到中外文化交流的推動。國外僧人、佛教學者的來訪，給上海佛教界帶來了新鮮的氣息，而他們利用廣播弘法也是中西佛教交流的一個重要體現。1935 年，錫蘭（今斯里蘭卡）僧人納羅達法師來上海弘法，住在上海佛教淨業社。每星期日上午 9 時半，納羅達在覺園內的佛音廣播電臺用英語播講佛學。講完之後，又由上海佛教淨業社中精通英語的居士譯成漢語。

為了將佛法傳播到歐美信徒中去，佛教組織還請來精通英語的居士給法師做翻譯，到電臺播講禪宗要義。「本市常德路四一八號法明學會，係本市唯一具有國際性之佛教機構，十餘年來，對歐美人士傳佈佛教不遺餘力，最近

徇本埠歐美信徒之請，特假座跑馬廳公寓七樓公建電臺 700KC，恭請大悲本光兩位法師，經常於每星期日下午二時至三時講演禪宗要義，由胡厚甫居士用英語譯播，每期並將講目登載於星期六之英文自由論壇報暨大陸報」〔註131〕而這種英語譯播的佛教節目，也受到上海外國聽眾的認可，「歐美人士喜樂收聽者甚多。」〔註132〕這種廣播交流，也爲佛教廣播收獲了更廣泛的受眾群。

　　佛教廣播的興起和短時間內快速發展，一定程度上推動了佛教的復興運動，擴大了宗教的傳播範圍，爲信徒提供了新的學習渠道，還爲潛在的信徒或不信仰者提供了瞭解他們的機緣。通過廣播這一渠道，中國佛教界與外國佛教界的交往更加頻繁，這對於各國佛教界互相交流佛法、促進各宗教間融合和國民外交、提升我國國際地位有著積極意義。

第五節　伊斯蘭教廣播的初期探索

　　伊斯蘭教於七世紀初興起於阿拉伯半島，由麥加的古萊什部族人穆罕默德（約 570～632）所復興，約在唐代傳入中國，也被稱爲「回教」。信奉伊斯蘭教的人統稱爲「穆斯林」（Muslim，意爲「順從者」。與伊斯蘭「Islam」是同一個詞根）。經過上千年的發展和演化，中國的回族、維吾爾族、塔塔爾族、柯爾克孜族、哈薩克族、烏孜別克族、塔吉克族、東鄉族、撒拉族、保安族等許多少數民族中大多數都信仰伊斯蘭教。漢、滿、蒙古、藏、傣等民族中也有伊斯蘭教的信仰者，人數眾多。然而與基督教的強勢地位和佛教在中國的廣泛傳播不同，「回教自公元曆 651 年正式入中國以來，至今日已一千二百餘年，雖信徒之分佈已遍全國，然教義不彰，文化低落誠屬事實。」〔註133〕在穆斯林學者傅統先先生看來，「自有清以來，回教徒在政治上之勢力衰敗，在商務上之霸權消逝，素來宗教本身，又無組織、無宣傳、無教育，於是一落千丈，頹弱不堪。民國以後已感覺前此種種之缺陷，乃協力改進以圖中國回教之復興。」〔註134〕伊斯蘭組織也在謀求通過多種手段，宣傳本教。廣播自然成爲復興伊斯蘭宗教事業的手段之一。但到抗戰爆發以前，關於伊斯蘭教廣播的記載非常之少。

〔註131〕《播音臺》，《覺有情》，第 9 卷第 7 期。
〔註132〕《播音臺》，《覺有情》，第 9 卷第 7 期。
〔註133〕傅統先著：《中國回教史》，寧夏人民出版社 2000 年版，第 147 頁。
〔註134〕傅統先著：《中國回教史》，寧夏人民出版社 2000 年版，第 147 頁。

一、伊斯蘭教廣播的出現

根據現有的資料，中國的伊斯蘭教廣播最早出現在 1934 年 2 月，其誕生地也是上海。

1934 年 2 月，上海富星廣播電臺於每日上午 11：00-12：00 播出徐哲身播講的《回教故事》〔註 135〕，爲廣播中涉及伊斯蘭教的較早記載。徐哲身是浙江仙岩人，我國近代著名作家，「鴛鴦蝴蝶派」（又名「禮拜六派」）早期代表人物之一。他於 1910 年移居上海，賣文爲生。30 年代初在上海創辦「函授小說社」，培養了一大批文學青年。本人則長期從事言情、社會、武俠、偵探、宮闈、歷史等方面的通俗小說創作，著作頗豐。代表作有《漢宮二十八朝演義》、《曾左彭三傑傳》、《峨眉劍俠》、《反啼笑因緣》、《官眷香夢記》、《香國春秋》等。其《回教故事》的具體內容已不可考，但從其題目可大致判斷爲伊斯蘭教的傳說。富星廣播電臺則是一家商業電臺，呼號 XHHX，電力 100 瓦（後增至 1000 瓦），1933 年 6 月 4 日試播，1938 年底因拒絕向日軍廣播監督處登記被迫停業。

此外，當時的伊斯蘭教廣播還有 1934 年上海回教經學研究社借中西廣播電臺每天下午進行的半小時教義演講。

自清代以來，國內一般人對伊斯蘭教都較爲隔膜，「在思想上對回教發生誤解，於是回漢之間常起糾紛。此種現象直至民國以來猶未消除。一方面回教對教外人無公開之宣傳，一方面異教徒基於無意識之猜忖，造出種種謠傳，侮辱回教之事件，遂層出不窮。」〔註 136〕鑒於詆毀伊斯蘭教的事件頻頻發生，1935 年 8 月，一些穆斯林通過上海迴文經學研究社，以無線電臺播音的形式，向教外群眾及社團宣傳伊斯蘭教義。播音內容由達浦生、哈德成兩位教長起草，國語發音教爲準確的薛子明阿訇在每日午後 1 時到電臺播講，旨在「使非回教者，得窺吾教之堂奧；奉回教者，化愚而信堅」。同年，達浦生〔註 137〕、哈德成〔註 138〕撰《播音》分贈各圖書館、機關以

〔註 135〕參見《舊中國的上海廣播事業》，第 120 頁。

〔註 136〕傅統先著：《中國回教史》，第 119 頁。

〔註 137〕達浦生（1874～1965），名風軒，江蘇六合人，是著名穆斯林教育家王浩然阿訇的得意門生之一，曾在北京牛街清眞第一兩等小學堂任教。1913 年到甘肅臨夏，促成當地回教教育促進會的成立，次年創辦清眞高級小學 1 所，初級小學 4 處，奠定了臨夏穆斯林新式教育的基礎。後來在這裡發展到 3 所中等學校、10 所完全小學和 40 所初級小學。達浦生阿訇還在上海等地與穆斯林有識之士合作，興辦師範教育。

及個人。〔註139〕

二、早期伊斯蘭教廣播的特點

　　至抗日戰爭爆發前，伊斯蘭教廣播的發展基本處於萌芽或者說是起步階段。一個最突出的特徵就是節目少，類型單一，只有上海、北京兩個城市中屈指可數的固定節目；節目的內容與形式都極爲單調；沒有出現專門的伊斯蘭教廣播電臺。

　　伊斯蘭廣播是誕生於上海，除了上海當時的政治經濟大環境以及廣播電臺發展繁榮的原因外，也與上海伊斯蘭教的發展分不開。

　　上海的伊斯蘭教始於元朝，因各聚居點穆斯林籍貫、職業、經濟狀況不同，穆斯林大分散、小集中聚居。南市聚居的是以南京籍珠寶商爲主的穆斯林，經濟實力較強，在上海興辦了大量穆斯林文化和社會事業。民國時期，上海穆斯林地位緩慢提高，振興伊斯蘭教的意識增強。民國建立前後到抗日戰爭前是民國時期上海伊斯蘭教的全盛時期，市內新增了一大批清眞寺和清眞女學，新型的宗教團體勃興。上海的穆斯林舉辦教育、出版、慈善事業，注意加強與海內外的交流。尤其是 1925 年上海中國回教學會成立後，開展了新式教育運動，陸續創辦了伊斯蘭師範學校以及清眞、敦化、雲生、伊光等小學，初步改變了上海穆斯林文化落後的狀況。

　　上海穆斯林在注重自身文化水平提升的同時，也注意到了廣播這一傳教利器。廣播成爲他們開展的各項社會事業中重要的一項內容。但與佛教、基督教不同，伊斯蘭教的信奉者多爲少數民族，並不是很廣大的人群。上海的穆斯林在全市人口中不到百分之零點五，居住較爲分散，在漢族居民包圍中從事商業活動。如果在商業電臺中開設伊斯蘭教節目，就面臨受眾群不廣的問題，跟商業電臺的盈利目標有所衝突。因此，雖然有少數電臺承辦了伊斯蘭教節目，但總體數量卻很少。

　　而從全國範圍看，不同於佛教的全國性、本土化和基督教對民國政府高層的超級影響力，伊斯蘭教被認爲是一種少數民族的宗教。「南京國民政府對

〔註138〕哈德成（1888～1943），名國楨，以字行。經名希拉勒丁（Hilal al-Din，即宗教的新月）。原籍陝西南鄭，早年隨父哈希齡移居上海。中國現代伊斯蘭教學者、教育家。與王靜齋、達浦生、馬松亭並稱爲現代中國四大名阿訇。

〔註139〕參見 http://www.shtong.gov.cn/node2/node2247/node79044/node79327/node79347/userobject1ai103694.html

伊斯蘭教信仰雖然表示認可和維護，但同時也加緊了對伊斯蘭教的抨制或利用。南京國民政府否認『回族是一個民族』，對穆斯林採取同化政策，以實現其『重邊政，弘教化，以固回族而成統一』的目標，把少數民族逐步同化於南京國民政府統治的漢族之中。」〔註140〕不僅如此，南京國民政府還對回族穆斯林的社會活動設置多種障礙，用「回漢同源論」對回族穆斯林實行同化措施，影響了整個穆斯林的發展進步，自然也影響了伊斯蘭教的傳播。而從伊斯蘭教本身來看，民國以前，伊斯蘭教「無公開之宣傳」。「伊斯蘭初入中國，教徒多為商賈而非傳教師，故當時回教徒亦僅保持其自己之信仰而不與非教徒作宗教上之接觸。隨後回教外僑來華日眾，逐漸與中國人民發生各種經濟、政治、社會、婚姻等等之關係，於是中國人民乃有一部分信奉回教。然此種皈依回教之行為，均非專借宗教宣傳之力量所達到之結果。其掌教與阿衡亦不遊歷各地專向非回教徒作公開之演講。其清真寺亦不許非回教徒上殿聽道或祈禱。且清真寺之建立根本，即為回教徒本身祈禱禮拜之用。」〔註141〕眾所周知，「宣傳為宗教發展之命脈」，歷來中國之回教卻獨未致力於此。今日之回教徒常引以為遺憾，乃奮起力迫以拯救其厄運。故回教書籍之翻譯，各地刊物之發行，均有欣欣向榮之勢。上海、北平甚有假借無線電臺廣播教義之舉。足證回教徒今日之利用宣傳，不遺餘力。」〔註142〕但受固有觀念的影響，絕大多數穆斯林還是按照傳統的方式來傳承伊斯蘭教，並沒有把擴大宣傳看得很重要，自然也就不難理解，為什麼這一時期的伊斯蘭教廣播沒有像基督教和佛教廣播那樣迅速發展起來。

〔註140〕李國棟著：《民國時期的民族問題與民國政府的民族政策研究》，民族出版社 2007 年版，第 282 頁。
〔註141〕傅統先：《中國回教史》，第 149 頁。
〔註142〕傅統先：《中國回教史》，第 149 頁。

第三章 戰時宗教廣播的轉型

1937 年「七七」盧溝橋事變後，中國進入艱苦卓絕的八年抗戰時期。此間日本侵略者一度佔領大半個中國，在這些淪陷區推行滅絕人性的政策，燒殺、姦淫、搶掠，國家和人民遭受著日寇的屠殺、迫害，經歷著巨大的苦難〔註1〕。宗教廣播作為一項社會事業，也難免遭到戰爭的破壞，受到了巨大的打擊。戰爭考驗著宗教界的良心，也考驗著廣播界的應變能力。面對這一危局，宗教界人士紛紛走出家門，走向抗戰宣傳第一線。一些宗教界名人還借助廣播電臺，發表演說，鼓勵國民。抗戰時期宗教界名人的大量廣播演講，表明這一時期宗教廣播的現實性與政治性進一步加強。

第一節 概 述

一、抗戰期間宗教廣播的挫折

「八一三」抗戰爆發後，上海各民營電臺均停播廣告和頹靡歌曲，全力投入抗日宣傳。11 月國軍撤出上海，日軍隨即進駐並接管了官辦的上海廣播電臺。1938 年 3 月，日軍在上海設立廣播無線電監督處，通令上海各廣播電臺重新向該處登記。暫未被日軍占領的租界當局雖極為不滿，但見日軍重兵壓境，且對抗日的聲音和活動極盡打擊迫害之能事，亦不敢掉以輕心。為此，工部局董事會召開特別會議，責成警務處負責監督華商電臺的節目，對凡是播出反日或政治節目的電臺都予以關閉。經過商議，民營電臺公會王完白等

〔註1〕姚民權、羅偉虹：《中國基督教簡史》，宗教文化出版社 2000 年版，第 234頁。

電臺負責人決定拒絕向日方登記，並於 4 月 28 日起全體停播以示不屈。只有李樹德堂電臺照常播音。後迫於日方壓力，「工部局」通知各電臺前往登記。半個多月後，一度停播的福音、佛音、東方、建華、大陸等 20 餘家電臺登記播音，播音業同業公會的負責人則在敵偽人員把持下全部更換，王完白等人退出。到 1938 年底，上海租界內的廣播電臺增至 29 家，其中少數間或宣傳抗日的電臺常發生電波被干擾和機件被搶劫事件，處境極為艱難。在公共租界播音的五家電臺，包括華東、大陸、東方、佛音、新新，因為沒有向日軍的廣播監督處登記，1939 年底被日偽當局判定為「違法」電臺而從註冊名單上註銷。日偽當局還將上述電臺所使用的載波頻率頒發給了向其登記的日本和外國電臺〔註2〕。這五家電臺都曾經播放過宗教節目。

1941 年 12 月太平洋戰爭爆發，上海「孤島」淪陷。日軍進入租界，將外國人開設的廣播電臺全部接收，國人創辦的廣播電臺全被封閉。此後上海僅有日偽所辦的大上海、大東、東亞和《新申報》廣播電臺等數家。福音、中西、國華、友聯等大部分設有宗教節目的電臺都在日本佔領該地後被日軍接收或封閉。

至於廣播事業較為發達的北平、天津等地，也因相繼淪陷而使電臺業務受到了很大影響。

二、戰時宗教廣播的整體特點

總的來說，這一時期的宗教廣播仍然主要集中在上海。一方面，宗教廣播在抗戰中做出了巨大的貢獻，另一方面，抗戰也對宗教廣播的發展產生了深遠影響，使這一時期的宗教廣播呈現出鮮明的時代特色。

首先是宗教廣播的世俗化傾向。

抗戰期間，宗教廣播的總體數量較戰前大大縮減，內容也相對單調了很多。基督教的福音電臺和佛教的佛音電臺在上海堅持播出了一段時間後，就因有「反日」內容被日軍監督處查禁。天主教廣播雖有所發展，而且成立了專門的廣播社會團體，但在播音內容等方面進步不大。

抗日戰爭期間，整個中華民族處在生死存亡的關頭，人民經歷著巨大的痛苦。戰爭打破了我國各項事業的發展進程，使整個社會處於危機狀態。宗教廣播作為社會事業的一部分，也無法擺脫這一現實環境的制約。戰爭一方

〔註 2〕《上海公共租界工部局檔案》，1938 年 11 月 30 日，《舊中國的上海廣播事業》，第 357～358 頁。

面破壞了宗教廣播事業的順利發展，使得一部分宗教節目停辦，一部分廣播電臺關閉；另一方面也爲宗教開闢了新的廣播領域和傳播內容，客觀上促進了宗教廣播的進一步世俗化。惡劣而艱難現實的挑戰，使宗教廣播不得不把視線轉向世俗人生，反映世俗環境，否則就會失去聽眾，無法繼續維持下去。

在戰爭環境下，宗教廣播世俗化的腳步最爲迅速，表現也最爲明顯。這一時期，中國宗教廣播的發展由於受戰時艱苦條件的影響，在數量上並沒有顯著增長，但在立場、視角及內容上發生了巨大變化。宗教界密切關注著國內外正在發生的戰事，思考著如何面對和回應所處時代的問題，在堅持宣傳宗教教義的同時，將宗教和社會現實相聯繫。

其次是宣傳抗日成爲宗教廣播的一大亮點。一批宗教界人士的廣播活動，尤其是它們發表的大量廣播演講，成爲戰時宣傳最重要的手段之一。

在戰爭環境中，宗教廣播的視角從對上帝、神明的仰望，轉向了對國家前途和百姓命運的關注。在宣傳內容上，不再單純的宣傳超脫世間，提倡天堂、地獄等內容，而是積極關心時事，瞭解形勢，投身於各種抗戰活動，以行動追求宗教對社會的實際貢獻。大批宗教界人士主動參加救亡運動，積極通過廣播發出抗戰聲音，在電臺爲戰爭中受難的群眾征集捐款，號召人們積極參加和支持慈善社會活動，爲抗戰服務。由於一些宗教界人士是政界和文化界名人，容易在大眾心目中產生「光環效應」，因而當社會危機到來時，他們往往會利用這一普遍的社會心理現象，親自出面進行廣泛深入的輿論動員工作。

「光環效應」是一個社會心理學範疇的概念，指由於對人的某一品質或特點有清晰的知覺，印象深刻、突出，從而掩蓋了對這個人的其他品質和特點的印象。那些一開始便被強烈知覺的品質或特點，就像月亮形成的光環一樣，一圈一圈地向四周彌漫，擴散，掩蓋了其他的品質或特點，所以又被形象地稱爲「暈輪效應」。這是一種十分普遍的認知偏見，表現爲在個體的社會知覺過程中，不加分析地用對對方的最初印象來判斷、推論他（她）的其他品質。如一個人最初印象被認爲是好的，那麼他（她）就被一種積極的有利的光環所籠罩，人們容易將其他好的品質也賦予他；相反，一個人最初被認爲是不好的，他就會被一種消極的不利光環所籠罩，人們容易將其他壞的品質加給他。這就可以解釋爲什麼許多商品、藥品的廣告都是由名人、明星來做，而許多聲譽不好的人明明沒做某件壞事，卻總是被人認定就是他做的。

政界名人的權威性也正是在這一心理基礎上被大眾建構起來的：由於他們向大眾展示的多是其立足全局、掌握眾生的一面，因而一般被認為對於關係國計民生的重大問題更有發言權。我們知道，每當重大的社會危機如戰爭、災難等情形發生時，輿論宣傳和輿論引導工作往往倚重於權威的新聞機構，而新聞機構的權威性則奠基於權威人士的參與和監督；這時候，媒體和政府就會借助這一關係鏈條，組織相關的權威人士積極參與，擔當社會動員的急先鋒角色，以最大限度地優化和提高傳播效果。演講作為發表政見、闡明觀點、批駁政敵、爭取盟友的有力武器，是他們在非常時期尤其是戰爭階段使用頻率很高的一種宣傳方式。

廣播演講則是 20 世紀 30 年代以來興起的一種嶄新樣式。名人尤其是各國政要在廣播中的演說，製造了一種虛擬的人際傳播環境。借助廣播，他們的思想、聲音、語氣和態度立體地呈現給了廣大聽眾。出於對領袖人物的崇敬心理和對戰爭的高度關注，名人演講在這時期所發揮的勸誘和施教功能是和平年代難以企及的。

而由於廣播媒介消除了人際傳播的空間障礙，使人類的聲音傳播首次實現了無遠弗屆，借助於廣播媒介的空中傳送，無疑把演講的輿論鼓動和輿情引導作用擴大了無數倍。在抗戰中，蔣介石、宋氏姐妹、孔祥熙、馮玉祥、馬相伯、于斌等大批著名宗教界人士，也把廣播當成了發佈政見、鼓動國民的首選媒體。他們頻頻在電臺「露面」，通過演講的方式接近信徒，說服聽眾，取得了良好的宣傳效果。

第三是宗教音樂在廣播中有增無減。

作為一種重要的布道工具，音樂節目在戰爭期間有增無減。一方面，由於戰爭期間節目時間縮短，節目內容受到經費等條件的限制，音樂節目則可以使用唱片這種可循環使用的媒介，可實現較少物質和人力消耗而大受歡迎。另一方面，戰爭時期的人們，也需要優美舒緩的音樂來緩解緊張惶恐的心情。因此，這一時期，宗教音樂更是大行其道。

第二節　關心世道人心的福音電臺廣播

抗戰爆發後，基督教廣播受到了很大破壞。在國統區，基督教廣播雖然可以繼續維持，但隨著國民政府西遷，原先以上海、天津、北京等地為中心的基督教廣播集中區相繼淪入敵手。侵華日軍對歐美背景的基督教實行壓制

和打擊政策，大批教堂被摧毀或者佔用，一些未撤走的西方傳教士被逮捕拘押，致使歐美背景的基督教教會活動基本停止，只有少數中國自立基督教教會還勉強保持著低調活動。爲了進一步控制中國基督教事業，日僞當局還於1942年成立了一個「華北基督教聯合促進會」，由隨軍來華的日本基督教傳教士控制。此時的中國，戰爭導致經濟持續衰退，物資匱乏，資金緊張。基督教廣播的經濟來源本身就很有限，大多是依靠一些教徒的捐贈，而此時單從經費來源上就已經難以支撐，再加上動亂的社會環境等各種因素，基督教廣播數量上的銳減也是必然的。

這一時期，播出基督教節目的電臺幾乎只剩福音一家。1939年1月1日上海各廣播電臺播音時間節目表中顯示，有基督教節目的只有福音電臺。此外，上海東方電臺也曾設立過短期的基督教節目。

一、抗戰期間的福音電臺廣播

全面抗戰爆發後，上海各界迅速組成抗敵後援會，並在其下設立宣傳委員會，於1937年8月擬定了戰時廣播宣傳辦法，一方面邀請各界名流，舉行籌募救國捐廣播演講；一方面擬定國際宣傳大綱，加強對外宣傳。王完白、劉湛恩〔註3〕、宋子良〔註4〕等基督徒也積極參加了廣播界的各項抗日宣傳活動。王完白作爲民營廣播電臺同業公會主席，負責全面協調和組織上海市民營電臺的播音工作。劉湛恩被推舉爲上海各界救亡協會主席國際宣傳部的英語播音員。他廣泛聯繫在滬的國際知名人士和外國記者、作家，積極開展國際宣傳工作，主持支持前線、救護傷病號以及困居於租界的難民救濟工作；還通過上海青年會，發起組織上海學生救濟委員會，負責安頓平津等地流亡來滬學生的食宿。1937年9月，他又通過美國哥倫比亞廣播公司向美國公眾發表演說，宣傳中國的抗日形勢。宋子良則參加了8

〔註3〕劉湛恩（1895～1938），湖北陽新人。1918年赴美留學，先後入芝加哥大學、哥倫比亞大學，獲哲學博士學位。1922年回國，在南京東南大學、上海大夏大學和光華大學執教，曾任中華基督教青年會全國協會教育總幹事，1928年起任上海滬江大學校長。「九一八」事變後，積極參加抗日救亡運動，被推爲上海各界救亡協會主席。1938年南京僞維新政府成立，拒絕出任教育部部長，同年4月7日在上海遭日僞暴徒狙擊殉難。

〔註4〕宋子良（1899～1983），廣東文昌人，宋耀如之子，宋慶齡之弟。1899年生於上海。早年留學美國，畢業回國後曾任上海會文局局長、外交部總務司司長、中國建設銀行公司總經理等職。

月份各電臺組織的抗戰廣播演講。

　　上海守軍撤出後，日軍隨即進入並控制了租界之外的所有地區。1938 年 3 月，日軍在上海哈同大樓 316 號設立「廣播無線電監督處」，宣稱將於 4 月 1 日起接管原來國民政府交通部和中央執行委員會所屬的廣播管理工作，並勒令民營電臺於 4 月 15 日前申請登記，領取新執照。上海民營電臺同業工會在王完白主席的帶領下，拒絕登記。福音電臺遂由教會中的美籍人士向美國領事署登記，以求保護，轉爲美商電臺繼續播音。此時的電臺仍由上海基督教廣播協會主持，一直持續到 1941 年太平洋戰爭爆發。

　　這期間，福音電臺的節目仍以宗教爲主，但播音時間明顯縮短。

福音電臺 1939 年的節目單〔註5〕：

時　間	節　目	備　註
07：45	音樂	
08：00	晨禱	
08：30	音樂	
10：00	英文禮拜	星期日
12：30	音樂	
12：45	英文新聞	
13：00	英文布道	
13：30	滬語布道	
17：00	音樂	
	聖公會晚禱	星期日
	中華口琴會口琴	
	國樂	星期五（17：00 - 18：00）
17：30	兒童故事	星期二、三、四
18：00	聖經研究	
	國語布道	星期四
18：30	啓示錄研究	
	粵語布道	星期日

〔註 5〕參見《上海無線電》雜誌 1939 年 1 月 1 日第 39 期所刊載的各廣播電臺播音時間節目表（1939 年 1 月 1 日始），詳見：《舊中國的上海廣播事業》，第 381～382 頁。

19：00	王完白醫師 衛生常識	
	晚禮拜	星期日（19：00 - 20：00）
19：30	國語布道	
20：00	音樂	
	主日晚歌	星期日
20：30	英文布道	
21：00	英語新聞	
	俄文布道	星期日

和 1937 年 7 月前相比，福音電臺 1939 年的播音時間明顯縮短，內容設置更爲簡單。1939 年，該臺早間的第一個節目從 7：45 的音樂開始，而 1937 年是從 7：30 開始，時間晚了 15 分鐘。1939 年，每晚最後一個節目從 21 點開始（結束時間不詳），1937 年則是 21：35 分開始，時間早了 35 分鐘。在節目數量上，周一至周六的節目由 19 檔縮減爲 16 檔，周日的節目由 8 檔減爲 6 檔。其中，周一至周六的音樂節目由 8 次減少到 6 次；布道次數由 6 次縮減到 4 次（周四爲 5 次），周日的布道次數仍然爲兩次。周日的禮拜次數減少爲兩次。兒童故事也由周一至周六每天播出一次，變爲只在周二周三周四播出。非常時期的節目類型也有所減少，除保留了兒童故事和衛生常識之外，之前的德育故事、勉勵會和家庭改良與人格訓練等節目都已取消。

雖然其它節目類型有所減少，但新聞的播出次數卻有所增加，這與在戰爭期間人們對信息的迫切需求有關，顯然也與福音電臺關心時事、積極入世的定位分不開。

這一時期的福音電臺，延續了之前對於社會熱點和重大事件的關注，並以基督教的立場來報導，爲其宗教宣傳的目的服務。

在日僞勢力控制大上海期間，福音電臺雖然沒有像一些媒體那樣旗幟鮮明地宣傳抗日救國，抵制汪僞當局，但其拒絕向日方登記本身即已宣示了不與日方合作的態度，日常廣播中也不掩飾該台的基本立場，那就是對蔣介石政府一如既往的支持。如 1938 年，竺規身牧師在福音電臺播發了《做新人》的演講，支持「新生活運動」：

　　讀聖經，以弗所書四章二十至三十二節。

　　我國領袖，自從信主耶穌以後，每晨讀經祈禱，他受了聖經的話感動，年來竭力提倡新生活運動。這是我們中國最大的希望。這

新生活，換句話説，就是要棄舊換新，「作新人」。

　　不過新人談是容易的，做確實不容易的。作新人要有新人的標準，做新人的方法，更要有新人的力量。不然，畫餅充饑，徒有空望，而無實際。那麼，我們怎樣可以得到實際呢？唯有上帝的眞道，可以指教我們，幫助我們，做成新人……〔註6〕

演講首先從國民政府領袖蔣介石的日常生活與政治主張入手，提出新生活運動的主張，然後針對怎樣「做新人」，引用聖經，得出「作新人是要照上帝的形象，以上帝爲標準。」接著提出做新人的「十法」，都是基督教的經典和基督徒的行爲準則，將聽眾對新生活運動的興趣引導到依照基督徒行爲準則行事上來。演講看似在談基督宗教，談人格完善，實質又表達了該臺一貫的政治立場。因爲「新生活運動」的發起人蔣介石宋美齡夫婦此刻已放棄首都南京，遷都重慶，並宣佈與日方作戰。在日方控制的上海地區宣傳新生活運動，顯然有些不合時宜。聯繫到租界當局嚴格限制政治性節目的播出，違者將被關閉電臺；日本軍方虎視眈眈，對各電臺工作橫加干涉這一背景，福音電臺的這種政治「擦邊球」，實際也是需要很大勇氣，承擔相當風險的。

　　不僅如此，福音電臺還把爭取人心作爲戰時廣播的一個支點。在王完白看來，「宗教的眞正價值，是在人生對於他的實際體驗。因之，高深的學識固不足以稱宗教，玄妙的哲理亦無成爲宗教的可能。基督教之所以異於其他宗教者，尤在於他的積極入世觀；基督教決不空談懺悔，亦不妄呈禪機；在他，信心是必需的，信心之外，更需要行爲；懺悔是必需的，悔罪之外，還需要革新。對於聖賢帝王是如此，對於匹夫匹婦也是如此。」〔註7〕爲了更多地「救人靈魂」，1939 年 10 月底，福音電臺開設了一檔新欄目——《聽眾見證》，時間爲每周三晚間 19：20 - 19：30。在由 25 位聽眾固定播講半年之後，改爲臨時特別節目，不再固定播出。「所擬辦法，請聽眾將播音材料，寫成講稿，先行錄示，因初次播講，於事迹之選擇，時間之支配，若不預備，每難恰當，余於收集講稿後，爲之排定日期，以便依次播講，如是相繼不絕，至本年（1940年）四月終截止，適滿半年，得 25 人，結束以後，雖仍有來作證者，然日期不再固定，作爲臨時特別節目而已。」〔註8〕

〔註6〕《福音廣播季刊》第二卷第三期，中華民國二十七年一月至三月份。
〔註7〕王完白編：《見證如云：無線電聽眾之自述·序》，中華民國 29 年 12 月上海
　　　競新印書館印製，第 1 頁。
〔註8〕王完白編：《見證如云：無線電聽眾之自述·緒言》，第 1～2 頁。

這種讓聽眾到電台現身說法談「見證」的靈感，來自於王完白的一次美國之行。「過去之見證，皆有王完白照來函所述，代爲摘要報告，或錄入季刊，去年（指 1939 年）因出席重整道德運動世界大會，赴美國一行，參加數大電臺之播音工作，見新型播音，皆集合數人，以簡短精彩之字句，現身說法。回國後，同人中有建議請聽眾到電臺做短時間播音者，余亦以爲然，乃向聽眾報告，有因收聽播音而得靈性恩賜願親來作證者，當在每晚 7 時至 7 時半餘之日常播音中，特留星期三晚間之最後十分鐘，讓聽眾播講，聞此消息而自告奮勇願來應徵者，頗爲踴躍，遂於去年（1939 年）10 月底，由華女士開始，每星期三晚間，皆有聽眾來福音電臺作證。」〔註9〕一些人自告奮勇，前來電臺「見證」，一些人則因聽了見證而「空中蒙召」〔註10〕，自此對耶穌基督產生了堅定信仰。還有一些原來信仰佛教、伊斯蘭教的人，也因聽了福音電臺的節目而改信基督教。

太平洋戰爭爆發前，福音電臺雖然憑藉租界之中立性且以美商電臺的名義得以繼續維持播音，但是隨著太平洋戰爭的爆發，福音電臺也難逃被接管的命運。1941 年 12 月 8 日，日軍報導部和憲兵隊接收了六家「從事敵性行爲之廣播電臺」，其中就包括福音電臺（另外五家是華美、民主、電訊、奇開、大美）〔註11〕。雖然不排除日軍欲加之罪的嫌疑，但從該臺所涉「罪名」看，倒也符合其一貫的立場和主張。

福音電臺被日軍報導部以「敵性電臺」爲名接管後，1000 瓦發射機被日方拆去，另由僞廣播協會就原址另設日製 200 瓦發射機，改爲大東廣播電臺。大東電臺呼號 XGOH，臺址設在博物院路（今虎丘路）廣學會 10 樓，由日僞廣播事業建設協會管理。該臺專用日語廣播。直到 1945 年 9 月 25 日，大東電臺才被國民政府接收。

二、抗戰期間基督教廣播的特點

首先，這一時期的基督教廣播，除各種日常性的節目外，對基督教會的一些重大事件和重要活動也進行了積極宣傳。

〔註 9〕王完白編：《見證如云：無線電聽眾之自述·緒言》，第 1 頁。
〔註 10〕《吳淞四少年空中蒙召》，見王完白編《見證如云：無線電聽眾之自述·緒言》，第 3～4 頁。
〔註 11〕《〈新申報〉關於日軍報導部與憲兵隊接收從事敵性宣傳廣播電臺的報導》，《舊中國的上海廣播事業》，第 407 頁。

　　1939 年 12 月 1 日至 3 日，東方電臺和福音電臺對基督教的重整道德運動進行了廣播宣傳。重整道德運動的發起人是美國牧師法蘭克·卜克門博士。這一運動號召世界上每一個人，不論國籍，都開始過一種新生活——由上帝統治、受四條準則指導的生活。這四條準則是：絕對忠實、絕對純潔、忘我、博愛。本地中外基督教團體都響應了這個運動，王完白還出席了當年在美國召開的重整道德運動世界大會。對於這次運動，中西電臺雖然沒有直接進行廣播宣傳，但其主辦者中西藥房「在中國報紙上投稿宣傳與重整道德運動有關的廣播」。因為東方和福音兩個電臺都未向日本無線電廣播監督處登記，所以日方無線電廣播監督處認為中西電臺「與未登記的廣播電臺合作，宣傳重整道德運動」是「違反了管理登記的規定」，命令中西電臺暫停播音。〔註 12〕1940 年，重整道德運動為了達到「全球有一萬萬人能聽從上帝以獲勝利之生活」，開始在世界範圍內開始做大規模的推動，其中在上海的宣傳就得到王完白和福音電臺大力的支持。「王完白和其同道在上海利用租界內的有利形勢，積極推動和宣傳重整道德運動。他們借助英美力量，使得重整道德運動在租界內盛行一時。」〔註 13〕仁濟醫院的福開森醫師也在福音電臺誦讀卜克門博士的演講詞，題目是《世界危急中之曙光》。〔註 14〕

　　從 1940 年 7 月 13 日起，福音電臺又為基督化家庭運動〔註 15〕做前期宣傳，來配合這一運動的開展。基督化家庭運動主要包括「在建造人格上，高舉基督，以基督為標準，實現家庭與教會的通力合作；提倡家庭閱讀經典類、醫藥常識類、日報類、書報類、文藝作品類等著作。」「每星期六下午六時半至七時，假福音廣播電臺，播音演講家庭教育及家庭衛生問題。」〔註 16〕

〔註 12〕 參見《工部局警務處關於廣播監督處命令中西廣播電臺停止播音的報告（1939
　　　　 年 12 月 6 日）》，上海公共租界工部局檔案，資料來源於《舊中國的上海廣播
　　　　 事業》，第 385～386 頁。
〔註 13〕 王淼：《王完白與孤島時期上海重整道德運動》，《抗日戰爭研究》2013 年第 4 期。
〔註 14〕 《重整道德運動在上海的宣傳》，《真光》第 39 卷第 2 號，1940 年 2 月版，轉
　　　　 引自陳文文，徐翠：《上海福音廣播電臺——中國空中福音的先聲》，《科技信
　　　　 息》2009 年 25 期。
〔註 15〕 由中華全國基督教協進會（The National Christian Council of China）發起和推
　　　　 動，1930 年 1 月正式起步，規定每年十月最後一星期日起至十一月第一次星
　　　　 期日止，全國教會一致舉行基督化家庭運動周。
〔註 16〕 《關於家庭運動周材料及家庭問題播音通告》，《中華歸主》第 207 期，（1940
　　　　 年 6 月），轉引自陳文文，徐翠：《上海福音廣播電臺——中國空中福音的先
　　　　 聲》，《科技信息》2009 年 25 期。

其次，一些著名的基督徒到電臺發表抗日廣播演說，大大提升了基督教廣播干預現實的能力。

面對日本侵略者對中國的步步侵略和蠶食，基督教中很多愛國人士積極參加抗日救亡運動。1931 年「九一八」事變後，基督新教教會就聯合抗議，並把 9 月 27 日定為「國難祈禱日」。基督教廣播則成為聯繫基督教人士和現實社會的一個紐帶和橋梁。此時的基督教節目，在內容上更加貼近中國實際，更為本土化，和中國的現實環境緊密相連，真正成為了和中國同呼吸共命運的本土化廣播。

抗戰全面爆發後，雖然民營電臺也積極地加入到了救國宣傳中，但礙於自身的發射功率以及戰時的混亂環境，基督教廣播在民營電臺播送的影響力很有限，而一些官辦電臺憑借政府的經濟和政策傾斜，在此時所發揮的作用更大一些。在國民黨官辦電臺中，演講是抗戰時期最具特色的廣播節目，也是最為重要的內容之一。國民黨的各大電臺都組織了名人演講節目，這其中就包括信仰基督教的名人，如 1937 年 8 月 6 日有「基督將軍」之稱的馮玉祥在中央電臺發表《我們應如何抗敵救國》的演講。

1938 年 4 月 16 日，也即耶穌復活節的前夕，身為基督教徒的蔣介石在國民黨中央電臺發表《為什麼要信仰耶穌？》的長篇廣播詞，對基督教給以極高的評價，並把耶穌說成是「民族革命的導師」、「社會革命的導師」、「宗教革命的導師」。他還號召教徒，在國難之際，抱定「犧牲」的決心，「勇敢地向十字架邁進，促進三民主義獨立、自由的新中國的實現，亦就是實現耶穌理想中的大同」。他把孫中山和自己都看成是基督事業的繼承者，曾多次說過「基督教是革命的宗教，而真正信仰基督教的人，也一定就是革命家」。蔣介石對教義的闡釋不免有些牽強和附會，其中不乏自我吹噓和標榜，但他將宗教與中國政治鬥爭結合起來，賦予基督教以「革命」的意味，足見其內心對基督教的重視﹝註17﹞。

這一時期，基督教廣播在對外宣傳中也發揮了重要作用。一些基督徒利用廣播發表以基督教為信仰基礎的演講，來爭取國際支持和援助。抗戰爆發後，宋美齡曾以中國「總播音員」的身份，向全世界揭露日軍的暴行，批評西方國家對日本的縱容政策，展示中國將士英勇抵抗的決心，爭取美國朝野對中國抗戰的支持和同情。從 1937 年 9 月 12 日起，她在南京通過美國廣播

﹝註17﹞ 張慶軍，孟國祥著：《蔣介石與基督教》，載於《民國檔案》1997 年第 1 期。

網直接用英語向美國民眾發表廣播演說，講述發生在中國的一切。她在其中一段對美廣播中講道：「美國的朋友，祝你們早安。我只用幾分鐘的時間講這段話，是要請一切愛好自由的人們知道中國應該立刻得到正義的援助，這是中國的權利。諸位，你們在無線電波中，或許可以聽到大炮的聲音，但是這裡還有受傷者苦痛的叫喊，還有垂死者彌留的呻吟，你們聽不到，我希望你們能想像得到。」她還說：「請告訴我，西方各國坐看這樣的殘殺和破壞，噤無一詞，是不是可以算作講求人道，注重品德，尊尚仁義，信仰耶穌文明的勝利徵象呢？再則，現在第一等強國，袖手旁觀，好像震懾於日本的暴力，不敢出一語相詆評，是不是可以看作國際道德、耶穌道德或所謂西方優美道德墮落的先聲呢？」

　　宋美齡一系列聲情並茂的廣播演說，通過電波傳向世界，對美國朝野產生了極大的觸動。蔣宋夫婦不僅被美國《時代周刊》評選為 1937 年「時代年度風雲人物」，還成為該刊 1938 年第一期的封面人物。理由是：「1937 年，世界上最引人注目的國家是中國。在陸地，在海洋，在天空，中國人同入侵的日本人展開了殊死搏鬥。尤其是在上海，中國軍隊連續十三周阻止了日本人的前進。在這個關鍵時刻，領導這個國家的是一位最能幹的領導人蔣中正和他的傑出夫人宋美齡。」 1939 年 7 月 7 日抗戰兩週年紀念日，應美國反侵略會的邀請，宋美齡發表了對美廣播，敦促美國及其他西方國家履行條約義務，實行對日經濟制裁，呼籲美國對中國進行物質援助。1940 年，日軍對重慶實行大轟炸。宋美齡再次對美國國會議員發表廣播演說：「我不知你們國會議員是否想到過，如果中國屈服於日機，那將發生什麼樣的情況？無疑，日本將利用中國的資源轉向美國進軍，美國也將受到自食其果的懲罰。支持野蠻的日軍侵略戰爭，本身就是不義的。」1941 年 4 月 28 日，宋美齡用英語向英國公眾播講中國的救濟事業，爭取英國的支持。11 月 10 日和 12 月 4 日，宋美齡又在無線電廣播中向美國發出呼籲：「我覺得美國這一個國家，決不會因勢乘便，以作便利自己的打算的。美國決不像法西斯國家那樣認為犧牲弱小是正當的行為。」宋美齡想努力喚起美國正義感，推動美國堅定支持中國。據統計，抗戰時期，宋美齡頻繁地發表對外廣播演講，其中對澳洲 1 次，對英國 4 次，對加拿大 2 次，對印度 3 次，對美國 26 次。1943 年，宋美齡再度登上《時代》雜誌的封面。

　　此外，1937 年 10 月 20 日，當時在上海的宋慶齡也親自到美商 RCA 廣播

電臺發表了題爲《中國走向民主的途中》的英語演講。她在演講中大義凜然地宣稱：「不管日本軍閥是怎樣的瘋狂，必定在我們的領土上遭遇滅亡，中國人都準備以最後犧牲，來保衛祖國。」〔註18〕

　　作爲基督徒的宋氏姐妹在面向基督教文化的西方國家發表廣播演說時，往往不忘強調「耶穌文明」、「耶穌道德」，試圖尋找共識，製造平等對話的氛圍。歷史已經表明，這些演講對上述國家瞭解中國，援助中國的抗日戰爭起到了很大的作用，也爲中國爭取了更多的世界盟友。

第三節　天主教廣播的發展

　　受戰爭環境的影響，天主教廣播在抗戰期間並沒有明顯發展。但在這一時期，除「上海公教廣播」繼續播音外，還出現了其他語言的天主教節目以及專門的播音社。

一、繼續播音的「上海公教廣播」

　　這一時期，上海公教廣播依舊播音，內容仍然是天主教方面的。例如在1938年9月～1939年6月的節目中，討論了宗教問題，包括神與人的關係，新經的默示，基利斯督的使命、特點及基利斯督教會的四大特性等。

　　「爲維持公教廣播於久遠」，上海公教廣播在1939年還成立了專門化的組織——公教廣播聯合會組織。〔註19〕

二、新創辦的天主教節目

　　天主教組織還借上海的電臺開辦了多種語言的廣播節目。

1. 上海耶穌會士主辦的英語天主教廣播節目（The Catholic Hour）

　　1937年，在上海的美國加利福尼亞省耶穌會士主辦了天主教的英語廣播節目（The Catholic Hour）。節目借上海美國電臺——西華美電臺播出，時間爲晚上19：30 - 20：00，每兩周播送一次。1941年12月太平洋戰爭爆發後該臺被封，通過上海主教惠濟良的周旋，改在上海法國電臺播送，時間爲 19：00 - 19：30，每周一次。節目內容不詳。

〔註18〕《宋慶齡選集》（上卷），人民出版社1992年版，第208～213頁。
〔註19〕寵光社上海通訊《上海公教廣播之成績》，《公教學校》1939年第5卷第11期。

2. 黃鍾播音社的中文傳教節目（又稱上海天主教播音社，或上海公教廣播節目）

1941 年 9 月，天主教上海主教、法國人惠濟良〔註20〕創辦了黃鍾播音社，社址初設徐家匯聖心報館，後遷震旦大學。黃鍾播音社要求播音員不帶一點黨派色彩，不談政治問題。節目內容是純宗教的，論調完全以羅馬公教的立場為立場。〔註21〕該社借上海法國電臺（抗戰勝利後改名為國泰電臺，呼號 XFFZ）播送中文傳教節目，內容是邀請名人用國語廣播「益世道人心之社論」〔註22〕，時間在星期日晚，起初每兩周一次，後每周一次，節目原長 45 分鐘，後增為兩個半小時。

1941 年 9 月 14 日 19：00 - 19：45，播音社舉行了開幕典禮，開播節目的主講者為震旦大學教授張維屏司鐸，之後還播送了名家音樂及公教新聞。〔註23〕黃鍾播音社社長吳應楓致開幕辭，強調了播音社的立場和播音內容的純宗教性，還鼓勵聽眾對其節目提出意見。〔註24〕

黃鍾播音社的中文傳教節目內容及主講人〔註25〕：

節　　目	主講人	主講人身份
講座（包括宗教知識、教理、醫學衛生講座等）	王仁生、蔡石方、吳應楓	耶穌會中國神父
	沈造新、張維屏、丁宗傑	教區神父
	吳雲瑞、周渭良	震旦大學醫學教師
青年講座	王振義、顧梅生	震旦大學學生
天主教新聞		
音樂		

〔註20〕 惠濟良（Auguste Alphonse Pierre Haouisée S.J.1877～1948），法國籍羅馬天主教耶穌會（Societas Jesus）會士，天主教南京代牧區助理主教（1928～1931），南京代牧區主教（1931～1933），天主教上海代牧區主教（1933～1946），天主教上海教區主教（1946～1948）。
〔註21〕 吳應楓：《黃鍾播音社開幕詞》，參見《聖心報》第 55 卷第 10 期（1941 年）。
〔註22〕 《上海黃鍾播音社成立》，《聖心報》第 55 卷第 10 期（1941 年）。
〔註23〕 《上海黃鍾播音社成立》，《聖心報》第 55 卷第 10 期（1941 年）。
〔註24〕 吳應楓：《黃鍾播音社開幕詞》，參見《聖心報》第 55 卷第 10 期（1941 年）。
〔註25〕 根據 http://www.shtong.gov.cn/node2/node2245/node75195/node75203/node75285/node75299/userobject1ai91990.html 資料整理

3. 君王堂主日唱經彌撒的轉播

1938 年 12 月起，每星期日 11 時，蒲石路君王堂為滬上外僑教徒舉行的唱經彌撒，通過廣播電臺進行轉播。君王堂又名帝王堂，位於蒲石路（法租界中心，今盧灣區長樂路）165 號，建於 1928 年。該堂有聖堂、神父住宅、出租房各 1 座，內設彈子、乒乓和羽毛球房、網球場和茶點室，為其它教堂所無。建堂初期有教徒 1700 餘人。1933 年起，成為法租界內使用英語的外籍教徒專用堂口，多為洋行外籍職員。遇聖誕節等大節日，有外國領事、軍官及其家屬參加。中國教徒經抗爭才准入內。

4. 天主教法語廣播節目（Le Radio Catholique）

1943 年 4 月開辦，假上海法國電臺播音，時間每星期日 21 時至 21 時 30 分。主講者有震旦大學法國神父喬典愛、傅承烈等。具體節目內容及停播時間不詳。

這一時期播出天主教節目的電臺情況：

臺名	呼號	波長（米）	功率（瓦）	主辦單位、負責人	開辦時間	停辦時間及原因	地址	歷史沿革	備註
法人	XFFZ	224	250	法商法文協會	1932 年 8 月 19 日		霞飛路（今淮海中路)193 號		播出黃鍾播音社的天主教節目
西華美	XMHA	500	500	美商無線電工程有限公司	1931 年	1941 年 12 月 8 日被日軍接管改名「東亞」電臺	跑馬廳路（今武勝路）445 號	抗戰勝利後復播，1947 年 2 月被電信局封閉（不准外商在華設臺）	播出英語天主教廣播節目

三、中外天主教愛國人士的抗戰廣播演說

抗戰爆發後，廣大中國天主教徒，甚至是一些西方在華的教會人士，都表現出強烈的反戰護國之情。1937 年 8 月 10 日至 29 日，上海市各界代表組成的抗敵後援會邀請了上海各界名人包括吳雲齋、洪深等 80 多位，輪流在華

美、大中華、中西等電臺舉行籌募救國捐廣播演講〔註 26〕，其中就有上海知名企業家、同時也是天主教徒的陸伯鴻先生〔註 27〕。他曾在 8 月 21 日在上海電臺下午三時三十分起至四時進行了演講。

1937 年 12 月 20 日，羅馬教皇駐華代表蔡寧總主教〔註 28〕，在廣播電臺發表「耶誕節獻詞」的演說，勸告國人「應該犧牲我們自己，獻身社會，以謀求中華民族的福利」，並號召「由東西各國來中國傳教的天主教、神父、全國的教友，協同中華國家共同合作，以期達到中華民國國家和民族幸福之目的」。〔註 29〕

其中最著名的莫過於愛國老人馬相伯的廣播演說。

馬相伯（1840～1939），原名建常，後改名良，字相伯，又作湘伯或薌伯，晚年號華封老人。著名的天主教徒，近代中國著名教育家、政治活動家、愛國人士。他於清道光二十年三月十八日（1840 年 4 月 17 日）生於江蘇丹徒（今鎮江），出生不久即受到天主教洗禮。清同治九年（1870 年）獲神學博士銜，加入耶穌會，授司鐸神職。任神父期間，馬相伯與耶穌會發生數次衝突。清光緒二年（1876 年），因自籌白銀 2000 兩救濟災民，反遭教會幽禁「省過」，憤而脫離耶穌會還俗（但仍信仰天主教），曾先後去日本、朝鮮、美國、法國和意大利等國。1897 年，馬相伯通過補贖獲得耶穌會的赦免。重返教會後，馬相伯熱心於教育事業，先後創辦震旦學院、復旦公學，參與創辦天主教輔仁大學，是中國教會的建設者和教會自主運動的先行者，是中國人心目中愛國主義和民主主義的典範。〔註 30〕他在鴉片戰爭的炮聲中來到人世，又在日本鐵蹄蹂躪我大好河山之際含恨去世。作為飽經滄桑的百歲老人，他一生具有強烈的民族意識和愛國情感，年歲越大，愛國愛教之情彌篤。馬相伯的廣播情緣可追溯到「九一八」事變後。

1931 年 9 月 18 日，日本關東軍經過精心策劃，炸毀了南滿鐵路柳條湖附近的一段路軌，卻誣稱是中國軍隊所為。遂以此為藉口炮轟瀋陽北大營中國

〔註 26〕艾紅紅：《抗戰時期的廣播演講》，《中國廣播電視學刊》2005 年第 8 期。

〔註 27〕陸伯鴻（1875～1937），原名陸熙順，20 世紀上半葉中國知名企業家、慈善家和天主教人士。

〔註 28〕瑪利奧·蔡寧（Mario Zanin），天主教外交人士，1933 年至 1945 年期間，任宗座駐華全權代表。

〔註 29〕陳金龍，傅玉能：《中國宗教界與抗日戰爭》，《長沙電力學院學報》（社會科學版），1999 年第 4 期。

〔註 30〕朱維錚主編：《馬相伯集·內容提要》，復旦大學出版社 1996 版。

軍隊駐地，製造了震驚中外的「九‧一八」事變，之後又在短短的 4 個多月裏侵佔了東北三省。已退隱十幾年不聞政事的馬相伯，聞此消息拍案而起，手書「還我河山」，呼籲全國團結，一致抗日，並發表《爲日禍敬告國人書》，主張「立息內爭，共禦外侮」。他又親自揮毫，作榜書和對聯進行義賣活動，並將所得 10 萬元全部捐獻，以實際行動支持抗日義勇軍。1932 年「一‧二八」事變後，他發起組織了中國民治促進會、江蘇國難會、不忍人會等，主張抵制日貨，號召爲抗日將士勸募義勇捐；又擔任丹陽旅滬同鄉會會長，領導同鄉救濟戰區被難同鄉 3000 餘人；還勸兒媳等親友成立上海婦女勤儉社，多方支持東北抗日義勇軍和上海的 19 路軍抗戰。與此同時，他三天兩頭接見上海《民力周刊》、《申報》、《大晚報》等報社記者，頻頻發表演說。〔註 31〕在他家裏召開救國會第二次執委會時，他特地書寫了「恥莫大於亡國，戰雖死亦猶生」聯語，同與會者共勉。

　　1939 年馬相伯百齡大慶，國民政府對他發褒獎令，稱之爲「民族之英，國家之瑞」。中共中央發賀電，稱他爲「國家之光，人類之瑞」。當年風靡中國的《良友》畫報歷來憑藉時髦的封面女郎吸引讀者，卻在馬相伯百歲大壽時以他的照片做了封面。此刻，這位老人儼然已成爲這個國家的象徵。他的救國熱情與國難同在，直到生命的最後一息還念念不忘抗戰，他因此被于右任尊稱爲抗日「老青年」。〔註 32〕同年 11 月 4 日，馬相伯病逝於越南諒山。噩耗傳出，舉國哀悼。弟子于右任敬挽：「光榮歸上帝，生死護中華」。

　　馬相伯有「中國第一大演說家」的美譽〔註 33〕。面對外強內侵，山河破碎的苦難現實，爲了使救國倡議得到社會響應，喚醒國人的民族意識，從 1932 年11 月到 1933 年 2 月期間，他以 90 多歲高齡之軀，先後作了 12 次國難廣播演說，每次演說都長達一小時左右。他的廣播演說情詞懇切，痛快淋漓，條理清晰，旁徵博引，論證有力，或痛責日寇、

「七君子」出獄後在馬相伯家合影

〔註 31〕 李旻：《簡論馬相伯的愛國思想和實踐活動》，華東師範大學碩士畢業論文。
〔註 32〕 于右任：《百歲青年馬相伯先生》，《中央日報》1939 年 4 月 6 日。
〔註 33〕 1906 年，馬相伯赴日，在日本學會成立典禮上發表演說勉勵留學生：「救國不忘讀書，讀書不忘救國。」張之洞將此語引爲至言，譽他爲「中國第一位演說家。」

或抨擊不抵抗主義、或言民治治國，其愛國之情和救國之心感人肺腑。1937年「七七」事變後，他又到中央廣播電臺（一說上海廣播電臺）發表了《鋼鐵政策》的廣播演說，呼籲國人立即行動，誓死抗擊日本侵略。

馬相伯的廣播演說，始終圍繞著抗日救國這一主題。他不僅痛斥日本侵略中國的罪行，分析了中國遭受日本侵略的內因和外因，同時還就如何抵禦日寇提出了自己的主張，即停止內戰、全民抗日、實施民治、重建民國。其每一篇演說稿都有許多的反問和感歎，表達出強烈的憂國憂民之情。他的演說，幾乎每次都是吶喊：「我們如果昧了天良，忘了天責，低首下心做亡國奴去！實在千不該，萬不該，死也不應該！我人奮鬥，決不投降！我九三老人，喊一聲『為人道主義奮鬥』而死；死也瞑目！」而在第八次演說中，他開頭就發出呼喊：「諸位！時候不早了！醒一醒！」之後又說：「諸位，醒一醒！枕頭旁邊放了火藥，我們能睡麼？房子裏面有了小賊，我們能睡麼？」可以想像，老人在演說時的情緒是多麼激動。〔註34〕

馬相伯的廣播演說，始終貫穿著天主教的思想。

馬相伯引用《若望福音》第八章第四十六節的救世主聖訓「予言真實；曷弗信予」作為系列演說的開場白。之後，他不僅常引用《若望經》、《若望福音》中的內容，還提到一些宗教界人士的許多事例以及他們的宗教精神。他多次提到要為人道而戰，稱東北義勇軍的抵抗是「為維護世界人道而戰」，號召大家為人道而戰，要發揚仁愛精神。

馬相伯的廣播演說不僅體現了他的宗教信仰和愛國熱情，也揉和了古今中外有關治國的理念。這一系列演說引起了多家媒體的關注。上海《申報》、《大美晚報》等都對馬相伯的廣播演說作了報導。

四、抗戰時期天主教廣播的特點

抗戰期間的天主教廣播呈現出以下幾個特徵：

一是專門播音社的出現。這一時期，出現了教徒組織的專業播音社——黃鍾播音社。播音社自己組織節目，然後借助其它電臺來播送節目。這種新的播音運作方式，避免了在一個電臺被封閉以後無法繼續播音的弊端，能夠更為靈活和持續地實施布道。

二是沒有專門的天主教廣播電臺。雖然不同語言的天主教廣播節目出

〔註34〕參見本書附錄六。

現在不同的電臺，但是查閱資料，卻沒有發現這一時期專門的天主教廣播電臺的記錄。這其中的原因或許正如姚耀思在《廣播傳教術與北平公教廣播事業》一文中所說「自辦電臺固然可以不受外界限制，但公教色彩便未免太濃，同時開銷也太過於浩大。」另外，在其它的非天主教電臺播放天主教節目，更容易使教外人士接觸到天主教，這樣也能夠擴大天主教的影響力。

三是一些天主教人士紛紛發佈抗日廣播演說。在這一時期的廣播演說大潮中，天主教人士也積極參與，表達愛國抗日的態度。如于斌主教、馬相伯、陸伯鴻的抗日廣播演說，對外界關注中國的戰爭形勢起到了很大作用。

四是出現了天主教新聞節目。抗戰期間，廣播中出現了「天主教新聞」這一節目類型。這也開闢了天主教徒瞭解本教國內外消息的另一渠道，說明廣播及時傳播信息功能得到了天主教組織的重視。

五是節目語言的拓展。這一時期，針對不同語言的受眾群體，出現了英語、法語、中文三種不同語言類型的天主教廣播。說明那時聽眾的範圍比較廣，不僅有中國人也有外國人，另一方面，也體現了天主教廣播的受眾細分意識。

第四節　相對繁榮的佛教廣播

抗戰爆發後，中國的佛教徒經歷了一次重大的思想洗禮。佛教事業從「寺僧佛教」向「社會各階層民眾佛教」進一步轉型。「民國二十六年，這一年，可以說是中國佛教由舊趨新的一個轉折點，這一年中，中國佛教風氣，開始轉變，步上新的機運。由於日本軍閥在我國蘆溝橋施放槍聲，發動侵略訊號，所謂『七七』事變之後，太虛大師慨念國難教難面臨嚴重關頭，於廬山發出『銑』電，號召佛弟子群起救亡，共赴國難，電中有三個指示：一、懇切修持佛法，以祈禱侵略國止息兇暴，克保人類和平。二、於政府統一指揮之下，準備奮勇護國。三、練習後防工作，如救護傷兵，收容難民，掩埋死亡，灌輸民眾防空防毒等戰時常識。接著，『八‧一三』滬戰爆發，正式掀開戰爭序幕，中日兩國入於全面戰爭狀態，我駐軍發動英勇的抗戰。當戰爭烽火燃燒之時，全國各地佛教僧青年，受愛國熱情的驅使，響應太虛大師的號召，齊

集到上海，英勇地、果敢地把他們的身心性命奉獻給國家民族，為爭取自由
而奮鬥，表現了大乘佛教積極入世的精神。」〔註35〕在生死存亡的危急關頭，
佛教廣播也顯示出關心現實、注重社會人生的一面。尤其是太虛大師的抗戰
廣播演講，更是感召無數人投身抗日救國的洪流中。

　　由於佛教是當時中國影響最大，信仰人數最多的宗教，也是日本和其
他東亞、東南亞地區人民信仰的主要宗教，佛教所提倡的「隨喜、慈悲、
慚愧、因果、戒律、信忍」精神與日本的殖民統治有一致之處，因此在淪
陷區，日偽當局容忍佛教事業有一定程度的發展。但由於日偽當局對廣播
事業的高度重視和對民間經營廣播的不信任，佛教廣播雖然比其他的宗教
廣播相對繁榮，但最終仍不免落入敵手。如上海最大的佛教電臺佛音電臺，
就只堅持播出了不到兩年，終因抵制日本廣播監督處重新登記政策而停
播。之後兩家新創辦的專門佛教電臺也沒有維持太久。1941 年 12 月太平洋
戰爭爆發後，日軍接管了上海的西華美、福音、奇開、大美等廣播電臺，
同時，之前向日本監督處登記的民營廣播電臺公會所屬的 28 家民營電臺也
被封閉，佛教廣播暫時陷入沉寂。只有在日偽當局控制下的淪陷區官辦電
臺中，還會出現類似「宗教問題」（上海廣播電臺）這樣的節目。

一、專門的佛教廣播電臺

（一）拒絕接受日方監督的佛音電臺

　　單從日常節目的設置而言，相比基督教、天主教廣播，佛音電臺的新聞
意識和抗戰宣傳最為突出。佛音電臺於 1937 年 7 月 11 日特設佛教新聞欄目，
每周一次，每次 20 分鐘；周四增加播音一次，時間為 20 分鐘。「上海佛教
日報為謀弘法普遍，廣播佛教消息起見，特商得本埠赫德路 408 號佛音電臺
之許可，於每星期至該臺報告一周間國內外佛教重要消息，已於 7 月 11 日
開始播音，時間改於 2 點 40 分起，至三點止。並於星期四增加播音一次，
時間 1 點 40 分起，至二點止。欲明瞭全球佛教大事者，至希於該時注意收
聽。」〔註36〕

　　不僅如此，佛教廣播還同基督教廣播一樣，成為抗戰募捐的主渠道之一。

〔註35〕樂觀：《三十年來中國佛教的回顧》，張曼濤主編：《現代佛教學術叢刊·民國
　　　　佛教篇（86）》，臺灣大乘文化版社 1978 年版，第 333 頁。
〔註36〕《佛教日報在佛音電臺播音》，《佛學半月刊》，1937 年第 156 期，第 20 頁。

1937 年「八‧一三」事變後，佛教界就在佛音電臺舉辦了大規模的播音募捐，以此支持抗戰。1937 年 9 月 21 至 23 日，上海慈善團體聯合救災會和救濟災區委員會特邀名票界、電影界、話劇界在佛音電臺舉行大規模播音募捐。23 日晚，梅蘭芳參加了播唱。9 月 24 至 26 日，佛音電臺播出了大規模的平劇會串播音節目，這次節目是上海伶界聯合會、國難後援會為籌集救國公債及救護傷兵、救濟難民、慰勞將士等款項而舉辦的。在這次播音節目中，佛音電臺特邀京劇名演員梅蘭芳、周信芳、李少春、高百歲等出席，三天共募得 13000 餘元。

　　上海淪陷後，處於公共租界內的佛音電臺一方面表示接受租界當局的監管，另一方面堅決拒絕向日方廣播監督處登記。因該臺主持者認為，電臺係宗教性質之廣播，並無政治意味與商業性質，所有節目且係經聲佛號，實無登記之必要。日軍上海廣播監督處幾次提出警告，該臺仍置之不理，繼續播音。

佛音電臺 1939 年 1 月節目表〔註 37〕：

時　間	節　目	備　註
07：00	早課	星期一停
08：00	誦金剛經	
09：00	誦華嚴經	星期一停
10：00	講法華經	
12：00	講佛說仁王護國般若經	
13：00	講無量壽經	
14：00	講華嚴經	
15：00	講樂師經	
16：00	晚課	星期日停
17：00	講涅盤經	
18：00	粵曲唱片及胡章釗故事	
19：00	家庭教育	星期一、三、五
	廣東戲	星期二、四、六

〔註 37〕參見《上海無線電》雜誌 1939 年 1 月 1 日第 39 期所刊載的各廣播電臺播音時間節目表（1939 年 1 月 1 日始），詳見《舊中國的上海廣播事業》，第 373 頁。

20：00	唱片	
20：40	教授平劇	
21：20	林鳳閣：講短篇故事	
22：00	林鳳閣：講精忠奇俠傳	
23：00	京劇唱片	
	歌舞唱片	星期六

可以看出，在節目取材上，佛教節目的時長約 11 小時，與 1937 年 7 月份（佛教節目時長 4 小時 10 分鐘）相比時間多了近 7 個小時。與此同時，非佛教節目的時長和類型都有所減少，沒有了之前的醫學常識、警策語、防衛知識、話劇以及財經類商情類節目。娛樂節目的數量也明顯減少。

在時間安排上，白天（7：00 - 18：00）全部為佛教節目；晚上從 18：00 開始到次日凌晨結束都是非佛教節目。這種大段的時間劃分，使得佛教節目和非佛教節目各自保持連續性，白天全部是經聲佛號，晚上是其它內容；佛教節目不是夾雜在其它節目之中，可以使修行者能夠真正做到聽著佛音電臺的節目來修行，而不會被打斷。另一方面，以收聽其它類型節目為目的的那部分聽眾則可以在晚上連續收聽，而不至於被佛教節目打斷。

1938 年 5 月，大亞和大光明兩家電臺因為播出了抗日的內容，被工部局警務處罰令停播。但日軍廣播監督處的淺野少佐進一步提出，要注意包括佛音電臺和新新公司廣播電臺在內的 6 家電臺，因為一是他們「尚未向廣播監督處登記」，二是「淺野少佐斷言，上述六家電臺具有反日傾向，並要求警務處採取措施停止它們的播音，」〔註 38〕被工部局警務處拒絕。工部局同時承諾，將經常收聽這些電臺的廣播，一旦發現反日內容，立即令其停播。日軍見工部局不肯就範，就新設立了一個 XQMW 電臺，用與佛音電臺同一周率干擾其播出。1939 年，佛音電臺自動停播，未曾復業。

（二）抗戰時期新創辦的佛教電臺

抗戰開始後，白聖法師在上海創辦了一座「佛教光明廣播電臺」，以「空中弘法」為目的。白聖法師（1904～1989）為湖北應城人，俗姓胡，字潔人。18 歲時在安徽九華山出家，不久即受具足戒。曾於度厄、慈舟、智妙等處修學。後在武昌洪山掩關三年，嗣後畢業於上海法藏佛學院。先後任浙江、上

〔註38〕《舊中國的上海廣播事業》，第 337 頁。

海等佛教分會常務理事、上海楞嚴佛學院教務主任、杭州西湖鳳林寺住持、上海靜安寺監院兼佛學院院長等職。1948 年冬到臺灣，組織中國佛教會，並任佛教會理事長多年。八年抗戰期間，白聖法師日夜跟隨圓瑛長老，投身抗日行列，到處奔波，盡形勞苦，但期間也不忘弘法利生，創辦這座佛教光明廣播電臺的目的，就是利用廣播來弘法。1941 年，上海地區的日軍控制電臺播送事業日益嚴苛，時常強制傳播一些詆毀中國政府、污蔑國民軍聲譽的言論，並不容拒絕。白聖法師不願播放攻擊自己政府的言論，而又不能拒絕，他乃乘夜將電臺設備全部焚毀，以橫遭火災報請停業。〔註39〕

　　抗日戰爭時期，上海出現的另一座專門的佛教電臺是妙音電臺。

　　妙音電臺的前身是光明電臺，光明電臺創辦於 1940 年 7 月，呼號 XHHX，波長 217.4 米，頻率 1380 千赫，負責人陳志文，地址設在浙江路（今浙江中路）159 號神州旅社，1941 年 10 月改名為妙音電臺，專門播出佛教節目，負責人周幹甫，呼號不變，頻率 1300 千赫。但是妙音電臺的播音僅僅維持了 2 個月的時間，1941 年 12 月被日軍封閉。

　　光明電臺改名為妙音電臺是為了紀念對佛教極其虔誠的羅迦陵居士。羅迦陵是近代上海的英國籍猶太裔房地產大亨哈同的中國籍妻子。由於她篤信佛教，在私人花園愛儷園內建有佛教建築頻伽精舍，按照佛經中極樂世界的說法，設計七重行樹，七重羅網，七寶蓮池，八功德水，成為上海的佛教聖地。羅迦陵晚年「性嗜佛，嘗刊行藏經，全部以傳世……好樓居，香一爐，水一瓶，經一卷，喃喃不知倦。」〔註40〕在光明電臺創辦之前，羅迦陵居士就注意到了廣播在弘法方面的優勢，曾邀請道根法師到李樹德堂電臺講經。「羅迦陵老太太恭請道根法師假座李樹德堂廣播電臺周

羅迦陵女士

〔註39〕參見 http://www.hxfjw.com/Buddhism/mage/introduction/2011102018531.html。
〔註40〕張咸：《大冒險家哈同與他的中國妻子羅迦陵》，《縱橫》2002 年第 10 期。

波九四零於每日下午三時至四時講演楞嚴經四時至五時講演彌陀要解所願，各界善信隨喜聞法共沾法味，特此通告。」〔註41〕在她辭世後，爲了紀念其對電臺的貢獻，光明電臺於 1941 年 10 月改名爲妙音電臺，「每日自上午八時至下午八時，純屬佛教節目」〔註42〕。該臺有 12 種佛學節目，終日磬聲與木魚交響。

民國後期，「人間佛教」的思想開始逐步滲透至佛教界，佛教界更加關注現世問題，這在妙音電臺的演講節目中也有所反映。妙音電臺播出了許多社會問題，其節目剖析了家庭中的婆媳關係、社會的賭博問題，還提供了若干解決辦法。

幾千年來，中國處於正統地位的是儒家思想。在儒家看來，佛教排斥世俗的家庭和社會生活，出家的僧尼每天只是吃齋念佛，不問世事，這與儒家積極入世的思想是相違背的。在儒家的家族觀念中，「不孝有三，無後爲大」，佛教徒出家不能生子，無疑是一種大不孝。針對儒家對佛教的這些看法，妙音電臺曾做出解釋——佛教教義決不勉強改變任何人的生活方式，出家僅是佛教生活方式的一種，家庭才是佛教的根基所在。在佛學演講中，還談到了婆媳問題在中國的嚴重性，並嘗試找到解決問題的方法：「在中國的家庭制度中，婆媳間的問題向來是成爲一種僵局的……，我們若不把這原因研求出來，而把他盡量排除，就決難成功一個融合快樂的美滿家庭。」〔註43〕

當時的上海，日軍橫行，社會動蕩，一些富足的上層人士無意也無力改變社會現狀，每天醉生夢死，賭博漸漸成了大多數人茶餘飯後的消遣方式。妙音臺的演講節目對此大加批判。「諸位知道麼？中國現在有個普遍而嚴重的社會病，其弊足以害人害國的就是賭博。……近來不論工商仕女窮的富的，多有了這種嗜好。尤其是女界裏多有把它當作家常便飯似的，整日整夜的賭博，家裏弄得淩亂不堪……。」〔註44〕

妙音電臺的佛學演講，關注的是現實生活中常見的人際關係、休閒娛樂等方面的問題。雖然宣揚的義理仍然是佛家宗旨，但在具體問題上已經沒有了傳統佛教以經解經的痕迹，擺脫了傳統佛教以理苦勸的模式，將佛理與現

〔註41〕 《道根法師講演楞嚴經及彌陀要解通告》，《覺有情》第 126 期。
〔註42〕 《播音臺》，《覺有情》1941 年第 50～51 期。
〔註43〕 《家庭問題》，《妙音集》，上海大雄書局鹿苑佛學會 1943 年版，第 43 頁。
〔註44〕 《害人誤國的社會病——賭博》，《妙音集》，上海大雄書局鹿苑佛學會 1943 年版，第 48 頁。

實人生緊密結合，「以解導行，以行証解，解行相應，澄清僧海」〔註45〕是當時佛教界探索人間佛教過程中力求宗教傳播大眾化的可喜成果之一。

二、上海「世界佛教居士林」主辦的早晚課節目

　　抗日戰爭時期，大來電臺和光明電臺曾分別播送早課、晚課節目，且均爲世界佛教居士林主辦。

　　世界佛教居士林的前身即上海佛教居士林。1922 年，上海佛教居士林一分爲二，變成了「上海佛教淨業社」和「世界佛教居士林」。改組後的世界佛教居士林積極致力於發展佛教文化事業，開展講經活動。佛教廣播出現後，該組織又通過大來電臺宣揚佛法，通過電臺播送早晚課節目長達一年之久。「本市哈同路慈厚北里五十一號世界佛教居士林，自發起每日上午八時至九時二十分，假座大來電臺播誦早課，及每日下午五時二十分至六時假座光明電臺，播誦晚課已歷一載。」〔註46〕

　　此外，一些民營電臺如上海大陸、大亞、利利、大美、永生等，也都相繼播出過　些與佛教有關的節目。官辦的交通部成都電臺也曾播出過佛教講經節目。

抗戰期間佛教廣播一覽表〔註47〕：

電臺名稱	呼　號	節　目	時　間	年　份
佛音	XMHB	地藏經	20：00 - 20：40	1938 年 8 月
		慧參法師：無量壽經	13：00 - 14：00	1938 年 12 月
		早課	07：00 - 08：00 星期一停	1939 年 1 月 1 日
		誦金剛經	08：00 - 09：00	
		慧參法師：普賢菩薩行願品	13：00 - 14：00	1939 年 2 月

〔註45〕沈詩醒：《太虛大師——一位勇於改革、創新、自強、自醒的佛門大德（代序）》，向子、沈詩醒編：《太虛文選（上）》，上海古籍出版社 2007 年版，第 6 頁。
〔註46〕《贈送電臺早晚課本》，《佛學半月刊》第 226 期。
〔註47〕表中佛音臺只列出了部分佛教節目。各電臺佛教節目資料來源：《上海無線電》雜誌 1939 年 1 月 1 日第 39 期所刊載的各廣播電臺播音時間節目表（1939 年1 月 1 日始），詳見《舊中國的上海廣播事業》，第 355～383 頁；吳平：《無線電波傳法音》，《法音》，2001 年第 1 期（總第 197 期）。

大陸	XHHK	仁慈法師： 楞嚴經	16：00 - 17：00	1939 年 1 月 1 日
大亞	XHHC	中國佛教史略	09：40 - 10：20	1939 年 1 月 1 日
		四明講卷	11：40 - 12：20	
利利	XHHY	趙孝本：宣卷	12：00 - 12：40	1939 年 1 月 1 日
		趙孝本：宣卷	12：40 - 13：20	
		趙孝本：宣卷	13：20 - 14：00	
		尹世鶴：講卷	14：40 - 15：20	
		鮑孝文：講卷	15：20 - 16：00	
		張仁心：講卷	17：20 - 18：00	
		智度大法師： 華嚴經	09：00 - 10：00	1941 年 6 月
		應慈法師：華嚴經	09：00 - 10：00	1941 年 8 月
		慧耀法師： 六祖壇經	10：40 - 11：20	1941 年 8 月
		通賢法師： 阿彌陀經	08：00 - 09：00	1941 年 11 月
		慧耀法師： 無量壽經	08：40 - 09：20	1941 年 11 月
大美	XHHM	鮑孝文：四明宣卷	08：40 - 09：20	1939 年 1 月 1 日
永生	XHHJ	陶有生：宣卷	07：40 - 08：20	1939 年 1 月 1 日
		胡潤魁：文明宣卷	09：40 - 10：20	
中西	XHHH	筱顯民：四明宣卷	19：20 - 20：00	1939 年 1 月 1 日
華泰	XLHB	張仁心：四明講經	09：00 - 09：40	1939 年 1 月 1 日
		張仁心：四明講經	09：40 - 10：20	
		潘芝卿、翁德興： 四明講經	10：20 - 11：00	
		馮慶芳：四明講經	13：00 - 13：40	
		小顯民： 四明宣卷玉連環	21：00 - 22：00	
明遠	XHHF	錢榮卿：宣卷	09：30 - 10：15	1939 年 1 月 1 日
東陸	XIHG	張仁心： 四明講卷黃金印	11：00 - 11：40	1939 年 1 月 1 日
		張仁心：四明講卷	14：20 - 15：00	

		張仁心：四明講卷	16：00 - 16：40	
		趙孝本：四明宣卷忠孝傳	20：40 - 21：20	
		趙孝本：四明宣卷忠孝傳	21：20 - 22：00	
		趙孝本：四明宣卷忠孝傳	22：00 - 22：40	
大中華	XHHU	劉心田：四明宣卷十美圖	12：40 - 13：20	1939 年 1 月 1 日
		趙孝本：四明宣卷十美圖	16：00 - 16：40	
新新	XLHA	本寬：佛經	15：20 - 16：00	1939 年 1 月 1 日
		本寬法師：大般涅盤經	17：00 起	1939 年 4 月
兩友	XQCT	慧舟法師：賢愚因緣經	14：00 - 15：00	1939 年 4 月
		慧參法師：妙法蓮華經	10：40 - 11：20	1939 年 9 月
		慧參法師：妙法蓮華經	10：40 - 11：20	1939 年 11 月
		慧參法師：妙法蓮華經	10：20 起	1939 年 12 月
		道根法師：大乘妙法蓮華經	時間不詳	1939 年
		慧參法師：妙法蓮華經	10：40 起	1940 年 4 月
		慧舟法師：釋迦譜	14：00 - 15：00	1940 年 7 月
		道根法師：金剛經及楞嚴經	16：40 分起	1940 年 7 月
		道根法師：法華經	8：40 - 9：20	1940 年 11 月
金鷹	XQHK	慧參法師：藥師琉璃光如來本願功德經	14：20 - 15：20	1939 年 4 月
		慧參法師：地藏菩薩本願經	13：20 - 14：20	1939 年 8 月

民聲	XMHO	仁慈法師： 楞嚴經第九卷	16：00 - 16：40	1939 年 7 月
華英	XHHD	道根法師： 大乘妙法蓮華經	09：40 - 10：40	1939 年 8 月
大來	XMHJ	周慧圓居士： 誦金剛經	時間不詳	1940 年 2 月
		世界佛教居士林： 早課	08：00 - 9：20	1940 年 4 月
光明	XHHX	世界佛教居士林： 晚課		
		芝峰法師： 彌陀要解	13：00 - 14：00	1940 年 10 月
		慧參法師：楞嚴經	10：00 - 11：00	1941 年 3 月
		道根法師：法華經	15：00 - 16：00	1941 年 6 月
		世界佛教居士林：普 門品	20：00 - 20：40	1941 年 6 月
		慧參法師：楞嚴經	10：00 - 11：00	1941 年 7 月
妙音	XHHX	慧舟法師： 三昧水懺	13：40 - 14：20	1941 年 10 月
		功德林念佛會諸居 士：大佛頂首楞嚴咒	08：00 - 08：40	1941 年 11 月
新聲	XLHE	道根法師：楞嚴經	10：40 - 11：20	1940 年 11 月
交通部成都 廣播電臺		廣文法師： 講經	16：10 起	1941 年 2 月

三、太虛大師的廣播活動

太虛大師（1890～1947），法名唯心，字太虛，號昧庵，俗姓呂，乳名淦森，學名沛林，原籍浙江崇德（今浙江桐鄉），生於浙江海寧，是中國近代著名高僧，也是近代佛教改革運動中的傑出理論家和實踐家。太虛大師學識廣博，思想深邃，兼通內學外學、舊學新學，融會唯識中觀、法性法相，在佛學和世學理論上都提出了不少精深的見解。其著述等已由其弟子印順法師等彙編成《太虛大師全書》。

作為佛教界的「意見領袖」和新派佛教的倡導者，太虛法師以佛教演講節目活躍於各廣播電台。他利用自身的影響力，積極改善佛教界與國民政府

的關係，爲佛教在民國時期的順利發展做出了積極努力，也爲佛教廣播的發展打開了一片天地。

太虛在佛教廣播起步階段就是積極參與者。1933 年 3 月起，上海佛學書局首倡在永生電臺播送佛經，此後又請高僧、居士播講佛學，當年 3 月 12 日，太虛法師便受其邀請到該臺播講《佛法大意》，這是永生電臺最早的一期講經節目，自然要請當時德高望重的太虛來播講。

1933 年，日軍佔領榆關，侵略熱河，國難日深，5 月 7 日，太虛法師到永生電臺播講《佛教與救國》。他坦言佛法是「護國的根本」，號召僧眾發揚佛教精神，與全國人民同心協力，共同抵抗日本帝國主義的侵略。1937 年 7 月，日本發動全面侵華戰爭。太虛發表《告全日本佛教徒眾》和《告全國佛教徒》的通電，指出全球性大難臨頭，佛教徒應以各種形式迫使侵略者止凶息暴。全國佛教徒紛紛通電響應，基本按他提出的要求投入到抗戰中。

太虛還無情地批駁了同爲佛教國家的日本的行徑，希望通過日本佛教徒的努力來制止日軍暴行。1938 年 6 月，太虛於成都無線電臺廣播《佛教徒如何雪恥》，向日本佛教徒發出抵制戰爭的呼籲。「日本的三千萬佛教徒究竟何在？有如此龐大數目的佛教徒，如何竟不能制止日軍的暴行？假使是眞佛教徒，應當眞切的知恥，體驗佛教宗旨，實現佛法精神，此是佛教徒應知之恥，和佛教徒應如此雪恥。」〔註 48〕

太虛還從佛理上深入闡發中國抗戰的正義性，鼓勵佛教徒投身抗戰的洪流。太虛對佛教理論體系與修道體系做了全面的解釋，指出佛教徒的最高目標是成佛。但是，如果不在現世降伏日本這一凶魔，佛徒們就根本無法成佛。「中國爲保國家民族而自衛，爲世界正義和平，爲遮止罪惡、抵抗戰爭而應戰，與阿羅漢之求解脫安寧不得不殺賊，佛之建立三寶不得不降魔，其精神正是一貫的。」〔註 49〕

在一般信徒看來，佛教講究出世修行，戒殺生，而抗日救國則鼓勵殺死殺傷敵人，兩者有矛盾之處。但是正如法舫大師所說，「佛教本身，固無人我是非之分，但在世間之中安立佛教，自不能無情理也。」〔註 50〕世間的佛徒也屬人類，而人類既有國家民族，當然要求能自由獨立。所以太虛認爲，佛

〔註 48〕太虛：《佛教徒如何雪恥》，《佛化新聞報》第 55 號。

〔註 49〕太虛：《降魔救世與抗戰建國》，《海潮音》第 9 卷第 7 期。

〔註 50〕法舫：《三屆泛太佛青會將在僞滿開會》，《海潮音》第 18 卷第 4 期。

教徒「爲保全其國家民族之自由獨立，抵抗強寇侵掠，解除外力拘壓，自屬合理之正當行爲。」〔註51〕對於戰爭中不可避免的「殺敵」與佛教徒要求的「戒殺生」是否衝突的問題，太虛也認爲二者並不矛盾。「佛教徒是反對殺任何生物爲食品的。但當侵略者破壞國家傷害人民時，則任何人皆負有抵抗之義務，爲正義而引起戰爭慘殺，雖甚遺憾，然實不得已之事」。〔註52〕

1941年，太虛大師爲出錢勞軍運動，在重慶中央廣播電臺作《出錢勞軍與布施》之呼籲〔註53〕，指出佛家所講的「布施」有「財施」、「法施」、「無畏施」三種，很適於當前抗戰的需要，「在今抗戰建國時期內的中國人，當以認清並宣揚國家至上民族至上之義爲最大法施；以抵抗侵略，驅除暴寇，達到軍事勝利爲第一的無畏施；能將意志力量集中於求國家民族抗戰勝利上，爲最扼要的財施」，他在廣播中熱烈呼吁，「每個人多少要有些貢獻，勿失中國佛教徒競修布施功德的最良機會。表示我們僧徒，比一般人加倍的愛國熱誠。」〔註54〕

除了利用廣播在中國本土廣爲宣傳抗戰，太虛的足迹還遠涉國外，通過國際間的佛教交流活動爲中國尋求援助。

與中國相鄰的東南亞友好國家大都支持中國抗戰。爲了遏制東南亞人民對中國抗戰的支持，日本當局在這些地方利用媒體等多種手段大造謠言，說中國政府是基督教政府，說「中國赤禍蔓延，共產黨毀滅宗教」，謊稱日本對華戰爭是「弘揚佛教的聖戰」。日本侵略者的陰謀對我國抗戰造成極大阻撓。爲了揭穿敵人的僞裝，1939年11月～1940年5月，太虛受國民政府之聘，組織佛教訪問團出訪緬甸、印度、錫蘭，宣傳中國抗日戰爭的真相和意義。

1940年2月，太虛抵達錫蘭（斯里蘭卡的舊稱），而後受錫蘭國家電臺邀請，做了《應破之迷夢與應生之覺悟》的演講，號召世界各國人民聯合起來，共同打破日本帝國主義的兩個迷夢：恃武力征服其它國家民族之夢和傷害其它國家民族以利益自己民族之夢。〔註55〕

〔註51〕 太虛：《佛教的護國與護世》，《海潮音》第20卷第1期。
〔註52〕 天慧：《美記者訪問佛教領袖記》，《海潮音》第26卷第5期。
〔註53〕 太虛：《出錢勞軍與布施》，釋印順編：《太虛法師年譜》，宗教文化出版社1995年版，第265頁。
〔註54〕 《太虛大師在渝廣播響應出錢勞軍運動》，《西北佛教周報》第23～26期。
〔註55〕 《應破之迷夢與應生之覺悟》，南普陀在線——太虛圖書館：
http://www.nanputuo.com/nptlib/html/200905/0715210373499.html.

　　太虛此行大體上爭取到了所訪問各國對中國抗戰的同情與支持,「日本向佛教國人民宣傳,稱中國此次抗戰,摧殘佛教,屠殺佛門弟子,肆意造謠,挑撥離間,企圖掩飾其侵略之兇殘面目,所幸吾人自出國訪問後,已改變近東佛教人民之觀念。」〔註 56〕緬甸佛教徒還曾斷然拒絕日本誘其參加又一次東亞佛教大會之邀。

　　歸國以後,太虛大師利用廣播積極聯絡各國佛教徒,爲支持抗戰而努力。1942 年,四川省佛教會發動勸募「佛徒號」飛機活動,國內積極響應,首日即募得千元。太虛大師在重慶中國國際廣播電臺的對緬甸廣播中,播送了這一消息,並應中央秘書處邀請,播送了中國抵抗侵略的演講。「國際廣播電臺,近接中央秘書處函電,召開對緬甸廣播會宣講談話,海外部代表繆培基先生謂緬人大都爲佛教徒,對緬廣播應以佛教爲宣傳中心,故特擬題爲(一)中國佛教之近況(二)揭破倭寇破壞中國僧寺之殘暴行爲(三)宣揚我國僧尼對抗建努力熱情(四)慶賀緬甸佛教節等,特請中國佛學會理事長太虛大師蒞臨廣播,或提供材料,聞太虛法師已將四川省佛教會,熱烈籌獻佛徒號飛機消息,對緬播送云。」〔註 57〕

　　1942 年 2 月 8 日,中國文化協會舉行緬甸日,太虛大師於國際廣播大廈對緬甸佛徒廣播。3 月 17 日,中國文化協會舉行印度日,太虛又於國際電臺廣播《中印之回溯與前瞻》,認爲「印度對於中國片面之輸入,且僅爲佛教之傳承耳」。「然此次以蔣委員長偉大精誠之感召,印度人固已翕然與中國聯合,只須英、美能循此方針而繼續工作,必能得印度之衷心協力,達到民主自由戰勝軸心侵略之目的,而中、印兩民族亦同實現光明的前途,以期於世界人類的文明,較於過去有更大之頁獻」。〔註 58〕同年「七七事變」五週年之際,太虛大師通過國際廣播電臺,向各佛教國家發表題爲「中國抗戰五週年之新意義」的演講,說明中國在反法西斯戰爭中地位的轉變,稱其「已爲同盟國擊潰軸心重建世界和平的主力」,而後又大力呼籲佛教國家共同努力,爲佛教創造一個平等自由的國際環境。「中國之抗戰目標,內求民族自由,外伸國際正義,此與緬甸、安南、暹羅、朝鮮、錫蘭等佛教國家所欲達之目標可謂完全相同。中國之藏、蒙、康等爲佛教區域,其餘各地人民亦多數信佛,當然

〔註 56〕《佛教國家同情中國抗戰,太虛大師對南洋商報記者發表談話》,《海潮音》第 21 卷第 5～6 期。
〔註 57〕《陪都國際廣播電臺敦請太虛大師對緬甸播講》,《佛化新聞報》第 219 期。
〔註 58〕太虛:《中印之回溯與前瞻》,《中央日報》1942 年 3 月 17 日版。

也可算佛教國家，同奉佛教故，同抱求達之目標故。今緬甸雖已或陷入魔爪或形格勢禁而別具苦衷，然為自求解脫羈絆，並發揚人類平等之佛法於全人類，造成未來的人間淨土，皆應與抗戰五年必勝無敗的中國，及其盟國之美、英、蘇等，取得親切的聯絡，尋覓各種可能的機會，共同努力，以期達與中國所欲達之同一目標，造成將來之平等自由的佛教國際。」〔註59〕

1943 年 5 月，太虛又發表《佛教與國民外交》的廣播演講，大力呼籲各國佛教徒共同進步，抵禦外敵侵略。「今者，我同盟國已勝利在望，而勝利後之成立自由平等之和平國際，又皆同所期望。非降魔不能成佛，非克服侵掠不能建立和平。我全國佛教徒應如何聯合各國佛教徒，各國佛教徒應如何與各國佛教徒攜手偕進，以造成佛教徒之自由世界！此其時矣！」〔註60〕

1944 年，日軍在太平洋戰場的形勢開始不斷惡化。而隨著次年 5 月德國的投降，法西斯勢力的最後時刻也行將到來。太虛大師此時按捺不住急切的心情，於 7 月發表《告日本四千萬佛教徒》的廣播講話，勸日本傚仿德國無條件投降（由福善代為廣播）。廣播詞說：「日本人今能有一部份人士，出而設法停止戰鬥，慨然無條件投降，當猶不失為意大利之續；如再任軍閥作困獸之鬥，必牽墮三島全民於阿鼻地獄，猛火洞燃，人物俱燼！此在日本誠屬自招之惡果，而三島全民則何必為軍閥之殉葬品乎？日本思想智識界人士大抵為佛教徒，寧忍令久受中國儒、道、印度佛化、近代科學所熏習浸漬之三島全民，永淪劫火乎？嗚呼！日本佛教之善知識，可以呼籲四千萬佛徒起來自救救國民矣。」〔註61〕在美國兩顆原子彈和蘇聯紅軍的巨大威懾之下，1945 年 8 月 15 日，日本裕仁天皇通過廣播發表《終戰詔書》，宣佈無條件投降。

在民族存亡的危機關頭，太虛大師通過廣播與國內外的佛教徒交流、溝通，振奮了民族精神，激發了廣大佛教徒的愛國情操，為抗日戰爭做出了重大的貢獻。

四、抗戰期間佛教廣播的特點

（一）與基督教和天主教廣播相比，這一時期佛教廣播的數量相對還是比較多的，目前已經查到的有佛教節目播出的電臺達 21 座。不過這些電臺基

〔註59〕《中國抗戰五週年之新意義》，《時事新報》1942 年七七特刊。
〔註60〕太虛：《佛教與國民外交》，《海潮音》第 24 卷第 6 期。
〔註61〕太虛：《告日本四千萬佛教徒》，《海潮音》，26 卷第 8〜9 期。

本上都不是專門的佛教廣播電臺。太平洋戰爭前後，隨著這些電臺被取締或者停播，佛教廣播也陷入沉寂。

　　（二）佛教演講節目日漸興盛，關注的議題也不僅僅局限於對佛教教義的闡釋。妙音電臺的佛學演講節目多關注社會問題，這在當時的佛教廣播中獨樹一幟。

　　（三）抗日救亡宣傳成為佛教廣播的一大主旨。如前所述，抗日戰爭時期，佛教界的廣播演講節目在號召佛教徒投身抗日洪流方面起了很大作用。佛教界人士，包括出家人和居士，經常組織以募捐為目的的廣播演講。除了太虛大師，黃涵之〔註 62〕居士和王一亭〔註 63〕居士等都曾在上海大中華電臺演講，呼籲大家踴躍捐款支持抗日。〔註 64〕

　　通過佛教組織和高僧們在電臺廣播中的呼吁，很多佛教徒開始明白，自己不能置身事外。作為出家人，為保衛國家而殺賊是不違反佛家戒律的。一些青年愛國僧侶更是滿懷殺敵護國的熱誠走上抗日戰爭的前線。而佛教界除了利用廣播大力號召佛教徒參與抗戰外，還在電臺廣為募捐，為抗戰提供物質支持。

　　綜上，抗戰時期，宗教界的廣播活動既有一以貫之的宗教教義宣傳，也增添了大量因應時代籲求的抗戰內容和社會人生議題。宗教廣播的本土化和時代性進一步增強。

〔註 62〕黃涵之（1875～1961），現代佛教居士。名慶瀾，上海人。早年曾赴日本留學，回國後創辦南華書局。民國後歷任火藥局局長、上海高級審判廳廳長等職。後到上海任中國佛教會常務理事。1949 年後，任上海佛教淨業社社長，1961 年病逝。

〔註 63〕王一亭（1867～1938）名震，號白龍山人、覺器，浙江吳興人，畫家，上海商界名人。一生虔信佛教，為近代上海著名居士。曾任中國佛教會執行委員兼常委，連任上海居士林副林長、林長，上海佛學書局董事長等職，並致力於各項慈善事業。

〔註 64〕《大公報關於抗敵後援會舉行籌募救國廣播演講的報導》，《舊中國的上海廣播事業》，第 266～267 頁。

第四章　戰後宗教廣播的變化

　　1945 年 8 月抗戰結束後，國民黨軍政機構廣播電臺大都回遷內地，加上接收原汪僞政權電臺，和一批新開辦的電臺，官辦廣播一時極爲興盛。戰時備受摧殘的原淪陷區民營電臺也希望重操舊業，紛紛向政府提出復播申請。但政府相關部門卻對民營電臺多方設限，後又在各項管理中逐漸失控。在這種錯綜複雜的格局中，基督教和天主教廣播再度復興，伊斯蘭教廣播也取得較大成就。佛教廣播卻因佛教事業的挫折而呈現出相對衰微之勢。

第一節　概　述

　　1945 年 7 月 26 日，中、美、英三國共同發表《波茨坦公告》，敦促日本無條件投降，否則將給日本「最後之打擊」。8 月 6 日和 9 日，美軍對日本廣島和長崎投擲了兩顆原子彈。8 月 15 日上午 11 時（東京時間正午 12 時），日本電臺播出了裕仁天皇宣讀的《終戰詔書》，宣佈正式接受《波茨坦公告》決定。9 月 3 日，日本在南京向中華民國政府遞交投降書。八年的浴血抗戰，終以我國的勝利而結束。

　　抗戰勝利後，國民政府一面加緊收復原淪陷區的敵僞廣播電臺和各級廣播管理機構，同時大力擴張官辦的廣播事業；一面又通過查封和登記民營電臺的廣播設備等方式，力圖重新爲民營廣播釐定規則，確立方向。不久，各城市原有的民營電臺陸續復業，一些新辦電臺也陸續成立，民營廣播事業迎來歷史上最好的發展時期。然而好景不長，1947 年以後，由於國共內戰的全面拉開以及國統區各項改革的相繼失敗，城市經濟狀況和民眾生活不斷惡

化,國統區的廣播事業也從繁榮走向衰落。在這種大開大合的歷史跌宕中,依附於國民政府廣播事業框架內的宗教廣播,也呈現出與國統區廣播大致相同的軌迹。

一、戰後國民政府的廣播事業規劃及官辦廣播的擴張

1945 年 8 月 27 日,國民政府交通部江蘇省江南區電信規劃處處長郁秉堅簽署布告,稱「國軍即日到達上海,嗣後廣播宣傳極關重要。合行令仰該處長即日前往,將所屬各上海電臺及所存材料等一律暫行接管使用。」〔註1〕9 月 20 日,國民政府行政院頒佈《管理收復區報紙通訊社雜誌電影廣播事業暫行辦法》「訓令」,規定「敵僞機關或私人經營之報紙、通訊社、雜誌及電影製片廠、廣播事業一律查封,其財產由宣傳部長會同當地政府接收管理。但其中原屬未附逆之私人及非帝國人民財產而由敵僞佔用者,經查明確實,並經中央核准後,得予發還。」隨後行政院「收復區全國性事業接收委員會」又擬定「廣播事業接收三原則」,即「一、凡廣播電臺原係國營或敵僞設立者,由中央廣播事業管理處接管運用;二、凡廣播電臺原係省(市)經營者,由各該省(市)政府接管運用;三、凡廣播電臺原係民營者,暫由中廣處會同原主接收。」同一天,國民黨中央廣播事業管理處派出馮簡為特派員,主持京滬等地的廣播接收事宜,並派葉桂馨為京滬區敵僞廣播電臺接收專員,由上海電信局局長郁秉堅具體負責,開展清理和整頓工作。

利用「接收」之機,國民黨政府迅速控制了原淪陷區的絕大多數廣播機器設備。在華東地區,「接收」了南京、上海、蘇州、杭州、廈門和臺灣等地的一批日僞電臺,其中除上海的黃埔臺、東亞臺原係美商所辦,轉交原主處理外,其餘大都改建為官辦電臺。在華北地區,「接收」了原屬日僞「華北廣播協會」下轄的北平、天津、濟南、青島、石家莊、太原、唐山、保定、開封、運城和北戴河等地的廣播電臺,以及日僞「蒙疆廣播電臺」。在華中地區,先後「接收」了廣州、漢口兩處的日僞廣播電臺。到 1946 年 5 月,國民黨當局一共「接收」日僞廣播電臺 21 座,大小廣播發射機 41 部,總發射功率 274千瓦。這些接收而來的電臺設備,大多被國民黨當局重新利用,建成官辦的廣播電臺,如 1945 年 10 月 10 日復播的「北平廣播電臺」,就是在接收日僞

〔註 1〕《舊中國的上海廣播事業》,第 497 頁。

北京中央臺設備和人員基礎上開辦起來的。但在接收原敵僞地區廣播電臺的過程中，由於政出多門，各行其是，不同派系之間不斷上演分贓不均的「劫收」鬧劇。一些軍政機關也渾水摸魚，趁亂「接管」部分電臺設備，並利用這些設備自行設臺，播放節目，謀取廣告利益。而在電臺的「管轄方面，因多機關牽制，至今未見劃一，以致各電臺廣播節目中荒誕不經者有之，誨謠敗風者有之，競以低級趣味迎合聽眾心理，似有積極加以糾察之必要」。〔註2〕國民黨中廣處在有關報告中也不得不承認，每有各地軍政當局及有關機關各以立場及觀點不同，分競接管，且有的還要在中廣處接收後猶請移撥者，函電交馳，案牘盈尺，殊費周折。

　　1946 年 5 月 5 日，國民黨政府在南京舉行了隆重的「還都」大典。中央廣播電臺也由重慶遷回南京繼續播音。爲進一步擴充黨營的廣播事業，國民黨中央廣播事業管理處還制定了一個「龐大而周密的全國廣播網」計劃，並成立了「中央廣播電臺擴允工程處」。「一個新的、開始建國的時代已經展現在眼前，廣播事業之於建國的使命也就格外重大。必須配合建國工作的展開，與其他部門齊頭並進。因此，允實、改進和擴展找國的廣播事業，是我們當前重要的願望和工作的目標。」〔註3〕經過一年多建設，據 1947 年 12 月底統計，國民黨中央廣播事業管理處所屬電臺增加到 42 座，總發射功率 423 千瓦。

　　戰爭期間因各種原因停播的民營電臺紛紛呈請復業。一些以前不曾辦過電臺的社團、學校和個人也紛紛申請設立電臺，令相關機構「甚感無法應付」〔註4〕。以上海爲例，民間開放設立廣播電臺的呼聲一日高過一日，但因「市公用局和廣播管理處均欲預聞其事」，〔註5〕相關部門之間扯皮不斷，政府系統未管先亂。

　　政府遲遲不發執照，一些電臺卻自行開業了。1945 年 10 月，上海青年廣播電臺、勝利廣播電臺、建成廣播電臺未經批覆即開始播出節目，且大張旗鼓地經營廣播廣告。按理，這種違規行爲應得到懲處，但幾家電臺卻因係「黨軍方面出面主辦」（事實上一些電臺是假借黨政軍名義的民營電臺）而

〔註2〕《舊中國的上海廣播事業》，第 575 頁。

〔註3〕轉引自汪學起、是翰聲主編：《第四戰線——國民黨中央廣播電臺掇拾》，中國文史出版社 1988 年版，第 179 頁。

〔註4〕《特派員馮簡關於陳報滬杭等地廣播電臺交涉接收情形的電》（1945 年 9 月 21 日），轉引自《舊中國的上海廣播事業》，第 509 頁。

〔註5〕《舊中國的上海廣播事業》，第 545 頁。

有恃無恐，相關部門則「制止困難」。是年底，「黨政軍社團及外商所設立者，或曾函請備案，或竟自由設置，迄今已播音者有十三臺，在籌備者有七臺。」〔註6〕1946 年 1 月，公開營業的廣播電臺達 43 家，有的幾個周率同時有多家播音，雜亂無章，電波紛擾不已，30 年代初期上海廣播界曾經普遍存在的混亂局面再度上演，甚至有過之而無不及。

在天津、北京、蘇州等地區，戰後也有一些電臺未經審批即自行開播，民營廣播處在一種失序狀態。其在政府管制眞空地帶的虛假繁榮，再次倒逼著政府加快立法，以控制這一混亂局面。

1946 年 2 月 14 日，國民政府交通部公佈《廣播無線電臺設置規則》。規則第三條對「公營」廣播電臺和「民營」廣播電臺做出了明確析分：「公營廣播電臺——凡中華民國政府機關所辦廣播電臺，除交通部所辦者繫屬國營電臺外，其餘均稱爲公營廣播電臺。」「民營廣播電臺——凡中華民國公民或正式立案完全華人組織設置之公司、廠商、學校、團體所設廣播電臺，均稱爲民營廣播電臺。」第四條又規定，「凡外籍機關人民、非完全華人組織設置的公司、廠商、學校、團體，一律不准在中國境內設立廣播電臺。」規則還明確表示，凡欲設立廣播電臺者，需填具審請書登記表，並敘明申請人情況、設臺目的、電臺名稱、組織概算及經費來源、發射機和播音室情況，送請交通部審核通過後方可架設。該項規則的頒佈實施，再次爲民營電臺的發展釐定了基本的法律界限。

《廣播無線電臺設置規則》在電臺的設置、分佈、數量、發射功率及節目內容等方面均有詳細規定。如規定廣播電臺的執照有效期爲一年，而申請核發、換發、補發廣播電臺許可證者，則需交納證書費 500 元，外加印花稅 5 元；申請核發、換發、補發廣播電臺執照者應繳納 2000 元，印花稅費 5 元。也就是說，一座電臺要開播的話，不僅應符合審批條件，獲得准入資格，還需每年向政府繳納許可證和執照費共計 2510 元。規則還要求，「凡公營廣播電臺，如係地方政府所設者，應以供所轄區域內公眾收聽爲標的，其電力以 100～5000 瓦特爲限；民營廣播電臺應以供所在市縣內公眾收聽爲標的，其電力以 50～500 瓦特爲限。」第十八條又規定，廣播電臺之分佈，每省不得超過 10 座，並以散佈各市縣爲原則；特別市除上海市不得超過 10 座外，其餘每市不得超過 6 座。民營廣播電臺在上列各項數目

〔註6〕《舊中國的上海廣播事業》，第 556 頁。

中不得超過半數。〔註7〕無論從資源配置還是媒體屬性來說，一個城市的電臺不超 6 座的規定雖然較爲合理，但對兩種電臺功率上限的規定，不僅在政策上顯示出對公營電臺的傾斜和對民營電臺的歧視，也從技術層面限制了民營廣播壯大發展的權利。此後的實踐也一再證明，這一《規則》既缺乏前瞻性，也不符合當時現實，因此在各個城市都未得到切實執行。

除了在建臺方面嚴格管控，政府還在收聽方面連續出臺了一系列法規。1948 年 2 月，國民政府交通部公佈修正後的《廣播無線電收音機取締規則》，要求「無論是購自廠商或自行裝配零件而成，」只要是用於「收聽無線電廣播新聞講演、音樂歌曲等項而裝設廣播無線電收音機，均應向交通部所轄電政管理局或指定電政機關登記。」而「管理局對於各收音機之裝置及收聽情形得隨時派員檢查或調驗，查驗收音機人員備有身份證明文件。裝戶應隨時詳所答詢，不得攔阻」。並且規定收音機用戶只能收聽「本國及友邦合法廣播爲限，非經批准不得收聽其他電臺。」〔註8〕

國民政府大陸時期的廣播立法，對廣播從電臺到聽眾均實行嚴格管控，這既顯示出政府對廣播事業的高度重視，也表明這一法律體系的專制集權之本質。

嚴格的立法還需到位的執法來保障貫徹實施。據統計，1946 年初，上海的民營廣播電臺就已達 43 座，遠遠超過了戰前規模；同年 5 月交通部統計的上海電臺總數成了 108 家，比年初增加了一倍多。〔註9〕6 月，交通部開始整理上海電臺。據上海《時事新報》6 月 23 日報導，上海各類電臺數目 73 座，數量比一個月前銳減 30 多家。〔註10〕7 月，上海市經政府核准並發予執照的民營電臺只有亞洲、九九、民聲、合作、青年和金都六家。一向遵紀守法，沒有像其他民營電臺那樣擅自開播的原播音業同業公會下屬九家老電臺，包括福音電臺、大陸電臺等卻還在苦苦等候政府核發執照。

在著手查封「非法」電臺的同時，上海電信局也在加緊爲「合法」電臺頒發執照。「1946 年 3 月，上海申請登記創辦廣播電臺的有 60 餘家，經核准的只有 7 家，7 月申請登記的有 70 多家，獲得批准的只有 16 家，54 家被淘汰。1947 年 3 月，申請登記者 100 餘家，僅核准 18 家，到年底增加到 22 家，」

〔註7〕《舊中國的上海廣播事業》，第 570～571 頁。
〔註8〕《舊中國的上海廣播事業》，第 690 頁。
〔註9〕《舊中國的上海廣播事業》，第 591～600 頁。
〔註10〕《時事新報》1946 年 6 月 23 日版，轉引自《舊中國的上海廣播事業》，第 539
　　　～542 頁。

〔註 11〕遠超出了《廣播無線電臺設置規則》規定的周波數上限。上海電信局於是又採用幾家民營臺合用一個周波頻率的辦法，對民營廣播電臺進行查驗，根據電臺機械的優劣程度，分為 A、B、C、D、E 五個等級，條件較好者 2 至 3 個廣播電臺合用 1 個頻率，差的 3 至 4 個電臺合用 1 個頻率，輪流播音。福音電臺即在此時開始與合眾電臺共用一個頻率輪流播音。對於未經批准擅自播音者則嚴加取締，並課以重罰。但由於取締與審批的標準不一，一些被取締的民營電臺不服，導致政府管理部門與民營電臺之間的矛盾進一步加深。

一些非法電臺還與執法機關玩起了貓鼠遊戲，取締之聲越緊，非法電臺越多。1946 年 11 月，上海電信局自己也承認，「本市電臺眾多，背景複雜，此僕彼起，訖難徹底整理，納於正規。」〔註 12〕是年底，交通部上海電信局再次發佈通告，要求除交通部核准的福音、亞洲、合作、中華自由、亞美麟記等 18 家電臺輪流播音外，「其餘各電臺未經核准，統限於 12 月 31 日前停止播音，並將電臺撤除。」〔註 13〕但此後仍有許多電臺擅自啟封，繼續播音。

在北平、天津、蘇州等工商業發達的地區，戰後也多有屢禁不止的「非法」廣播電臺創辦。

在甄別和篩選民營電臺資質的同時，國民政府還把相當的精力投入到對廣播節目的監管上。1946 年 6 月 28 日的國民黨中央廣播事業指導委員會第 29 次會議指出，鑒於「上海現有二三十家廣播電臺，任意造謠生事，流弊極大，應由中央廣播事業管理處會同交通部擬具管製辦法，以杜流弊」〔註 14〕。會議出臺了管制上海廣播電臺的辦法細則：在節目編排及人員安排上，應遵照交通部規定，送請中央廣播事業指導委員會核准施行；各廣播電臺播音節目時間內，應照交通部之規定，轉播中央廣播電臺播音。其暫無轉播設備者，得報明停播；凡遇中央廣播電臺有特別重要節目，經中央執行委員會廣播事業指導委員會認為有轉播之必要時，得隨時通知辦理之；民營電臺應承擔教育演講及新聞報告的職責，並應以國語播送為原則；不得播送有干禁例或偏激之言論、誨淫誨盜、迷信荒誕之故事及歌曲唱詞。〔註 15〕依據上述法規，上海市一些播送不合規定節目的電臺受到了懲處。如 1947 年 12 月 20 日，上

〔註 11〕馬光仁主編：《上海新聞史（1850～1949）》，第 1069 頁。
〔註 12〕《舊中國的上海廣播事業》，第 637 頁。
〔註 13〕《舊中國的上海廣播事業》，第 645 頁。
〔註 14〕《舊中國的上海廣播事業》，第 584 頁。
〔註 15〕《舊中國的上海廣播事業》，第 585～586 頁。

海市警察局就以節目中有觸犯宋美齡的言辭爲由，封閉了新新公司五樓上裝設的凱旋電臺。

　　從法制建設的角度看，戰後國民黨政府在立法層面的工作還是有一些貢獻的，但在執法層面的成就卻乏善可陳。廣播界越管越亂的情形，一直持續到各城市被接管前夕。

　　己身不正，難於正人。戰後廣播界的各種亂象，除因政府的立法和監管存在嚴重失誤外，一些黨政軍機構不經申報，擅自創設電臺，甚至大肆播放廣告，與民爭利，不僅嚴重擾亂了空中的電波秩序，也降低了法律法規在民眾中的威信。

二、宗教廣播的短暫復興

　　與戰前一樣，工商業發達、人口集中、電力資源充足的大中城市一向是廣播事業的滋生繁衍之所。抗戰一結束，上海廣播業再度活躍。1946 年 9 月 8 日，歷經劫波的戰前九家老民營電臺，包括福音電臺、亞美電臺、元昌電臺等同時復播。當天，上海市民營無線電播音業同業公會整理委員會常務委員張元賢發表廣播演講，表示要「負起吾等之使命，聯合廣播界同業腳踏實地地幹去，本宣揚文化，普及社會教育輔助工商發展之宗旨。」〔註16〕但後來的歷史發展卻證明，不要說辦臺過程中的各種艱辛，就是那些忠實貫徹政府各項指令，認眞履行廣播宣教職能，「腳踏實地」做事業的民營電臺，尚需在同官辦電臺的不公平競爭中艱難求生，要說擴大發展，就更難乎其難了。

　　南京作爲蔣介石政府的首都，抗戰前已有中央廣播電臺和南京短波兩個大功率電臺，沒有民營電臺。1946 年 5 月 5 日成立的益世廣播電臺是南京市區內出現的首家民營廣播電臺，也是戰後國內第一家獲得政府執照的民營宗教電臺。

　　在無錫，吉士廣播電臺 1946 年 4 月開始播音，呼號 XQTS，功率 50 瓦，由無錫吉士照相館創辦，負責人張德馨，臺址在無錫中山路 277 號。該臺每天播音 4 次，共 10 小時，有《早晨音樂》、《佛學》、《朱子家訓》、《錫報新聞》、《醫學常識》等節目。播音室設在照相館內的亭子間裏，四周用玻璃罩起來，又稱「玻璃電臺」，供人參觀，以此招徠顧客，擴大營業。吉士電臺曾多次申請核發播音執照，交通部以無錫只准設立一座民營電臺，並已批准錫音電臺

〔註16〕張元賢：《民營廣播電臺於抗戰期間之經過情形》，《勝利無線電》1946 年第 4 期。

成立爲由，未予批准。這座傳播佛教的電台也因此旋生旋滅。

在內陸省份之一的江西省，1946 年初，南昌市基督教青年會主辦的基督教青年會業餘廣播電臺建成開播。電臺的發射功率 100 瓦，主要播送音樂、戲曲等節目，供市民消遣娛樂。1949 年初，該臺停播。〔註 17〕

1946 年 10 月 11 日，經交通部核准，原「上海市民營無線電播音業同業公會」更名爲「上海市民營廣播電臺商業同業公會」正式成立。上海市黨部、社會局和市商會代表參加了成立大會。大會選舉福音電臺負責人王完白爲主席，王完白、張元賢和蘇祖國爲常務理事。第一批加入民營電臺商業同業公會的成員有福音、東方、華美、九九、新聲、大同、中國文化、大中國等 21 家，均經交通部電信局核准。

由於戰前民營電臺同業公會的運營已較爲成熟，新的公會組織又與其一脈相承，且人員、電台變動不大，因此各項會務工作駕輕就熟，且日益完善。1947 年 9 月，同業公會制定了《上海市民營廣播電臺商業同業公會業規草案》，分別從「法令」、「電臺機件設備」、「營業」、「節目」、「處罰」和「人事」等六個方面，詳細訂定了會員電臺應遵守的業規。草案強調，「本業規爲聯絡同業情感，精誠團結，發展業務及宣揚文化，光大廣播事業爲宗旨」，要求各電臺除應遵守政府相關法規外，還需「絕對遵守」公會的各項決議。在電臺機件及設備方面，要求凡會員電臺的機件設備除需主管機關查驗合格外，還應隨時修整改進，以求迎合時代，不使當局有所批評及聽眾指謫；各會員電臺改進技術或設備時，需請求公會作技術上的協助。在營業方面，規定各電臺之間應共同議定並遵守電費價格，且在兜攬生意時應各謀發展，「不得競爭貶價，互相攻訐」；各會員電臺與顧客往來時，應採用公會規定之合同，如不採用公會的統一合同而日後發生糾紛時，則公會不予以保障；客戶或播音員拖欠電費，或不於到期前依約通知而突然停止，或播音員不依約播送與電報電訊局相同之節目屢誡無效時，得有該會員電臺申報公會轉知各會員不予接受或錄用。在節目方面，要求各電臺播送的節目應「力求高尚」，且不得私自接受慈善公益宣傳節目；遊藝界在各電臺播送的唱詞，應經過事先審查。〔註 18〕在人事方面，規定同業會員雇傭職工時應注意其教育程度，且需殷實鋪保或

〔註 17〕 參見江西省廣播電視志編纂委員會編《江西省廣播電視志》，方志出版社 1999 年版，第 17 頁。

〔註 18〕 《上海市民營廣播電臺商業同業公會業規草案》（1947 年 9 月 18 日），《舊中國的上海廣播事業》，第 754～755 頁。

人保；各臺職工服務誠懇確有成績者，應予獎勵；職工不得隨便離職且任意轉臺；「如貿然離職甲臺轉入乙臺時，乙臺應予拒絕，而甲臺得請公會通知會員電臺，該員今後不得錄用。」〔註19〕同業中如有違反上述業規者，則由公會或呈請更高的主管機關給予處罰。

不難看出，草案最大限度地維護了民營電臺利益，降低了會員電臺的政治與市場風險，同時也提高了電台節目標準，通過自我審查的方式，以保証節目具有「高尚」品格。

上海民營電臺商業同業公會成立之時，正值國家的多事之秋。1946 年 3 月，國民黨中央銀行爲了「維持市面金融，穩定物價，供應軍需，協助建國」〔註20〕，決定重新開放外匯市場，同時對部分民營企業實行所謂「國家化」改造，實質是變相掠奪民族工商業資本。一時間「物價狂漲，工資奇昂，人民憔悴，工業窒息，獨獨發了官僚資本與買辦階級。」〔註21〕各民營電臺同民營工商業一樣，經濟上自保尚且困難，又要遭受各種非法電臺、官辦電臺的侵擾，眞是苦不堪言。

1946 年 12 月 14 日，針對一些沒有申請執照即擅自播音，致使合法的同業電臺電波受擾，營業蒙受重大損失事件，民營電臺商業同業公會致函上海市電信局，要求制止播音臺再有擾亂事件發生。〔註22〕但如前文所述，直到上海解放前夕，國民政府都沒有徹底禁絕非法電臺的亂播亂放問題，對那些特權電臺更是縱容不管，對守法的民營電臺卻多方限制，最後竟規定幾個民營電臺合用一個周率，輪流播音。爲此，1948 年 1 月 13 日，民營電臺商業同業公會再次致函交通部，要求放寬民營電臺的周率。函件強調，「際茲行憲伊始，人民自應守法，惟主管機關似不應忽視守法者，使守法之電臺反不及其他電臺之待遇，竊念政府似應有昭示人民守法之鼓勵。」〔註23〕

戰後的上海，市面蕭條，工商業時有倒閉，民營電臺中經常有給人家做了廣告卻拿不到廣告費的情況。爲此，民營電臺商業同業公會與上海市廣告商業同業公會合作，共同擬定規則，以保障同業電臺的利益不受損害。1946

〔註19〕《上海市民營廣播電臺商業同業公會業規草案》，《舊中國的上海廣播事業》，第 756 頁。
〔註20〕《中國銀行副總經理貝祖貽》，
　　　　http://www.caijing.com.cn/2012-01~17/111627877_3.html。
〔註21〕王芸生：《中國時局前途的三個去向》，《觀察》1946 年 9 月 1 日創刊號。
〔註22〕參見《舊中國的上海廣播事業》，第 742 頁。
〔註23〕《舊中國的上海廣播事業》，第 758 頁。

年 12 月 3 日，同業公會致函上海市廣告商業同業公會，提出了與之合作的意向，「嗣後貴會會員如有前列情形（不付廣告費）發生時，希將該客戶戶名通知敝會，以便採取同一辦法，凡在欠款未曾理楚之前，所有同戶播音廣告亦予拒絕；而在敝會會員如有前列情形發生時，亦即通知貴會希予同樣辦理。」〔註24〕與此同時，同業公會還通知各會員電臺，「茲依同業向例，所有廣告電費一律先期付清，不得拖欠。凡有拖欠甲同業廣告電費者，其他同業在未得甲同業同意之前，概須拒絕該客戶之任何廣告，以為保障同業利益。」〔註25〕。

在王完白等人的組織和領導下，民營電臺商業同業公會還積極參與社會公共事務，為社會福利和慈善事業盡一份力量。其與中國紅十字會滬分會合辦的空中勸募委員會於 1947 年 9 月 17、18、19 日三天內，由十八家會員電臺聯合舉辦空中勸募特別節目，共募得 1 億 2 千七百餘萬元，美國紅十字會還捐獻了一部救護車和藥品。經改裝為流動診療車後，於 1947 年 10 月 10 日開始服務，每日輪流在四處診療站施診給藥。之後該會又擴大為診療事業委員會，並聘社會人熱心人士為委員，「對於社會殊有貢獻」。〔註26〕

民營電臺商業同業公會的成立，使得各電臺之間又有了一個統一的組織，也增強了民營電臺的自治能力和與公權博弈的水平。如為了便於飛機識別各個電臺的天線，同業公會為上海市所有民營電臺的天線柱杆塗漆，以突出標示。〔註27〕而從 1947 年起，同業公會還每月組織電臺負責人聚餐，費用由各會員電臺輪流承擔。〔註28〕這種定期聚餐，既凝聚了人心，也有益於各電臺之間及時溝通情報，共同處理和應對危機。1947 年 4 月，上海市政府要求從 15 日起一律把時間撥快一小時。同業公會獲知消息後，迅速通知各會員電臺，一律遵照執行。〔註29〕同年 5 月 7 日，同業公會奉命通告，因上海 6 日發生搶米風潮，自即日起不得報告米市行情為了響應政府要求，同業公會一方面規定會員電臺必須增加「高尚」的教育節目。另一方面，還積極為電臺工作人員向政府爭取權益，如曾向相關部門上書，要求電臺從業者享受新

〔註24〕 《舊中國的上海廣播事業》，第 741 頁。
〔註25〕 《舊中國的上海廣播事業》，第 741～742 頁。
〔註26〕 《上海市民營廣播業、中國紅十字滬分會合辦白色診療車開始服務》，《大都會》1947 年復刊新 2 號，上海元昌廣告社總發行。
〔註27〕 治：《電臺天線杆加漆安全標記》，《勝利無線電》1947 年第 15 期。
〔註28〕 慶、張元賢：《播音圈：電臺主持人每月聚餐聯歡》，《勝利無線電》1947 年第 15 期。
〔註29〕 家、張元賢：《本市廣播界日光時間播音》，《勝利無線電》1947 年第 15 期。

聞記者的配給標準等。這在當時是難能可貴的。

　　此時的福音電臺，是與合眾電臺共用一個頻率播音。直到 1948 年以後才又一次取得獨立的周波。該臺明言「不涉政治，專以宣揚福音，救人救國為職志」〔註 30〕，節目也較為單純，主要關注於宗教和衛生、婦女、兒童等領域，從不涉經濟領域，更沒有任何低級趣味的娛樂節目和廣告節目。

福音廣播電臺的節目設置：〔註 31〕

時　　間	節目內容
07：00	梅立德 英語靈修
07：30	謝頌羔 國語靈修
08：00	李觀森 粵語靈修
08：30	謝頌三 滬語靈修
12：00	音樂金句
13：00	廣學會 英語節目
17：20	新聞報告
17：30	陳志慧 兒童故事
18：00	蔡文偉 青年問題
18：30	王劉卓君 婦女講座
19：00	王完白 醫學衛生
19：30 - 20：00	基督教義

　　福音電臺得到了蔣介石、孔祥熙等國民黨要員一如既往的支持。1947 年12 月 21 日晚 9 時，蔣介石在福音電臺發表題為《效法耶穌精神，奮鬥到底，堅定信心，克服一切艱難》的耶穌聖誕節廣播，指責「政府與軍隊官兵以及公務人員，都被那些破壞統一不顧民族國家獨立自由的民族敗類——漢奸、共匪等，在國內國外用各種卑劣的宣傳方法來公開侮辱我們國家，中傷我們整個民族的人格。」〔註 32〕

〔註 30〕抱：《中華福音電臺全國總會 望各大城市成立福音電臺》，《通問報 耶穌教家庭新聞》，1947 年第 18 卷第 10 期。

〔註 31〕載於《勝利無線電》第 15 期。

〔註 32〕《蔣主席聖誕廣播——效法耶穌精神，奮鬥到底，堅定信心，克服一切艱難》，《公報》第 12 卷第 1 期，1948 年 1 月出版。轉引自陳文文，徐翠：《上海福音廣播電臺——中國空中福音的先聲》，《科技信息》2009 年 25 期。

趕走了外來的侵略者，本應迎來一個和平建國時期。但在隨後的國共兩黨生死對決中，中國的時代主題已不再是發展民生，而是「誰主沉浮」。廣播事業在這種政治夾縫中更加舉步維艱。尤其是兩黨戰爭的最後階段，國民黨軍隊面臨全線潰退，國統區許多城市陸續宣佈進入「戰時」非常狀態，對各廣播電臺的管制更加嚴厲。1949 年 4 月 4 日，上海市淞滬警備司令部出臺《廣播電臺管製辦法》；4 月 25 日，上海警備司令部通令各民營電臺，說上海已進入軍事狀態，爲適應戰時體制，限令市內半數電臺停播。經過自行協商後，很多電臺陸續停播，繼續播音的只剩下福音、元昌、鶴鳴等 13 家。5 月 16 日，淞滬警備司令部命令各臺播音時間自即日起延長至午夜零時 50 分，延長時間內一律轉播重慶國際廣播電臺新聞消息；23 日，淞滬警備司令部徵用亞美、麟記、聯合、凱旋四家電臺爲空軍總部導航。幾天後，上海解放。

在政局紛擾的近代中國，誰都無法置身政治之外，宗教廣播亦復如是，因其自身即是依附於國民政府廣播系統的一個存在。按照國民政府交通部、國民黨中央廣播事業指導委員會頒佈的各項法令，電臺的政治立場必須與執政黨和政府保持高度一致，否則就將面臨極爲嚴重的懲處。因此，電臺要想正常營業，就必需向執政者輸誠。而當新生的共產黨人民政權掌握這些民營電臺棲身的城市時，作爲「舊」社會、「舊」勢力的一部分，民營電臺、宗教廣播受到共產黨政權的管制和改造也就成爲歷史的必然。

第二節　基督教廣播的壯大

抗戰前的基督教節目大多在民營電臺播出。戰後的上海，福音電臺恢復播音後，再度成爲基督教廣播的大本營。各地還陸續出現了一些新辦的宗教電臺，如 1946 年初由南昌基督教青年會主辦的基督教青年會業餘廣播電臺〔註33〕，東北某處長老會新設的福音廣播電臺〔註34〕等。此外，停播了五年之久的上海基督復臨安息日會主持創辦的廣播布道節目也開始借公營電臺恢復播音，並且迅速發展起來，播音範圍從上海擴展到南京、漢口、鄱陽、長春、錦州、寧波、西安、蘭州、廣州、長沙等市。到 1949 年中華人民共

〔註33〕《江西省志·江西省廣播電視志》，方志出版社 1999 年版，第 17 頁。
〔註34〕東北某處長老會設立了福音廣播電臺一事參見：林堯喜：《福音廣播工作在中國》，上海基督教復臨安息日會編：《末世牧聲》，1947 年第二十七卷，第十期，其他情況不詳。

和國成立前，基督教廣播迎來了其大陸歷史上最繁榮的一個時期。

一、福音廣播電臺復業

抗戰時期，為了躲避日軍監督處的登記要求，上海福音電臺被迫改變所有人形式，把產權變更為美國基督教人士所有，接受公共租界當局管理。但最終福音電臺還是被日軍強行佔有。1946 年 7 月，國民政府在取締外商電臺的過程中，因涉及福音電臺國籍問題，該臺董事會名譽董事長孔祥熙（時任國民政府行政院長）為其作了國籍證明。同年 9 月 8 日，經覆核，該臺獲准復業，與合眾電臺共享頻率 1120 千赫播音。

復播後，電臺的非宗教類節目並沒有太大變化，仍然有家庭、道德、兒童、醫藥等。時間上基本是以半小時為一個播出單位。上午全部為宗教節目和音樂，晚上主要是非宗教節目，也穿插有宗教節目。這種設置，基本把基督教節目和非基督教節目劃分為兩個大的時間段，使得基督教節目和非基督節目各自保持連續性，有利於不同需求的聽眾的連續收聽。

而從孔祥熙為其做國籍證明到播出蔣介石的廣播演講可以看出，這一時期，福音電臺與國民政府高層的關係依然非常密切。當時政府對民營電臺的限制頗多，而福音電臺能夠在種種限制當中維持下去，應與政府的支持不無關係。

二、「預言之聲」福音廣播

抗戰勝利後，停播了五年之久的上海基督教復臨安息日會所辦的廣播布道節目恢復播音，並且迅速發展起來。此時的節目以「預言之聲」為名稱，節目包括華語節目和英語節目，還為此成立了專門的福音廣播社。

1946 年 11 月 10 日，「預言之聲」國語節目借中央廣播事業處所屬的官辦電臺——上海電臺（呼號為 XORA）首次播出。首次播音是從福音歌曲開始的：「這時有動聽的歌調唱著說：『高聲來歡呼，給普世人聽，耶穌必定要再來！』」〔註35〕此後，「預言之聲」每周日都在該臺播出。前六次節目是播放在美國錄製好的留聲片，但是節目也有很大的靈活性。「以後有活的節目，每星期日下午八時半至九時繼續不斷的在上海廣播電臺播送。」〔註36〕

〔註35〕林堯喜：《福音廣播工作在中國》，上海基督教復臨安息日會編：《末世牧聲》，
　　　　1947 年第二十七卷，第十期。
〔註36〕林堯喜：《福音廣播工作在中國》，上海基督教復臨安息日會編：《末世牧聲》，
　　　　1947 年第二十七卷，第十期。

　　1947 年 1 月 5 日，「預言之聲」英語節目假上海廣播電臺 800KG 的英語電臺初次播音。同國語節目一樣，這次節目也是播放在美國錄成的留聲片，只有最後一段報告是由李嗣貴牧師講的。

「預言之聲」節目組人員〔註37〕：

節　目	人　員	負責工作/職務
音樂節目	孟昭義牧師	主講人
	李嗣貴牧師	負責預備
	遠東中學音樂教授吳德師母	陪奏風琴的音樂專員
	林堯喜教士	報告員
	林子堃先生	播音室技術專員

　　基督教復臨安息日會還借助全國其他地方的電臺，播出了一些節目。

1947 年播出「預言之聲」的廣播電臺：

節　目	地　點	電臺呼號	周　率	星　期	時間（下午）
國語節目	上海	XORA	900KC	星期日	08：30
			11.69MC		08：30
		XMHD〔註38〕	600KC		07：30
	洛陽	XQPA	885KC		09：30
	漢口	XLRA	830KC		07：30
	蘭州	XNRA	1400KC	星期三	06：23
	西安	XKPA	1300KC		06：40
英語節目	上海	XORA	800KC	星期日	07：30
		XMHD	600KC		07：30

　　據所查資料，1948 年 3 月，南京金陵廣播電臺（民營，呼號 XLAW，周

〔註37〕根據林堯喜：《福音廣播工作在中國》一文整理，上海基督教復臨安息日會編：《末世牧聲》，1947 年第二十七卷，第十期。

〔註38〕電臺情況：臺名：公建，周率 760，功率 300 瓦，主辦單位：淞滬警備司令部，負責人：王凱鼎，1947 年開辦，1949 年 5 月 27 日被軍管會宣教部接管。臺址：中正東路（今延安東路）1060 號。備註：1948 年 10 月國防部核准。參見 http://www.shtong.gov.cn/node2/node2245/node4510/node10159/node10168/node 63808/userobject1ai54371.html

率 1030 千周）也曾於星期日播放「預言之聲」節目，此外，該臺還播放另外兩個基督教廣播節目。

南京金陵廣播電臺所播放的基督教節目：

時　　間	節目	備　　註
08：00	國歌，預報全日節目，教授英文聖經	
08：00	中國基督徒廣播團布道節目	星期日
19：30	福音廣播社——預言之聲特別節目	

當時的「預言之聲」主要使用留聲片錄製，並根據情況靈活安排。包括音樂、禱告、詩歌、演講、報告、聖經時兆函授學校的招生廣告等，語言則有國語、英語和粵語。

由於連年戰爭的影響，中國廣播事業「多年來未有多大的發展，而散佈在全國的廣播電臺亦未能有如美國各電臺間的電話線網，所以一個電臺如欲轉播另一電臺的節目，就必須用收音機收音，然後再用播音機放送，如此轉播的聲音當然不如原來的清晰明朗，而且相隔較遠的電臺，只得轉播短波節目。這短波的電波，不免常受氣候的影響，可見這種辦法，有種種的缺點。」因此，「要將『預言之聲』推進到中國內地，就必須利用留聲片。」〔註 39〕

但在當時，「中國多數的電臺上，還沒有利用大唱片的設備」。爲此，「預言之聲」節目製作人員設計了兩種不同的唱片供全國電臺播放：一種是在一張小唱片上，錄製「預言之聲」的片頭、片尾、廣告和報告，將唱片「寄給各地的廣播布道幹事，由他們在當地再請一位傳道士在電臺上誦讀『預言之聲』的論道文集，在讀稿的前後，配用唱片」；另一種是在十二寸的片子上錄製五分鐘的節目，內容包括：「開首有《耶穌再來》的詩歌，接著有三分鐘的演講，最後是聖經時兆函授學校的招生廣告。」〔註 40〕

爲方便節目的錄製和播出，「預言之聲」設有自己的錄音室和播音室。錄音室設在上海市寧國路遠東中學〔註 41〕的小禮拜堂，播音室設在禮堂本部，

〔註 39〕 林堯喜：《福音廣播工作在中國》，上海基督教復臨安息日會編：《末世牧聲》，1947 年第二十七卷，第十期。
〔註 40〕 林堯喜：《福音廣播工作在中國》，上海基督教復臨安息日會編：《末世牧聲》，1947 年第二十七卷，第十期。
〔註 41〕 遠東中學是基督復臨安息日會中華總會的六個直屬單位之一。

講臺右邊有一架大鋼琴，左邊有一架新式的電風琴，為美國的幾位熱心教友所贈送，講臺後面通了一個窗戶，用雙層玻璃隔著，窗戶後面便是錄音室。錄音室裏包括一個 PRESTO 錄音機，兩個轉盤和兩個擴音機。錄音室距離上海廣播電臺有七英里的路程，為便利起見，特裝有電話線一條，使「預言之聲」每周的節目可以在自己的播音室放送。〔註42〕

「預言之聲」沒有自己的唱詩隊，唱片的錄製得到美國「預言之聲」的唱詩隊 THE KING's HERALDS 的支持，該唱詩隊為「預言之聲」錄製了兩首詩歌：《耶穌必定要再來！》和《近乎上帝之心！》。

1948 年，基督教復臨安息日會又「向中央廣播事業管理處進行手續，假用全國九座最大電臺播送『預言之聲』。該各電臺可以使用三十三又三分之一周之巨型留聲膠片」。對於不能播放大型留聲片的電臺，「『預言之聲』之音樂、禱告、以及報告則用小型唱片錄之。至於講辭，則由當地工人負責誦讀。」為了節省留聲片的材料，「預言之聲」節目組還訂購了一架新式磁帶錄音機，擬定了製造唱片的新方法。〔註43〕

雖然主要以唱片形式播出，但「預言之聲」的節目並不完全依賴唱片。在廣州，由於當地語言的特殊性，加上廣州區差會有很多音樂人才，「預言之聲」的所有節目均使用粵語播出，包括「一切音樂，祈禱，暨報告」。所以不需要依賴唱片。〔註44〕而在戰爭導致交通受阻的特殊情況下，「預言之聲」的唱片無法投寄到西北、東北與上海的廣播電臺，此時的節目就由各電臺所在地的工人負責宣讀講詞，也不能依賴留聲片。〔註45〕

「預言之聲」沒有自辦電臺，也沒有租用民營電臺播音，而是首先選擇租用公營電臺播放節目〔註46〕，主要是作為廣告類節目在電臺播出的。當時，各地中央廣播事業管理處所屬公營電臺開始接受商業廣告節目，「預言之聲」

〔註42〕林堯喜：《福音廣播工作在中國》，上海基督教復臨安息日會編：《末世牧聲》，
　　　　1947 年第二十七卷，第十期。

〔註43〕參見林堯喜：《福音廣播部報告》，上海基督教復臨安息日會編：《末世牧聲》，
　　　　1948 年第 28 卷，第 3 期。

〔註44〕參見林堯喜：《福音廣播部報告》，上海基督教復臨安息日會編：《末世牧聲》，
　　　　1948 年第 28 卷，第 3 期。

〔註45〕參見林堯喜：《福音廣播部報告》，上海基督教復臨安息日會編：《末世牧聲》，
　　　　1948 年第 28 卷，第 3 期。

〔註46〕林堯喜：《福音廣播工作在中國》，上海基督教復臨安息日會編：《末世牧聲》，
　　　　1947 年第二十七卷，第十期。

就照所定廣告章程，租用各地電臺時段播出。〔註 47〕通常「預言之聲」節目在各電臺播出都需要支付費用，比如上海廣播電臺在 1947 年春季，為每周播送「預言之聲」，索費共四百二十九萬。不過該臺也於每星期三下午五點半免費播送「預言之聲」的特別聖樂節目。也有少數電臺不收費，「在東北和華南的幾座電臺卻願意免費播送『預言之聲』」。〔註 48〕到 1948 年，「預言之聲」節目組已與全國 12 座電臺簽訂合同，借這些電臺在全國主要城市（上海、南京、漢口、鄱陽、長春、錦州、寧波、西安、蘭州、廣州、長沙等）進行廣播。〔註 49〕

　　不僅如此，由「預言之聲」欄目部所主持的時兆聖經函授學校也取得了很大成功。時兆聖經函授學校創辦於 1944 年，由簡墨士牧師任校長。自《時兆月報》刊登招生廣告後，即有 1000 餘人來信報名聽課。抗戰勝利後時兆報館遷回上海，聖經函授學校便交給「預言之聲」部辦理。自李嗣貴牧師主掌該校後，便利用廣播電臺，新聞紙，《時兆月報》和單張小冊等大力宣傳，招收新生。為方便使用英語的學員學習，函授學校還開辦了英文部，該部除了用廣播電臺宣傳之外，還在《大陸報》和《自由論壇》刊登招生廣告。〔註 50〕由於宣傳力度非常大，聖經函授學校的影響力也逐漸增大。到 1947 年 7 月 15日已有 4600 人報名，後來平均每天有 50 位新生報名入學。「上海的二三處教會，已經組織成布道隊出發，分散聖經函授學校的招生廣告，和『預言之聲』廣播的時間表，結果我們已經加添了許多新生。」〔註 51〕

　　隨著「預言之聲」節目的影響日益增大，捐款讚助的人日漸增多，1947年 1 月至 7 月共收到捐款約三百萬元〔註 52〕。節目開播一年多之後，來信和匯款不斷增加，收到聽眾來信 900 多封，匯款約合美金 400 元，說明廣播布

〔註 47〕　林堯喜：《福音廣播部報告》，上海基督教復臨安息日會編：《末世牧聲》，1948　　　年第 28 卷，第 3 期。

〔註 48〕　林堯喜：《福音廣播工作在中國》，上海基督教復臨安息日會編：《末世牧聲》，　　　1947 年第二十七卷，第十期。

〔註 49〕　林堯喜：《福音廣播部報告》，上海基督教復臨安息日會編：《末世牧聲》，1948　　　年第 28 卷，第 3 期。

〔註 50〕　參見林堯喜：《福音廣播工作在中國》，上海基督教復臨安息日會編：《末世牧　　　聲》，1947 年第二十七卷，第十期。

〔註 51〕　林堯喜：《福音廣播工作在中國》，上海基督教復臨安息日會編：《末世牧聲》，　　　1947 年第二十七卷，第十期。

〔註 52〕　參見林堯喜：《福音廣播工作在中國》，上海基督教復臨安息日會編：《末世牧　　　聲》，1947 年第二十七卷，第十期。

道的效果很不錯。「自首次播音到現在（作者注：『現在』指林堯喜撰寫《福音廣播工作在中國》一文時，當時「預言之聲」已開播一年有餘），寄上海郵政信箱件五四九封，寄聖經函授學校信件三六三封。彙來捐款約合美金四百元。」〔註53〕聖經函授學校英文部「有一位十三歲的少年，來信聲明他決意作傳道士，他也會獻出很大的一筆捐款。」〔註54〕

　　「預言之聲」負責人認為，中國的廣播還沒有美國那樣普遍，當時中國的 200 餘萬架收音機「分配於五萬萬人中實在太稀少了」，而且收音機「三分之一都集中在上海」。但是「廣播布道的前程在中國甚為光明，上帝也定能使用『預言之聲』來成就一種偉大的事工。中國無線電事業現今正在抱著維新的精神向前邁進，處處有新的無線電零件製造廠和專科學校，以訓練無線電技術人才，這一切都能以促進福音傳遍天下的使命。」〔註55〕為此，「本協會議決『預言之聲』須於一九四八年推動工作範圍，以二十座電臺為目的。本協會同時擬定製造唱片之新辦法，並已訂購新式磁帶錄音機一架，藉以節省留聲片之材料。」「協力並進：「預言之聲」除得上海職員之維持外，尚得各聯區差會同工協力推進，上海錄音室對各地唱片之需要，未能應付自如，切望經過相當發育生長時期後，廣播布道工作能走上穩定軌道，達到最高標準，與本會其它各布道機構一致完成神聖使命。」〔註56〕為了更好地傳道，「預言之聲」還計劃利用一輛福音廣播車在上海的公園和市郊用擴音器向民眾傳道，「使上海的五百萬市民，以及全國的五萬萬同胞，都有機會聽見上帝向世人所發的最後警告！」〔註57〕只是隨著中國人民解放軍的節節勝利，這一宏大計劃還未實施就不得不宣告終結。

〔註53〕林堯喜：《福音廣播部報告》，上海基督教復臨安息日會編：《末世牧聲》，1948年第28卷，第3期。

〔註54〕參見林堯喜：《福音廣播工作在中國》，上海基督教復臨安息日會編：《末世牧聲》，1947年第二十七卷，第十期。

〔註55〕參見林堯喜：《福音廣播工作在中國》，上海基督教復臨安息日會編：《末世牧聲》，1947年第二十七卷，第十期。

〔註56〕林堯喜：《福音廣播部報告》，上海基督教復臨安息日會編：《末世牧聲》，1948年第28卷，第3期。

〔註57〕林堯喜：《福音廣播工作在中國》，上海基督教復臨安息日會編：《末世牧聲》，1947年第二十七卷，第十期。

三、這一時期基督教廣播的特點

首先，抗戰勝利後，基督教廣播節目在民營電臺和公營電臺都有播出。當時，民營電臺由於受到國民黨廣播政策的種種限制，基督教廣播幾乎只剩福音電臺一家；而與之形成鮮明對比的是，上海基督復臨安息日會所辦的廣播布道節目「預言之聲」，卻由之前在民營電臺播出轉向了公營電臺。其播出範圍還擴大到全國十餘座城市的十幾座國營電臺，在抗戰後進入歷史上迄今最輝煌的時期。

其次，基督教播音組織日益完善，且注重橫向聯繫。除上述基督教復臨安息日會成立的全國性的福音廣播社外，1948 年 9 月 26 日，全國無線電播道會在上海內地總會禮拜堂舉行成立大會。會議推選王完白為會長。該會「志在先就上海民營電臺相機播道，然後推行至各省市電臺，歸當地教會努力進行，神恩奇妙，有山人意外之安排，因全國無線電播道會會長王完白醫師，本為上海市民營電臺公會理事長，為各電臺辦理公務也有年，犧牲甚多。各電臺甚表感佩。最近自動決定，每禮拜日上午九時至十時舉行衛生與道德之講座，請工醫師主持，按周律次序輪流，由各會員電臺義務值播，由其他電臺聯合播送。故同時可在多處收聽該項節目。業已於 11 月份開始實行，每次前半由王完白醫師自講醫學衛生，後半請張懷德牧師講救世福音。」〔註 58〕希望「先從上海開始，推行廣播福音，直至全國。」〔註 59〕這種宗教播音組織的成立，對於協調全國廣播事業資源，加強業內的橫向聯繫，無疑具有很大的促進作用。

第三節　天主教廣播的興盛

天主教廣播雖然在抗戰期間也受到了沉重打擊，但是戰爭結束之後卻出現了一個短暫的快速發展時期。不僅前一階段創辦的廣播節目繼續播音，還出現了益世廣播電臺這樣專門性的天主教廣播電臺。

一、繼續播音的天主教廣播節目

1. 黃鍾播音社的中文傳教節目

從 1948 年起，黃鍾播音社的中文傳教節目改用上海電臺播送，呼號

〔註 58〕《破天荒之各電臺聯合播道》，《通問報》1948 年 12 月。
〔註 59〕《本市教會要聞：全國無線電播道會成立》，《通問報》1948 年 12 月。

XORA，波長 900 千周，節目名稱採用家庭晚會和「星期晚會」，內容照舊。上海解放前夕停播。

2. 上海耶穌會士主辦的英語天主教廣播節目（The Catholic Hour）

第二次世界大戰結束後，在上海的美國加利福尼亞省耶穌會士主辦的天主教英語廣播節目（The Catholic Hour）恢復在美商西華美電臺（呼號 XMHA）播送，每星期日一次。西華美電臺在 1947 年 2 月因其外籍身份被上海電信局取締，該節目也隨之停辦。但這一節目還繼續在每晚的上海電臺（XORA）播送，最終於 1949 年前後停辦。

下表是播放天主教英語廣播節目（The Catholic Hour）的電臺的基本情況：

臺名	呼號	波長（米）	千赫	功率（瓦）	主辦單位、負責人	開辦時間	停辦時間及原因	地址	歷史沿革	備註
西華美	XMHA	500	600	500	美商無線電工程有限公司	1931 年	1941 年 12 月 8 日被日軍接管改名「東亞」電臺	跑馬廳路（今武勝路）445 號	抗戰勝利後復播，1947 年 2 月被電信局封閉（不准外商在華設臺）	
上海	XORA		800		國民黨中央廣播事業管理處	1945 年 9 月 25 日	1949 年 5 月 27 日軍管會新聞出版處廣播室接管	中正西路（今延安西路）7 號		

二、新創辦的天主教電臺和天主教節目

（一）南京益世廣播電臺

1946 年，南京出現了一座私營廣播電臺——益世廣播電臺。該臺不僅是南京有史以來第一座民營廣播電臺，也是全國在抗戰後出現的第一座民營廣播電臺。電臺的創辦人為天主教人士，包括神父楊慕時（原重慶《益世報》社社長）和當時中國宗教界赫赫有名的人物——天主教中國南京地

區大主教于斌。〔註60〕

　　1946 年 5 月 5 日，適逢國民政府「還都南京」大典，益世電臺同時成立，于斌任董事長，楊慕時任臺長，陸復初掛名副臺長。5 月 8 日，益世電臺正式開始播音，呼號 XPBK，頻率 940 千周，功率 200 瓦。「其設置目的是為配合抗戰前唯一的宗教新聞事業——益世報，作新聞報導、宣傳福音、配合政府宣導政令、推行社會福利、喚醒國人認識真理愈顯主榮，是當時我國天主教唯一的宗教機構。」〔註61〕

　　益世廣播電臺的出現，有著複雜的緣由和背景。1945 年秋，國民黨中央廣播事業管理處派人由重慶來南京接管汪偽「中央廣播電臺」，改呼號為南京廣播電臺，於當年 10 月 1 日開始播音。該臺除了少數領導骨幹係「重慶來的」，其餘多為汪偽「中央臺」留用人員。一些「重慶來的」人尤其是代理傳音科長潘啓元對汪偽時期曾任職該台的留用人員倍加歧視。當時有一位梁林蔭小姐，「中央大學」畢業後任汪偽「中央臺」播音員，她和許多同仁不堪歧視，加之與潘的個人恩怨，於是打算另行籌辦一家民營電臺。梁林蔭邀集幾位電臺技術人員，以天津《益世報》駐南京記者陸復初（後來在國民黨中央臺工作，1948 年在北平加入中共地下黨）為媒介，找到了原重慶《益世報》社社長、大主教神父楊慕時。雙方談妥，以《益世報》名義在南京合股開辦益世廣播電臺。梁林蔭和電臺同仁負責資金、器材、技術、播音；《益世報》方面以鐵管巷房產入股作臺址。其時，創辦民營電臺在抗戰後尚無先例，顯然這需要有更具力量的人物來疏通關節。於是，他們找到了當時在中國很有影響力並且和國民黨關係密切的天主教大主教于斌。〔註62〕經過一番周密運作，益世電臺順利獲得了抗戰勝利後國民政府頒發的「民字第一號」電臺執照。

　　益世電臺的廣播節目有著濃厚的宗教色彩，每日開播、停播都要進行「晨禱」、「晚禱」〔註63〕。「益世福音」為該臺常設節目之一，內容有聖經宣讀、教義講座、教務通訊、教堂音樂等。1946 年 11 月節目改訂之後，宗教性節目

〔註60〕三水：《落日樓臺一笛風——小記在南京的益世廣播電臺》，《視聽界》，1990年第一期。

〔註61〕http://webdiy.hihosting.hinet.net/user_home/5h381w11j0/introduction.html

〔註62〕此處主要參考三水：《落日樓臺一笛風——小記在南京的益世廣播電臺》，《視聽界》，1990 年第 1 期。

〔註63〕三水：《落日樓臺一笛風——小記在南京的益世廣播電臺》，《視聽界》，1990年第一期。

明顯減少，更像是一家綜合性的民營電臺，節目內容非常豐富，每天的播音時間也很長。

以下是南京益世廣播電臺的播音節目表（1946 年 11 月改訂）：

時間（中原時）	節　　目	備　　註
09：00	益世歌，預告全日節目	
09：10	報告新聞 進行曲 國內外要聞	
09：30	娛樂消息	
09：35	室內音樂	
10：00	金融市價	
10：05	平劇	
10：30	精神講話	星一至六
	科學業談	星日
10：35	歌曲	
11：00	預告午晚節目，報時，休息	
12：00	預告午晚播音節目，報告新聞，金融市價，本市新聞	
12：10	歌曲	
12：30	雜曲，報告教育新聞	
13：00	國內論壇介紹	
13：05	平劇	
13：30	中外名人故事	
13：35	西洋舞曲	
14：00	地方曲 國際外交消息	
14：30	相聲大鼓	
15：00	預告晚間節目，報時，休息	
17：00	預告晚間節目，報告新聞，金融市價，平劇，國內新聞	
17：30	歌詠	
18：00	地方新聞，交通消息，國內要聞及本市新聞	
18：10	輕音樂	星一至六

18：30	兒童節目	星一至六
	兒童遊藝	星日
18：40	國樂	星一至六
18：45	英語講座	星一至六
	英語講道	星日
19：00	家庭講座	星一至六
	家庭信箱	星日
19：05	舞曲	
19：30	平劇講述	星一，二
	胡琴研究　鶴汀館主	星三
	專門問題講座	星四，此外並有人生哲學研究會主播之哲學，播講日期不定
	益世信箱	星五
	周末餘興	星六
	票友會唱	星日
20：00	趣味講話	星一，三
	廣播談話	星二
	特寫	星四
	導遊	星五
	各地通訊	星六
	文藝朗誦	星日
20：05	西樂管絃樂	星一，四
	交響樂	星三，五
	輕音樂	星三，六
	星期遊藝	星日
20：30	時事評論	
20：35	歌唱	
21：00	社會服務時間	
21：05	平劇	
21：30	最後消息　國內外綜合新聞	
21：35	西洋電影歌曲	
22：00	氣象預報，預告次日節目，平劇，經濟消息新聞	

| 22：30 | 歌曲 | |
| 23：30 | 益世歌，報時，停止 | |

節目改訂後，宗教節目不再是主角。除星期日有一檔 15 分鐘的英語講道節目，其餘時間並沒有設置專門的宗教節目。但是其它節目也多圍繞天主教的社會事業，比如服務性節目、教育性節目、兒童節目和家庭節目等。

電臺每天的節目都以「益世歌」開始，結束時也要播放「益世歌」。可以說「益世歌」是該電臺的標誌曲。

該臺每天設有 10 檔新聞類節目（周四和周六各增加一檔）。體裁包括消息、時事評論、各地通訊、特寫等。報導的範圍涵蓋了國際、國內、地方和本市。除了綜合性的新聞外，還按不同題材設置了專門的新聞版塊，包括外交、娛樂、教育、交通、經濟，國內論壇介紹等。在廣播中設置豐富的新聞節目，能夠吸引更多人的關注。而且當時由於處在內戰緊要關頭，人們對於消息的需求也比較大，這也是滿足聽眾偏好的一種選擇。由於及時方便等特點，廣播在傳遞消息方面比報刊更有優勢。廣播以電波為載體，而電波是世界上跑得最快的物質。幾乎是在廣播電臺發出信息的同時，受眾就能夠接收到了。這一優勢是報刊無論如何無法相比的。

電臺還設立了近 20 檔文娛節目，包括音樂、歌曲舞曲、朗誦、相聲大鼓、地方曲、雜曲、平劇、遊藝、票友會唱等。其中音樂節目就有西樂管絃樂、交響樂、輕音樂、室內音樂、國樂等不同類型。此外還有講座、講話和談話類節目，包括專門問題講座、哲學播講、精神講話、趣味講話、廣播談話、科學業談等。其他還有服務性節目、互動性節目以及兒童節目、家庭節目、中外名人故事等。在天主教的事業當中，家庭和兒童都是非常重要的，對於家庭和兒童的關注也是非常多的，益世電臺也延續了這一特點。

電臺的節目類型豐富，編排密集。從早 9：00 到 23：30，中間只休息 3 小時。每天都有 39 檔節目（包括開始曲、結束曲、報時、節目預告在內）。大多數節目的時長都控制在半小時之內，有很多節目時長都是 5 分鐘到 10 分鐘。而晚上黃金時間（19：30 - 20：30）的節目安排更是多樣，幾乎每天播出的都是不一樣的節目。這樣的節目編排非常有節奏感，也符合廣播的特點。

廣播是伴隨性的媒體，聽眾的注意力不可能一直放在廣播上面，如果安排時段較長的節目，就達不到很好的宣傳效果。另外，豐富的節目類型有助於吸引不同收聽愛好的聽眾，擴大受眾範圍。

　　尤爲值得一提的是，電臺還在每天安排 6 次節目預告。這更接近現在廣播電臺的模式，也更有利於聽眾提前做出收聽選擇，根據自己的興趣選擇收聽。而電臺設置的廣播信箱，則是廣播與聽眾聯繫溝通的平臺。作爲一種傳媒形式，廣播必然需要與它的聽眾之間有交流。信箱節目的開設，使得受傳者轉變爲參與者。在一般的節目當中，聽眾完全處於被動的接受狀態，能否留住聽眾，很大程度上取決於信息對受眾的有用性或者受眾的喜好，但是參與性互動性的信箱節目卻不是這樣，它是爲受眾量身定做的，專門回答聽眾的問題，這些問題都是針對受眾的。正是因爲受眾的參與，這些問題才在一般受眾中有代表性，聽眾思考以及發表自己觀點的欲望也就更爲強烈。這種參與性、互動性、針對性強的節目滿足了受眾個性化的心理要求。

　　益世電臺幾乎和大規模的內戰同時誕生。烽火硝煙籠罩著中華大地，也滲進了這座電臺的發音室。1947 年，在蔣介石發佈了「戡亂建國」總動員令之後，于斌公開發表講演，支持蔣介石的「剿匪」叫囂，內戰宣傳也在益世電臺登堂人室，人們聽到，在縹緲的「教堂音樂」聲中，夾雜著很不和諧的弦外之音。〔註 64〕

　　益世電臺因爲有宗教背景，非比一般民營電臺那般政治上脆弱、經濟上拮据。它有新的樓房，精良的設備，加之一場內戰使一部分人精神上頓失所依，向宗教尋求某種寄託，所以這座電臺擁有較多的聽眾。〔註 65〕1948 年秋，益世廣播電臺仍勁頭十足地擴充電力，另裝了 500 瓦發射機。1949 年春，新機器開始試播。然而「生不逢時」，它所依附的國民黨政權恰似危樓將傾，日薄西山。1949 年 3 月，益世廣播電臺匆忙南遷，輾轉到了臺灣，〔註 66〕1951年 3 月，益世廣播電臺遷至臺灣基隆市仁二路復播，但受地形限制而無法擴建。1969 年 12 月 8 日，益世廣播電臺遷至基隆市七堵區百三街 75 號至今。〔註 67〕

〔註 64〕　參見三水：《落日樓臺一笛風——小記在南京的益世廣播電臺》，《視聽界》，
　　　　　1990 年第一期。

〔註 65〕　參見三水：《落日樓臺一笛風——小記在南京的益世廣播電臺》，《視聽界》，
　　　　　1990 年第一期。

〔註 66〕　參見三水：《落日樓臺一笛風——小記在南京的益世廣播電臺》，《視聽界》，
　　　　　1990 年第一期。

〔註 67〕　http://webdiy.hihosting.hinet.net/user_home/5h381w11j0/introduction.html

His Excellency, Bishop Paul Yu-Pin,
S.T. D., Ph. D., J. D., P.Sc. D.,
Nanking, China,
Temporary residence in U. S. A.,
1514 Webster Street, N.W.,
Washington, D. C.

圖爲益世電臺的靈魂人物，天主教南京大主教于斌。

　　于斌（1901～1978），字野聲，洗名保祿，黑龍江蘭西人，曾任天主教南京總教區總主教、第二位華人樞機、天主教輔仁大學在臺復校後首任校長等。他曾協助許多青年學子赴歐美各國深造，爲學子爭取歐美學校獎學金。還曾在美國成立「中國文化學院」，創辦《英文中國月刊》；於越南創辦「自由太平洋英文書院」，發行《自由太平洋月刊》。在南京創辦「鳴遠新聞專科學校」，創設益世廣播電臺。輔仁大學莊嚴美麗的校歌歌詞即是出自其手筆。

　　作爲南京第一任中國籍主教，于斌也是名副其實的「政治主教」。他與蔣界石、陳誠、蔣經國、陳立夫、張群等國內政界人士交遊，受到羅斯福、杜魯門、肯尼迪、佛朗哥、吳廷琰、李承晚等國外元首敬重，還曾在 1946 年憲草（「政治協商會議憲法草案」的簡稱——作者注）審查會中推舉太虛大師爲

社會賢達，並高度讚揚他在戰時爲國效力的精神〔註68〕。他眞如教宗庇護十一世所期望的那樣，能上與社會領袖相晉接，下與販夫走卒相交往。1936 年，第一次全國公教進行代表大會在上海召開，當時日本侵華戰爭的威脅已經迫在眉睫，于斌發起「獻機」運動（捐獻飛機），許多人因此改變了天主教徒不愛國的成見。抗戰爆發後，于斌隨國民政府西遷重慶，主持難民教濟工作，又發起百輛救護車運動；還曾八次前往歐美國家，到處發表演說，爭取國際同情和援助，中國得到的第一批美援就是于斌的功勞。當時《大公報》載文指出：「于主教到大學演講，到無線電臺廣播，在報紙上發表談話，果斷的抨擊強權，他不但堅決地反對日本的蠻橫，而對於意德的行動敢加以聲斥」〔註69〕。

蔣百里欽佩于斌，認爲他是外交奇才，遂向蔣介石推薦。從此于斌與蔣家父子的關係一直非常密切。1938 年，于斌被國民政府聘爲國民參政會參政員。1943 年，于斌赴美國，在華盛頓創辦中美文化協會，促進美國人對中國的瞭解。他在華盛頓積極活動，最終與宋美齡等人合力促成美國政府修改移民法，每年准許 105 名中國人移民到美國，並取得永久居留權。自此以後，美移民法即逐漸有利於中國人。1946 年，丁斌當選制憲國民大會代表並被推舉爲主席，力主人民有宗教信仰自由權，不得以法律加以限制。在國共內戰結束前，于斌遵照梵蒂岡的命令，離開南京前往美國，在紐約成立中美聯誼會。1949 年訪問南美洲二十一個天主教國家，獲致拉丁美洲集團在聯合國對我國的全面支持。〔註70〕

于斌精通英、法、德、義、西、葡、拉丁語，擁有三個博士學位，他的演說極富魅力，凡聽過者，莫不印象深刻。而借著廣播，又能夠擴大他的受眾群，進一步增加其影響力。

1936 年 10 月 4 日，于斌就任南京主教後在中央廣播電臺演講《天主教與中國》。在演講中，他簡要介紹了天主教傳入中國的過程，並且宣揚天主教傳

〔註68〕法香：《于斌主教與太虛大師及其他》，《覺有情半月刊》第 8 卷第 90 號。
〔註69〕《于斌主教在歐美工作成績》，1938 年 5 月 12 日漢口《大公報》，轉引自陳金龍、傅玉能著《中國宗教界與抗日戰爭》，載《長沙電力學院學報（社會科學版）》，1999 年 04 期。
〔註70〕關於于斌的政治活動參見
http://www.chinacath.org/article/guia/renwu/2009-07-02/3170.html，
http://baike.baidu.com/view/162904.htm，
http://zh.wikipedia.org/wiki/%E4%BA%8E%E6%96%8C

入中國所帶來的種種好處，「如果我們翻檢我國的科學史冊，就可見到傳教士對於我國的天文，曆算，機械，醫藥，繪畫，建築等，發生了什麼樣影響。這是對於利用厚生，物質文明方面的貢獻，至於精神文明方面所有的貢獻，則有過之而無不及……〔註 71〕」于斌在演講中表現出極大的愛國熱情，對於天主教在國家復興運動中能夠發揮的作用有很高期待：「現值我國民族復興、國家建設之盛會，我們相信天主教對於這種運動，能有極大的貢獻，懷有極誠切的志願」。

1937 年，日本侵佔了南京，于斌轉赴後方從事教務活動和抗戰工作，還到處發表演講，稱抗日戰爭是「好的中國人與壞的日本人的戰爭」，鼓勵天主教人士「參加抗戰」，因爲這是天主教徒「愛人精神的積極表現。」

1946 年，于斌參與創辦了抗戰後出現的第一座民營廣播電臺——南京益世廣播電臺（5 月 8 日正式開播，呼號 XPBK）〔註 72〕。

于斌對廣播的興趣，與其親身經歷有關。

1942 年，美、日之間拔刀相向，太平洋硝煙迷漫。這年 5 月，美國天主教聯合會主席弗萊根通過中國官方請求中國教友爲美國舉行大規模祈禱，爲美國人民祝福。于斌主教組織廣大教友 6 月 7 日集體祈禱，他本人還於 6 月 3 日下午 8 點多在重慶的中央國際廣播電臺〔註 73〕發表「美國祈禱日」廣播演說，祝福美國人民戰爭勝利和戰後幸福。無巧不成書，不久太平洋中途島海戰爆發，美國太平洋艦隊大敗日本聯合艦隊，於是宗教界人士以及一些民眾將這次勝利同于斌代表中國教徒爲美國祈禱聯繫了起來。爲此，美國《福利報》主教也號召全美教友爲中國祈禱，作爲回報。于斌更加名噪一時。這樣，他對廣播也就倍感興趣，把創辦益世廣播電臺看作是《益世報》的姐妹事業，

〔註 71〕 張西平、卓新平編：《本色之探——20 世紀中國基督教文化學術論文集》，中國廣播電視出版社 1999 年版，第 209 頁。

〔註 72〕 有關益世廣播電臺的詳細介紹見前文（第四章第二節）。

〔註 73〕 國際廣播電臺（英文名稱「Voice of China」，簡稱 VOC，意爲「中國之聲」），前身是 1939 年 2 月 6 日國民黨政府利用英國提供的廣播設備，在重慶開設並播音的中央短波廣播電臺，發射功率爲 35 千瓦。1940 年 1 月改稱現名。當時由國民黨中央宣傳部國際宣傳處管理，臺長爲王愼銘。半年後移交中廣處管轄，馮簡任臺長。該臺辦有對歐洲、對北美、對蘇聯東部及我國東北部、對日本、對華南和東南亞以及對蘇聯六套廣播節目，分別用英語、德語、法語、荷蘭語、西班牙語、俄語、日語、越南語、馬來語、泰語、緬甸語、朝鮮語、印地語以及國語和廈門話、廣州話等語種播音，最多時達 20 多個語種（包括漢語方言），每天播音十多個小時。

自然大力支持。於是，以他名義申報國民政府交通部批准，領得「民字第 1
號」執照。

（二）北平公教廣播

1946 年 1 月 4 日，北平的天主教人士開始借國立北平廣播電臺（XRRA）
〔註74〕播出公教節目，初次播音的節目為音樂劇《多尼》。〔註75〕廣播負責人
是姚耀思、聖母聖心會士萬廣禮神父（R.P.Dries Van Coillie C.I.C.M）等天主
教人士。

《多尼》是天主教人士抗戰期間在山東濰縣的一個集中營創作出來的。
當時這個集中營禁錮了 1800 多名外國僑民，由於營中多數是新教徒，認為在
星期日工作與遊戲皆是不守神的誡命，於是周末大家便無所事事。後來在營
中的聖母聖心會士〔註76〕（數目在神父中居於首位）想起青年攻讀詩的習慣，
便在星期日傍晚組織了合唱活動，逐漸形成了固定的星期日晚會。在星期日
晚會當中，產生了一個諷刺的樂劇《多尼》「Tony」。《多尼》原是姚耀思以弗
拉芒語（Flemish language，又譯佛蘭芒語，弗拉芒語即荷蘭語，在比利時稱
作弗拉芒語）所作，由方濟各會士甘司鐸（Rv.Kenneth Gansman O.F.M.）（O.F.M.
指美國天主教聖芳濟會）譯為英語。該劇的演出時間是七十五分鐘，由八十
位神父合唱，管絃樂隊擁有一位主教、十七位神父、兩位修士，內容是個連
續的故事，以集中營的喜樂哀痛形形色色為主題，特別描寫大家對最後勝利
的確信。該劇在集中營的演出非常成功，後來神父們被移至北平時，經要求
重演過一次。〔註77〕

抗戰勝利後，《多尼》受邀到北平的美國紅十字會俱樂部演出兩次，獲得

〔註74〕北平廣播電臺，呼號 XRRA，1945 年 10 月 10 日開始播音，係國民黨政府接
　　　　收日偽北京中央電臺後改稱，機構龐大。每月除接受國民黨中央廣播事業管
　　　　理處撥給的少量經費外，主要靠收取聽戶註冊、執照費和廣告費來維持運轉，
　　　　經費不足，設備陳舊。1949 年 1 月 31 日，北平和平解放，同日該臺被共產黨
　　　　軍事管制委員會改稱北平新華廣播電臺。
〔註75〕姚耀思：《廣播傳教術與北平公教廣播事業》，《北平上智編譯館館刊》第二卷
　　　　第六期（1947 年）。
〔註76〕簡稱 C.I.C.M.，俗稱「斯格脫神父」（Scheut Fathers），是起源於比利時的一個
　　　　國際性天主教傳教修會。1862 年由南懷義（小南懷仁，Theofiel Verbist，1823
　　　　年～1898 年）神父創立於布魯塞爾郊外的斯格脫（Scheut）。該會在中國、蒙
　　　　古、 菲律賓和比屬剛果傳教。
〔註77〕姚耀思：《廣播傳教術與北平公教廣播事業》，《北平上智編譯館館刊》第二卷
　　　　第六期（1947 年）。

很大成功。此事被國立北平廣播電臺（XRRA）的節目負責人古先生知道後，極力邀請該劇到電臺演出。於是，該音樂劇於 1946 年 1 月 4 日在國立北平廣播電臺播出，並獲得成功。此後該音樂劇還應邀到在北平的美軍電臺 XONE 播出。〔註78〕

以此為契機，北平廣播電臺負責人古先生約請這些天主教人士去主持公教廣播。經過一番精心準備，《多尼》劇組人員開始在北平廣播電臺主持固定的公教廣播節目。〔註79〕節目設置原則為：八分鐘中文講演、八分鐘英文講演、四分鐘報告員介紹，也可以將其中某部分代以播音劇、朗誦晚禱等。〔註80〕

1946 年 2 月 17 日（星期日），北平公教廣播第一次播出固定節目，節目片頭語是「現在開始天主公教時間」。節目內容包括五部分〔註81〕：

節目類型	節目內容
音樂	舒伯特作品選，四人合唱 1.「予何處可尋避棲之所（進臺誦）」 2.「天主以彼奇能（奉獻誦）」 3.「聖哉天主」（聖哉誦）
英文講演	輔仁大學副校務長孫神父（R.P.Clemens Schapker）：「何以我們在此」。
音樂（四人合唱）	「請同頌主」（Hasl Hasler 作曲）
中文講演	輔仁大學訓育主任伏開鵬神父：「今日知識分子認識公教的必要」
音樂（四人合唱）	「主！爾其納我！」（Sauermann 作曲）

此後，北平公教廣播克服了天氣、交通工具故障、演說歌唱者臨時意外等困難，從未中斷節目。為了保證節目的正常播出，節目組還成立了專門的歌詠團。從 1946 年 12 月開始，節目組又接受北平電臺負責人建議，嘗試與非公教類節目結合，包括各項社會及文化講演節目，以及每周一期的非宗教音樂節目，包括混聲合唱、鋼琴、豎笛獨奏、五弦琴伴奏的民歌等，效果也

〔註78〕 姚耀思：《廣播傳教術與北平公教廣播事業》，《北平上智編譯館館刊》第二卷第六期（1947 年）。

〔註79〕 姚耀思：《廣播傳教術與北平公教廣播事業》，《北平上智編譯館館刊》第二卷第六期（1947 年）。

〔註80〕 姚耀思：《廣播傳教術與北平公教廣播事業》，《北平上智編譯館館刊》第二卷第六期（1947 年）。

〔註81〕 節目內容參見姚耀思：《廣播傳教術與北平公教廣播事業》，《北平上智編譯館館刊》第二卷第六期（1947 年）。

非常不錯。「這些音樂及演講節目，比諸歐美標準也無遜色。」〔註82〕當時幾乎全北平的天主教團體都協助過公教廣播的工作。在公教廣播週年紀念小集會上，邀請常常幫忙的同志聚會，光是教會人士就有 58 位，有 12 個國籍，代表著 18 個在北平的公教團體。〔註83〕

北平公教廣播節目的負責人是姚耀思。經過幾年實踐，姚耀思逐漸對天主教廣播形成了系統的認識。在他看來，宣傳是門藝術，無線電廣播是最重要、最優良的宣傳工具。與書報雜誌相比，廣播不需要閱讀能力；與戲劇、電影、集會相比，廣播可以突破空間的限制，「聽眾可以不離臥室，費舉手之勞便能收聽。倘若將稿件付梓，又能有恒久的價值。所以它雖問世較晚，卻在極短時期內，佔了宣傳工具的首位！」〔註84〕同時，廣播可以變化無窮，避免單調，而且能夠日新月異地改進。因此，開辦天主教廣播節目是非常有必要的。「目前在全世界進行的主義思想的衝突，較歷史上的大戰為甚。今日公教的遭受攻擊，不再是一二點教義，而是全面的公教人生哲學與人生觀。這個鬥爭我們是該全力以赴的。現在戰爭中使用最進步武器的，會戰勝武器落伍的人們。希望各地公教的志士，努力爭取利用廣播宣傳公教的機會。」〔註85〕

姚耀思強調，中國因為「識字的人較少，所以公教廣播能特別生效。」〔註86〕首先，天主教廣播可以吸引教外人士加入天主教。「與外教人士接觸，是宣傳福音必經之途；無線電廣播因能接觸多數人，所以是一個最優良的工具。」他注意到，在中國，天主教傳教士有許多特殊的困難：「例如：願意研究公教教義的教外人士，為了顧慮或是害羞而不肯會晤神父；許多地位高尚和受過高等教育的家庭，因傳統習慣而對公教有偏見，沒有人能消除這種誤會；一位新皈公教的人，找不到方法能讓家庭中的旁人認識公教的信仰」等等，所以「廣播是這些問題的一部分（甚或完全的）答案。」利用廣播傳教，

〔註82〕姚耀思：《廣播傳教術與北平公教廣播事業》，《北平上智編譯館館刊》第二卷第六期（1947 年）。

〔註83〕姚耀思：《廣播傳教術與北平公教廣播事業》，《北平上智編譯館館刊》第二卷第六期（1947 年）。

〔註84〕姚耀思：《廣播傳教術與北平公教廣播事業》，《北平上智編譯館館刊》第二卷第六期（1947 年）。

〔註85〕姚耀思：《廣播傳教術與北平公教廣播事業》，《北平上智編譯館館刊》第二卷第六期（1947 年）。

〔註86〕姚耀思：《廣播傳教術與北平公教廣播事業》，《北平上智編譯館館刊》第二卷第六期（1947 年）。

可以不經過傳教士，使得教外人士直接接觸到天主教的教義。即使收聽廣播的人沒有踏入天主教的大門，廣播也可以「解除許多誤會與偏見，而減少走向皈依公教路上的障礙」〔註87〕。其次，廣播可以拉近天主教與民眾的距離。「在中國的公教會距離大眾生活太遠了。借著廣播，能使公教與國人共見。並且，廣播節目的預告，內容的記載都可能在報紙公佈的。馳名世界的『拜耳』藥廠，每年攝製許多與醫藥全無關係的電影，到各處放映，只為教觀眾見到『拜耳』這一個字。使用同樣方法，我們也可使國人在多處看見聽到「公教」這名詞，引他們走上尋求真理之路。」〔註88〕當「天主教」這個名詞成為日常生活中熟悉的一個詞彙的時候，自然也就拉近了與大眾的距離。第三，「公教廣播還有一個重要使命——宣傳合理的妥善的人生觀念、主義等（不必加以公教的頭銜）。所以與其說『請聖心堂的張傳信神父：公教會與婚姻制度』，不如說『請張傳信先生講一夫一妻制度自由結合』。」這種宣傳可以從側面推動傳教事業的發展：「使大多數的思想，循公教的路徑去走，傳教定會有長足的進展。」〔註89〕

在當時的中國，雖然收聽天主教廣播的人並不多，也無法調查收聽人數及其職業、興趣，但姚耀思對於天主教廣播的發展前景卻非常樂觀。「你可以推想，若是有四十個兒童唱歌，收聽的一定有他們四十人的父母、祖父母等，以及教師親戚（大多數皆是教外人士），在音樂節目完了，便會收聽你的宣傳演講。」「即或你能確知，只有極少數人收聽，這工作依然有價值。今日無人收聽，明日會有；此地無人收聽，他處會有。請看報紙上的廣告，又有多少人閱讀？倘若有人閱讀的——這倘或有人閱讀，便值得萬千元的代價。」「也許會有人覺得事倍功半，因為需要準備時間太多，而每周的半小時播音是得不償失。但廣播節目的準備絕非一二人力所能及的，而將負擔分予許多人肩上，故此不算過於艱巨。我們的目標也不止產生於良好的節目，而是要與除此以外無法解除的大眾發生關係。這種機會可能不會再有。況且比較功效與努力也不能僅用時間的長短作度量，正像牛與飛機不成比例一樣。這些非難

〔註87〕 姚耀思：《廣播傳教術與北平公教廣播事業》，《北平上智編譯館館刊》第二卷第六期（1947年）。

〔註88〕 姚耀思：《廣播傳教術與北平公教廣播事業》，《北平上智編譯館館刊》第二卷第六期（1947年）。

〔註89〕 姚耀思：《廣播傳教術與北平公教廣播事業》，《北平上智編譯館館刊》第二卷第六期（1947年）。

只消靜思一下，便是不攻自破的。」〔註90〕

　　姚耀思還總結了公教廣播中可供借鑒的經驗，他列舉了播出之前的詳盡的準備工作：提前列出若干星期內自己所擔任的節目；標注出所有的假日、慶祝日期以及紀念日，在這些特殊的日子選擇播出特殊節目，可以引起聽眾的特別注意；提前約請嘉賓、開播前幾天拜訪嘉賓；確定交通工具；提前到各大報紙刊載節目信息（用中英文寫好，送到北平英文時報、北平益世報、天津大公報、天津益世報等刊登）；盡可能在臨近的播音室預演，以試聽演講者的聲音，確定歌詠團與話筒之間的距離等；備好備用稿件及音樂，防止嘉賓臨時缺席造成的節目中斷；親自到電臺照料，以免嘉賓與電臺人員發生誤會；播音時防止噪音，例如咳嗽、耳語、歌詠團樂譜的響聲等。〔註91〕

　　姚耀思的總結概括，可謂全面深刻，反映出他對天主教廣播的深思熟慮。

三、這一時期天主教廣播的特點

　　首先，這一時期，天主教廣播的專業化程度明顯提高，節目更適合廣播媒體播出要求。如由宗教團體運營的專業節目——北平臺的「天主公教時間」就受到教內外人士的普遍好評。

　　其次，天主教廣播的平臺大大拓展，既有綜合性的天主教電臺，也有普通電臺播出的天主教節目；既有民營電臺這一播出平臺，也有官辦電臺為其提供機會。

　　尤為可貴的是這一時期天主教人士對於廣播事業與宗教事業關係的梳理與理論總結，出現了系統論述天主教廣播的文章《廣播傳教術與北平公教廣播事業》〔註92〕。文章在翔實介紹國內外公教廣播歷史的基礎上，還提出了利用廣播傳教的一些技術和方法，具有較高的理論與實踐價值。

第四節　佛教廣播的衰落

　　抗戰勝利後，在國民黨政府對民營廣播電臺的歷次整頓中，民營電臺每

〔註90〕姚耀思：《廣播傳教術與北平公教廣播事業》，《北平上智編譯館館刊》第二卷
　　　　第六期（1947年）。
〔註91〕姚耀思：《廣播傳教術與北平公教廣播事業》，《北平上智編譯館館刊》第二卷
　　　　第六期（1947年）。
〔註92〕關於《廣播傳教術與北平公教廣播事業》的詳細信息，請參見本書附錄四。

況愈下，佛教廣播自然也受到影響，無法延續曾經的輝煌，節目數量大幅減少。在各民營電臺中，佛教節目比較密集的是上海心光電臺，但是在播出幾個月之後即被封閉。此外公建電臺、勝利電臺、大中華電臺電臺等也開設了少量的佛教節目。

1946 年成立的上海著名的居士團體——上海佛教青年會戰後開始介入佛教廣播，該組織成立了心光講學會，利用電臺播送佛教節目達兩年之久。還利用廣播賑災募捐，並宣傳「保護動物節」。

一、心光電臺的短暫播音

1946 年 3 月 15 日，上海心光電臺開始播出佛教節目。心光電臺呼號 XHBC，周波 1480 千，創辦人鍾光宇，創辦時間不詳。該臺播出的佛教節目包括早晚課及講演，由翁慧常、鍾慧成等居士主導，主講者大都爲「緇素碩德」〔註93〕。

心光電臺播出的佛教節目表〔註94〕：

時　段	節　目	備　註
08：00 - 09：20	佛學講演、早課	
15：20 - 15：40	講演、晚課	每日
20：00 - 20：40	通俗講演	

但好景不長，1946 年 7 月，上海市電信局、淞滬警備司令部電信監察科及市警察局三方代表商討整理上海市廣播電臺辦法，心光電臺被劃歸爲被取締之列。8 月 9 日，心光電臺停止播音。

二、上海佛教青年會的電臺弘法活動

在心光電臺播出佛教節目的同時，上海一些青年學佛者也發起組織了一個適合青年特點的居士團體。發起人有方子藩、鄭頌英、羅永正等幾位居士。他們先成立了佛教青年會籌備委員會，1946 年 8 月 25 日，「上海市佛教青年會」召開成立大會，許多法師和居士到場道賀，太虛大師也蒞臨指導。上海佛教青年會成立後又組織了心光講學會，並通過廣播電臺弘法，借新聲和大

〔註93〕 參見《覺有情》，第 159～160 期。緇素指僧俗，僧徒衣緇，俗眾服素，故稱。碩德指大德之人。
〔註94〕 節目參見《覺有情》，第 159～160 期。

中國聯合廣播電臺〔註95〕播送佛教節目。〔註96〕

時　間	節　目
07：00 - 08：00	講經
08：00 - 08：40	早課
08：40 - 09：20	演講

　　此後心光講學會的節目略有調整。1947 年 5 月，從六時至六時四十分，播出佛化唱片節目，而後節目大致以此為準。心光講學會在大中國新聲電臺的講經節目一直持續到 1948 年 9 月。

　　1948 年 11 月起，心光講學會改在大中華電臺繼續播講。「本市心光講學會十一月於大中華電臺上半月請續可法師講金剛經，下半月請雪凡法師講省庵大師勸發菩提心文，周波 960 千周，時間每晨六時半至七時二十分。」〔註97〕大中華廣播電臺由大中華電器公司建立，1931 年 1 月播音，呼號 XHHU，發射功率 100 瓦，頻率 1160 千赫。1939 年 7 月前後自動停播，1946 年 9 月 8 日復業，1952 年 10 月參加了上海市的「聯合」臺。

心光講學會節目單

經　名	播送時間
佛化唱片	06：00 - 06：30
法師講經	06：30 - 07：20
報告消息	07：20 - 07：30
早時課誦	07：30 - 08：20
通俗演講	08：20 - 09：00

　　心光講學會還在電臺自行設置議題，引導聽眾遵守佛家教義。佛教認為眾生皆有佛性，所以眾生平等，人類與其它物種是共生共存的關係，反對人類中心主義的將其它物種僅僅看作是人類的工具的觀點，此觀點即為佛教的「慈悲觀」。《大智度論》卷 27 中說「慈悲是佛道之根本」，「一切佛法中，慈悲為大。」佛教還將「戒殺」作為戒律的最基本、最重要的戒條和準則。「戒

〔註95〕 大中國廣播電臺於 1946 年 1 月 5 日創立，當年 10 月開始與新聲電臺合用頻率 1310 千赫，發射功率 200 瓦。
〔註96〕 節目資料來源於：《心光講學會播音消息》，《覺訊》，第 2 期。
〔註97〕 《弘化月刊》，第 90 期。

殺」就是不允許殺害一切生命，包括不殺人，不殺動物，也包括不隨意砍伐、攀折草木。而「戒殺」不僅指不得有直接殺生的行為發生，也指不得有間接殺生的行為，甚至不能有殺生的意念。由「戒殺」延伸的則是「放生」、「護生」與「素食」。所謂「放生」就是將已經捕獲或者救活的動物放回大自然，「護生」就是在戒殺的基礎上盡量為各種生命的成長創造條件，「素食」就是不食用動物的肉食。

由於上述佛教教義和戒律的長期引導，「放生」、「護生」在歷史上就成了中國佛教界的一大傳統。1934 年，著名居士黃涵之、關炯之、王一亭、施省之、呂碧城等發起創立了中國「動物保護會」，以宣傳戒殺放生，保護動物為宗旨，以此指導中國的保護動物運動。並期望通過保護動物，激發人們心中的善念，挽救社會。「全世界人類，同受無涯苦痛，……社會遍佈殺機，人心暴戾，慈悲實為對治有傚之策。」〔註98〕內戰爆發後，中國保護動物會的活動基本陷入停滯。為此，上海佛教青年會在 1948 年 10 月 4 日，特舉辦宣傳保護動物節目，試圖重新激起中國佛教界保護動物的熱情。「事變前，滬埠佛教同仁有中國保護動物會之組織，每年十月四日世界保護動物節日，大舉宣傳，顯著成效。外埠聞風回應。紛設分會。後因會員四散，遂告停頓。今年保動節又屆，本市佛教青年會特舉行播音等節目，以資宣傳。」〔註99〕

此外，上海佛教青年會還通過廣播，積極發動社會各界參與蘇北邳縣嚴重災荒的賑災活動。

1948 年春，蘇北邳縣發生嚴重災荒，上海佛教界人士聞訊分頭募集賑款，並專門發起組織了蘇北邳縣急賑委員會，推選屈映光、黃涵之任正副主任委員，竇存我、胡松年居士和海山、忠實、皖峰等法師為查訪委員，並由查訪委員攜帶募得的賑款，前往邳縣災區，查明災情，將賑款發放給災民。上海市佛教青年會則通過廣播發動全體會員踴躍參加賑災活動。「本會自去年十月起，為蘇北邳縣災民呼籲募賑，至今年四月十六日止，亦以災情慘重，需款至巨且急，發起聯合滬市各佛教慈善團體，成立邳縣賑災委員會，……復於五月二日，假座民聲電臺，請滬十大法師六大寺院，輪流說法誦經，自上午九時起迄午夜十二時止，全日廣播，各界捐款踴躍，情緒至為熱烈。」〔註100〕

〔註98〕 《中國保護動物會宣言》，《海潮音》14 卷第 11 期。
〔註99〕 《播音臺》，《覺有情》第 171〜172 期。
〔註100〕 《佛教集團播音勸賑》，《弘化月刊》，第 84 期，第 13 卷。

上海心光講學會的佛教廣播節目一直持續到上海解放前夕。

三、上海其它廣播電臺的佛教節目

　　這一時期，上海一些民營電臺中仍設有講經節目。如道根法師於 1946 年在妙音電臺、1947 年在勝利電臺和民本電臺等先後播講《妙法蓮華經》。〔註101〕另外還有一些涉及佛教活動的廣播節目。如：

　　1. 1948 年 12 月 19 日、20 日，上海佛教界借公建電臺爲四川龍興舍利塔重建募捐。募捐廣播中，不僅包括佛教法師、居士的演講，還邀請演藝界演員演播勸募話劇和講因果故事。「上海各佛教團體及諸大法師居士發起募建四川龍興舍利塔勸募廣播。於卅七年十二月十九、二十日假座公建電臺先後由興慈，圓瑛，寬道，道根，續可慧參，慧舟，慧當，清定諸法師暨陳共探，屈映光，李思浩，胡厚甫，鍾慧成等居士演講開示，並由李燕燕，李燕飛播勸募話劇，湯筆花方正先生講因果故事。」〔註102〕

　　佛教認爲，建造佛塔是淨除惡業、廣積福德的有力法門，不但能夠令自己證悟得道，而且能夠使受苦的眾生解脫。對於此項積累功德的善事，上海佛教界積極響應，並通過廣播大力呼籲信徒捐款。此次募捐除了收到捐款金額約十四萬元外，還有信徒捐助藏經全部及各種經書佛像，還有的捐贈金飾、皮衣、字畫。

　　2. 1949 年 2 月 15 日，上海佛教界的屈映光、李思浩、黃慶瀾、陳其來、胡厚甫、祝華平等居士共同發起，「以超度歷年死難軍民，迴向世界和平，災難永息」的 49 天「己丑度亡利生息災法會」〔註103〕，在上海九九電臺播出。這是近代以來最盛大的一次息災大法會。爲使法音傳播到更多的信徒，該法會邀請了法師和居士到電臺播講佛學，並報導法會的消息。「己丑息災法會，爲令全國佛教徒明瞭息災法會重要共同動員起見，自（農曆）二月一日起，每晚六時至六時半，假座上海永年路 146 弄 13 號九九電臺，請各大法師居士廣播佛學要義及法會消息，以兩個月爲期。請各界準時收聽，並踴躍參加法會。」〔註104〕當時，上海的一些報刊還登載了這一祈禱活動的巨幅廣告。

〔註101〕覺醒法師：《天台宗在上海的流傳》，《香港佛教》512 期，2003 年 1 月。
〔註102〕《募建東方第一大塔》，《覺訊月刊》，第 25 期，第 14 版。
〔註103〕1949 年爲農曆己丑年。
〔註104〕《弘化月刊》第 94 期。

這一時期播出的佛教節目：

電 臺	節 目	備 註
心光電臺	早晚課、講演	
大中國	講經、演講、早晚課、佛化唱片	該臺 1952 年被市新聞出版處命令停播
妙音		1946 年
勝利	道根法師：妙法蓮華經	1947 年
民本		1947 年
大中華	法師講經	1948 年 11 月起
民聲	廣播賑災	1948 年
公建	四川龍興舍利塔重建的募捐廣播	1948 年 12 月
九九	宣傳己丑息災法會	1949 年 2 月

抗戰勝利後播出佛教節目的電臺：

臺名	呼號	功率（瓦）	主辦單位、負責人	開辦時間	停辦時間及原因	地址	歷史沿革	備註
心光	XHBC		鍾光宇		1946 年 8 月 9 日被電信局取締	福建路（今福建中路）152 號 7 樓		
大中國	XDCK		李鳳霖	1946 年 1 月 5 日	1952 年 12 月 14 日市新聞出版處命令停播	直隸路（今石潭弄）250 號		
妙音	XHHX		周幹甫	1941 年 10 月	1941 年 12 月被日軍封閉，戰後短暫復播。			光明電臺改名
勝利	XGNE		忠義救國軍政工二區隊	1945 年 12 月		南京西路982號		
陸總（民本）	XGMB		陸軍總司令部袁鳳舉	1947 年	1949 年上海解放前遷臺灣	浙江路（今浙江中路）	1947年10月29日電信	1948年10月2

						泰康大樓	局查封	日國防部核准
大中華	XHHU	100	大中華電器公司	1931 年 1 月	1952 年 10 月，參加「聯合」臺	南京路（今南京東路）599 號	1939 年 7 月前後自動停播 1946 年 9 月 8 日復播	
公建	XMHD	300	淞滬警備司令部王凱鼎	1947 年	1949 年 5 月 27 日軍管會宣教部接管	中正東路（今延安東路）1060 號		1948 年 10 月國防部核准
九九	XGNP	250	國民黨上海第五區執委會上海工商協濟會正誠通訊社，臺長朱智民	1946 年 2 月 10 日試播 8 月 16 日正式播音	1952 年 10 月參加「聯合」會	永年路 149 弄 13 號		
民聲	XPOC	500	中國業餘無線電協會葛正心等	1946 年元旦	1952 年 10 月參加「聯合」臺	威海衛路（今威海路）313 號		

四、這一時期佛教廣播的特點

　　與基督教廣播和天主教廣播的復興不同，抗戰勝利後，儘管心光電臺和佛教青年會的電臺弘法活動在當時取得了一定成果，但從整體上看，佛教廣播的節目數量不增反減，影響力下降；沒有新建的專門佛教電臺。而且這一時期的佛教廣播節目較為單一，基本為講經、演講、早晚課、唱片以及一些特別節目（如募捐，宣傳保護動物以及息災法會的廣播）。

　　佛教廣播提前衰敗的原因，除了國民黨政府對電臺的管制原因外，佛教事業自身的衰敗，也影響了佛教廣播的發展壯大。

　　與基督教和天主教事業一直受到國外教會勢力的支持不同，中國的佛教事業早已成為本土化宗教，佛教徒也都是土生土長的中國人，受時局的影響更大。在持續幾年的國共內戰中，全國各地的佛寺被大量損毀，僅存的一些寺廟還被

國民黨中央機關、地方政府，鄉村士紳非法侵佔，甚至用來安置眷屬，據為私用。僧人們靠著僅存的寺產度日，生活頗為困窘。此外，年輕的僧侶常被抓壯丁，如在 1949 年，國民黨就在普陀山抓了兩次壯丁。大醒法師曾在 1948 年 5 月發表《歡迎法舫法師回國——對國內佛教如何復興，對國際佛教應如何闡揚》一文說：「中國整個佛教的情勢，已一天不如一天，佛教、寺廟、僧徒、都正在高速度的轉變之中，當然都向壞處變了：佛教消沉癱瘓！寺廟破壞毀滅！僧徒腐蝕離散！將來變到什麼樣子？…真是不堪設想，我們也不敢想！」〔註 105〕此時的中國佛教，已處在風雨飄搖中，依託佛教事業的廣播自然好不到哪裏去。

第五節　伊斯蘭教廣播講座的貢獻

抗戰勝利後，伊斯蘭教廣播出現了一定發展，比較突出的就是西安廣播電臺定期播出的「伊斯蘭講座」。

一、阿訇劉兆才的伊斯蘭教義演講

在上海，這一時期有關伊斯蘭教廣播的記錄只有一條：1948 年前後，上海浙江路清真寺教長劉兆才〔註 106〕阿訇在電臺演講教義約兩個月。〔註 107〕講座的內容和時長待考。

二、西安廣播電臺的「伊斯蘭講座」〔註 108〕

1946 年 7 月至 1948 年 9 月，西安廣播電臺開辦了固定的「伊斯蘭講座」

〔註 105〕《歡迎法舫法師回國——對國內佛教如何復興，對國際佛教應如何鈴揚》，《海潮音》，第 29 卷第 6 期。

〔註 106〕劉兆才（1902～1977 年），字子英，經名易卜拉欣。河南開封人，回族。出身阿訇世家。民國 3 年（1914 年），在福祐路清真寺務本學堂讀書。後去河南學習。先後任河南輝縣清真寺教長和湖南常德清真寺代理教長。民國 17 年再次來滬，入上海伊斯蘭師範學校。1929 年，於上海伊斯蘭師範學校速成班畢業。曾任斜橋、江灣跑馬廳清真寺教長。自 1932 年起，歷任浙江路清真寺副教長，代理教長、教長，直至 1966 年「文化大革命」被迫停止宗教活動。劉潛心研究教義，經學造詣頗深。解放後，歷任黃浦區人民代表、上海市第一屆政協委員、上海市第三、四屆人民代表、上海市伊斯蘭教協會委員。曾出席中國伊斯蘭教代表大會第一、二次代表會議。

〔註 107〕http://www.shtong.gov.cn/node2/node2247/node79044/node79327/node79347/userobject1ai103694.html

〔註 108〕此處主要參考丁麟祥的《三年來擔任伊斯蘭教講座的意義》，引文中沒有特別注明者均出自此文。

節目。節目歷時三年多，是伊斯蘭教廣播史上值得記載的一筆。

「伊斯蘭講座」於 1946 年 7 月開播，每周播講一次，每次十五分鐘；到 1947 年 1 月增至每次 20 分鐘；但是 1948 年 1 月起，因為基督教參加播講，又變更為每隔一周播講一次，三年來幾乎從未間斷，撰稿和主講人是丁麟祥。當時由於某種原因，西安廣播電臺的宗教講座出現了空懸，無人主講。恰好丁麟祥曾經任教的西倉門小學到電臺表演慶祝四四兒童節的節目時得知此消息並告知丁麟祥，經丁麟祥的努力及有關朋友的引薦，終於在 1946 年 7 月中旬開始了中國伊斯蘭教史上第一次系統的廣播講座。

丁麟祥（1909～1979），回族，祖籍河南桑坡，生於西安大麥市街一個虔誠的穆斯林世家。幼年受伊斯蘭宗教生活和儒家文化的薰陶。後因家道貧落，度過了一段缺衣少食的苦難生活，體驗到世態之炎涼。1928 年，丁麟祥從陝西省立第一師範畢業，之後投身教育事業，並致力於伊斯蘭教義的宣傳。他認識到，「回教目前有兩件大事應該努力。第一個重要事件，就是要對外擴大宣傳教義——因為伊斯蘭教教義是前進的，不是保守的。是拯救全人類的，至於我們應該取怎樣的方法，那就需要隨機應變活動運用了，像講演、譯經、寫作、研

「伊斯蘭講座」的撰稿和主講人丁麟祥。

究……第二個重要事件，就是對內解決回胞的生活，像教育、職業、醫藥、婚姻、喪葬以及風俗的改善……這些問題本人打算要到各清真寺裏去講，並且也同樣提出許多意見，寫出許多單行本，檢討過去的錯誤，對照現代的情勢提出改進的意見。在能夠做到的範圍內希望實現。」

對於這個講座，丁麟祥非常重視，在開辦講座的三年中，大部分講稿都是他在夜半油燈下寫成，每頁稿紙都印拓著他的心血與汗迹。1947 年西安基督教會曾託人以重金收買「伊斯蘭講座」的時間（1946 年 4 月以前該講座為基督教所獨霸），也遭到丁麟祥拒絕。儘管他當時貧困到雨天去電臺講座連一雙雨鞋都沒有，足下穿的是一雙破布鞋，臂下夾的是一雙乾布鞋，到電臺後

脫下爛濕鞋，換上乾布鞋才進入廣播室。

節目的內容豐富廣泛，貼近生活，主要偏重伊斯蘭教教義闡揚，也有各類專題講座。「播講宗教之理論外含有文化性質，從中研究探討眞理。」內容除請教阿訇、教長外，還參閱了大量的翻譯經書及各種資料，緊貼時事、伊斯蘭世界、回族文化、生活、節日。主要包括以下幾個方面：

第一是介紹國內外局勢和伊斯蘭教世界發展情況，如《回教世界》、《國際回教縱橫談》、《巴勒斯坦今昔觀》、《同聲一哭哀悼眞納〔註 109〕》等。第二是講解伊斯蘭教信仰和哲學思想以及倫理道德，如《性命理義》、《伊斯蘭教五功要義》、《伊斯蘭教五典要義》、《「古爾巴尼」談忠孝》、《伊斯蘭教認主學》等；其中《伊斯蘭教認主學》從「眞主獨一」、「眞主大能」、「認己與認主」、「眞主普慈」等系列講座中，闡釋伊斯蘭教的認主獨一思想。第三是講伊斯蘭教教化民眾「視聽言動勿違主命」，倡導回族民眾重視教育，如《興教與建國》、《關於回胞「民眾教育」》、《回教胞的覺醒》等。第四是講解伊斯蘭教文化及生活習慣，如《回教開齋大典日祈禱》、《對回族飲食問題的說明》以及《禁酒》等。這些講座從歷史到現實，從國內到國際，從天文到地理，緊緊圍繞著伊斯蘭文化的方方面面，堪稱是一部伊斯蘭教的小型「百科全書」。

爲了適應廣播特點和聽眾的水平，丁麟祥在講解時「偏重倫理，少講故事，多引章句，反覆解釋，務求諸君不但易聽，易看並且樂聽樂看，發生一種良好的興趣。」他自稱，講座「雖然說是一桌粗米淡飯，但適合大眾的胃口，不僅容易下咽，容易消化，正相當我國社會今日的一般大眾程度」。在語言文字的使用上，丁麟祥也極爲用心。「純用通俗文字，大眾口氣，務求個個聽懂，人人明白」。「每次講話力求淺顯明白，道字正確，時間恪守，既不咬文嚼字，避免聽眾翻譯的麻煩，又能運用講演的口氣，引起聽眾的興趣。」「在講詞中多用比喻，不嫌繁多，唯恐聽眾諸君不易瞭解」。「播講詞語既不敢陳詞太深，因爲陳詞太深，一般的農、工、商、賈、婦、孺就聽不懂。又不敢陳詞太俗，因爲陳詞太俗，那麼一般軍、政、黨、教的人士聽了又嫌乏味。

〔註109〕眞納（1876～1948），即卡伊德・阿札姆（尊稱，意爲「偉大的領袖」）・穆罕默德・阿里・眞納（Jinnah，Mohammed Ali），巴基斯坦立國運動領袖，巴基斯坦國的創建者，第一任總督（1947～1948）。印巴分治前任印度穆斯林聯盟主席。鑒於眞納爲創立巴基斯坦獨立國家所做的不朽貢獻，巴基斯坦人民稱譽他爲「巴基斯坦之父」。

所以本人為了雙方兼顧，博得一般的接受起見，決定半文半俗，但是又要『文而易解』『俗而不野』。」「一字一句都要加以考慮，無論對於教內教外人士或者對己對他各方面都要小心。」〔註110〕他在擬稿的時候也特別小心，注意不說含糊不清的話，不說詞奧意深、難聽和難懂的話，不說使人容易產生誤解的話，也不說使人懷疑的話。例如在《古爾巴尼談忠孝》一講中，在講了宰牲節的來源、起因後，他又用大量的時間講了宰牲的意義，其文辭樸素，娓娓道來，讓聽者心領神會。「不過宰牲有內外兩種道理，那兩種道理呢？第一內宰，是在從宰牲的意義上尋求真理，從宰『性』上斬斷自己所有一切過去的罪惡，這並不是說口頭的呼喊，就真算消滅一切罪惡，世界上沒有這樣便宜的，更沒有這樣僥倖的事，也沒有這樣迷信的事，是要從自己內心上發出真誠的悔悟，痛改自己原來錯誤，罪惡……」

尤為可貴的是，丁麟祥的講座從不攻擊其它宗教，也不指責他人，「一心一意專為發揚回教的寶貴與偉大」。「不但不涉及政治問題，就是任何宗教是非也毫不評論。以回教胞的立場，宣傳回教的一切。」這種態度和方式贏得了廣泛的好評，不僅提高了一般回族人的素質，而且取得了不少漢族同胞的理解。不僅「使一般的回族同胞從信仰到生活明白了很多道理，堅定了自己的信仰，而且也使得很多教外同胞收聽後對中國回族有了耳目一新的正確認識，消除了很多誤會和隔閡，增強了回漢團結。」〔註111〕

〔註110〕 丁麟祥：《三年來擔任伊斯蘭教講座的意義》，《伊斯蘭文化研究》2008年第3期。
〔註111〕 丁麟祥：《三年來擔任伊斯蘭教講座的意義》，《伊斯蘭文化研究》2008年第3期。

　　在最後的一次演講中，丁麟祥播講了《三年來擔任伊斯蘭教講座的意義》。這也是他三年廣播工作的總結與體會。「通過這篇講稿，可以看到作者生活的時代西安伊斯蘭文化與歷史的諸多信息，也可以窺視到諸如當時的社會動態、民族宗教、回族知識分子的許多狀況，還可以瞭解到當時穆斯林學者在對外宣傳伊斯蘭教時所彰顯的不同宗教與文化間和諧共處的理念。」〔註112〕同樣是在這篇講稿中，丁麟祥還闡述了對於開辦「伊斯蘭講座」的前後經過、目的、意義以及今後的打算。

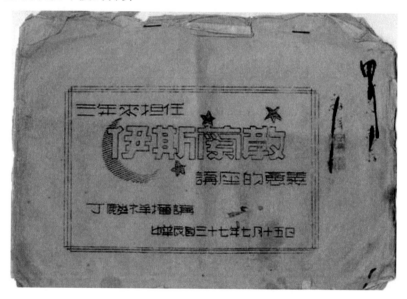

　　正如丁麟祥所認為的，在當時開辦伊斯蘭教廣播是非常有必要的。

　　當時回族和伊斯蘭教與其它民族尤其是漢族有許多糾紛，外界也對伊斯蘭教有種種誤解。而伊斯蘭教義卻沒有得到很好的闡揚。開辦「伊斯蘭講座」，可以系統地宣揚伊斯蘭教教義，加強各民族間的的瞭解和溝通，推動大中華各民族「相互敬愛，此扶彼助，共興家幫，同謀建設」。〔註113〕

　　總的來看，1949年以前，上海的伊斯蘭教廣播始終沒有大的發展，反而是西安出現了一個持續三年之久的伊斯蘭教廣播節目，並產生了一定影響，成就了伊斯蘭教廣播史上的一段輝煌。

〔註112〕丁麟祥：《三年來擔任伊斯蘭教講座的意義》，《伊斯蘭文化研究》2008年第3期。

〔註113〕丁麟祥：《三年來擔任伊斯蘭教講座的意義》，《伊斯蘭文化研究》2008年第3期。

第五章　宗教廣播退出大陸與
「異路」回歸

　　1949 年 10 月 1 日，中華人民共和國中央人民政府在北京宣告成立。各項事業自此進入全新的發展時期。短短幾年內，過去比較活躍的宗教電臺或隨國民黨政府遷往臺灣，繼續播音；或留在大陸參加社會主義改造，成爲國營電臺的一部分。宗教廣播在中國大陸的發展漸趨停滯。

第一節　宗教廣播的停滯

　　中華人民共和國成立前後，許多大中城市相繼被人民解放軍接管。爲了保護城市，加強入城部隊和入城黨政幹部紀律，盡快打消城市工商業界的疑慮，消除城市的無政府主義，[註1] 中共中央決定，對城市一律實行軍事管制制度，並設立軍事管制委員會（簡稱軍管會）。北平、天津、唐山、河北、歸綏、徐州、南京、上海、浙江、福建、廈門、廣州、貴州、昆明、重慶、蘭州、山西、陝西、漢口、江西、青島、河南等地原屬國民黨的官辦電臺，先後被當地解放軍接手後改辦爲人民的廣播電臺。1948 年，中共中央又發出《對新解放城市中原有之廣播電臺及其人員的政策規定》，要求民營電臺在軍事管制期間一律歸當地軍管會管理，並需按有關規定辦理登記手續，經批准後始可廣播。規定中還有以下條款：「新中國之廣播事業，應歸國家經營，禁止私人經營，對某些私人經營之廣播電臺及其器材，可由國家付給適當之代價購

〔註 1〕李格：《新中國成立前後的的城市軍事管制》，《當代中國史研究》2010 年第 5
　　　期。

買之。」〔註2〕按照這一既定方針，上海、北平、天津等民營電臺集中的大城市，民營電臺經過幾年改造後，全部轉爲國家所有，國家經營。

　　歷經 20 多年的宗教廣播事業，面臨著前所未有的考驗。

一、新中國成立初期的廣播體制重構與廣播工作任務的調整

　　中國共產黨領導的廣播事業正式起步於 1940 年，是在新華社下屬的延安新華廣播電臺基礎上逐步發展壯大起來的。廣播中不設任何宗教節目。1949 年 6 月 5 日，中共中央決定將原新華總社的口頭廣播部擴充爲中央廣播事業管理處，管理並領導全國的廣播事業。中央廣播事業管理處與新華總社爲平行的組織，同受中央宣傳部領導。各中央局所屬的廣播電臺應受各該中央局宣傳部與中央廣播事業管理處兩方面領導。1949 年 12 月，中央廣播事業管理處改組爲廣播事業局，直屬中央人民政府政務院新聞總署領導。廣播事業局的任務是：（一）領導全國各地人民廣播電臺；（二）直接領導中央人民廣播電臺對國內和對國外（呼號爲「北京廣播電臺」）的廣播；（三）普及人民廣播事業；（四）指導和管理各地私營廣播電臺；（五）培養和訓練廣播事業幹部。各地人民廣播電臺同時領導和管理所在地方的廣播事業和廣播工業。〔註3〕

　　1950 年，新聞總署發出關於管理私營廣播電臺的指示，強調，我們對於一些私營廣播電臺，只是在目前國家人力物力顧不及將其收歸國營的時候，暫時容許其存在，但並不依靠它來做宣傳工作。也就是說，私營電臺的消失只是一個時間問題。按照這一既定政策，到 1953 年，上海、北京、廣州、重慶等城市完成了民營電臺的收購，實現了由國家經營。〔註4〕從那至今，私營（民營）廣播在中國大陸不復存在。

　　與民國時期相對多元的廣播事業體制相比，中華人民共和國成立後，短短幾年就使之變成清一色的國有國營。這種國營體制的實踐和理論，主要是

〔註2〕中國社會科學院新聞研究所編：《中國共產黨新聞工作文件彙編》（上），新華出版社 1980 年版，第 196 頁。

〔註3〕1952 年 2 月新聞總署撤銷後，中央廣播局（1952 年改爲此名）由政務院文化教育委員會領導，宣傳業務由中共中央宣傳部領導，1954 年 11 月，由於國家機關改組，中央廣播局的技術行政業務改由國務院第二辦公室領導，宣傳業務仍由中共中央宣傳部領導。

〔註4〕涂昌波：《新中國六十年來廣播電視發展政策演進初探》，《現代電視技術》2009 年第 10 期。

參考了另一個社會主義國家蘇聯的模式。而蘇聯早期的廣播思想和體制建構，則主要應歸功於蘇維埃政權的締造者列寧。

早在 20 世紀初葉，列寧就對剛剛興起的無線電廣播產生了極大興趣，認為它是「不用紙張、沒有距離的報紙」，並特別重視無線電廣播的宣傳、鼓動和組織作用。1918 年，列寧先後簽署《關於集中管理無線電事業》、《關於在下新城建立無線電實驗所》的兩個命令，由政府撥出資金用於發展無線電技術，建設無線電話臺和實行國家無線電化。「列寧和蘇聯共產黨為蘇聯早期無線電廣播的產生與發展傾注了巨大心血，給予了巨大關懷。蘇聯早期廣播事業史是與蘇聯共產黨和列寧的英名緊緊聯繫在一起的。正是在他們的關懷和支持下，世界上第一個社會主義國家的社會主義廣播事業開始起步並得到了穩步的發展。正是他們給蘇聯社會主義廣播事業確定了新職能：廣播作為一種宣傳鼓動的強有力工具應起重大作用。」〔註 5〕列寧去世後，斯大林繼任，蘇聯廣播事業在黨的領導下，仍實行國有國營的單一體制，並以「政治教育和黨的宣傳」為主要使命。

新中國成立初期，學習蘇聯建立起國有國營的廣播體制後。廣播首次大規模進入農村，成為普及教育的重要工具，也「使人民廣播事業具有確實的群眾基礎。」〔註 6〕在這一體制下，廣播電臺與其他文化事業單位一樣，不再是一個獨立的社會行業，而是成了執政黨的宣傳機關，「宣傳鼓動」成了建國後至改革開放前廣播電視界使用頻率最高的詞彙之一。「廣播臺是以節目來團結和教育聽眾的。辦好節目，是廣播臺最重要的工作。編輯部之所以是廣播臺的主要部門，以及廣播臺負責人之所以必須親自領導編播工作，其理由也在此。」〔註 7〕對此有學者曾經指出，「如果從媒介方式入手，將近兩百多年來的西方社會稱之為『印刷資本主義』，那麼 1949 年以來的中國革命實踐可以名曰『廣播社會主義』。」〔註 8〕因為，「我們可以在 20 世紀的大半個世紀看到這樣的情形：在鄉間，在城市，在咖啡店、茶館、廣場、工地、教室……任何一個公共場所，收音機或高音喇叭發佈著時事新聞、政府公告、主流音樂、乃至國家氣象臺的氣象預報和標準正點時間。這一切都是典型的現代國家理性的必不可少的構件。對信息的標準化和統一管理，是構建現代國家神

〔註 5〕傅顯明、鄭超然：《蘇聯新聞史》，新華出版社 1994 年版，第 177 頁。
〔註 6〕《全國廣播工作會議文件選編》，第 5 頁。
〔註 7〕《全國廣播工作會議文件選編》，第 8 頁。
〔註 8〕蔣原倫、張檸主編：《媒介批評・編後記》，廣西師範大學出版社 2005 年版。

話的節能條件之一。」〔註9〕

建國後至「文化大革命」前，全國廣播電視事業的建設方針和宣傳原則主要是由中央宣傳部門和政務院新聞總署、廣播事業局（中央廣播局）等機構規劃和部署。1950 年 2 月 27 日，新聞總署召開京津新聞工作會議，討論了報紙、通訊社和廣播電臺的發展方向與相互關係問題，認為：「廣播電臺應以發佈新聞、社會教育及文化娛樂為主，市臺則應著重社會教育。人民廣播電臺對全國及對國際廣播節目，應集中於中央人民廣播電臺；地方人民廣播電臺除聯播中央人民廣播電臺外，並應特別加強地方性節目。」會議還對報紙、通訊社與廣播電臺的相互關係做出指示：「全國性與全世界性的重要新聞，報紙與廣播（電）臺均應以新華社為主要來源。但除公告及主要公告性新聞外，各報社及廣播（電）臺亦應在可能條件下對國內外重要新聞進行自行的採訪工作。新華總社應將重要新聞盡早交中央人民廣播電臺發表。」「任何外國通訊社稿件，均須經過新華社才能發表，各報及廣播電臺均不得自行抄收與採用。」「廣播電臺應採用報紙言論及消息，並應有自己的新聞與評論。」〔註10〕上述意見和指示，在很長一段時間成為我國各新聞機構之間互相分工和協作的基本原則。

根據這一要求，人民廣播的任務就是傳達政令，文藝娛樂和社會教育。而把政治性要求置於廣播功能的第一位，則是建國後至改革開放前廣播事業和廣播工作的核心，也是其理論靈魂。廣播的主要職責，就是「為黨在各個歷史時期的任務做宣傳」。

對於這一點，建國後曾任中共中央宣傳部副部長的周揚曾說：

「廣播工作的方針和任務也和其他宣傳工作一樣，是根據形勢決定的。形勢變了，宣傳內容就得變，不可能有什麼獨立的任務。什麼樣的形勢下提出什麼樣的政治任務，有什麼政治任務就提出什麼樣的宣傳任務。廣播的任務是用廣播的形式把黨和國家的每一個政治任務迅速而準確地傳達給聽眾，有選擇地把人民群眾所需要的知識傳達給聽眾，把優秀的文藝節目供給聽眾，藉以用社會主義精神影響和教育聽眾，並適當滿足他們的文化要求，至於是什麼樣的，那就要根據形勢的需要提出每個時期的重點。但是任何時候

〔註 9〕張閎：《現代國家聲音系統的生產和消費》，蔣原倫 張檸主編：《媒介批評》，第 4 頁，廣西師範大學出版社 2005 年版。

〔註10〕以上均引自《京津新聞工作會議關於（新聞工作）統一與分工的初步意見摘要》，載中央廣播事業局《廣播通報》第 1 卷第 7 期第 2～3 頁。1950 年 4 月 2 日編印。

也不能離開目的。」〔註11〕

　　由此推斷，這一時期，黨和政府對宗教傳播的態度，將直接決定宗教廣播的未來命運。

二、新中國的宗教政策與對宗教傳播的相關規定

　　作爲全國範圍內的執政黨，中國共產黨人是無神論者。但新興的中華人民共和國政府實行的是宗教信仰自由政策。建國初期，在黨中央的方針政策指引下，集中清除了天主教和基督教教會中的外國勢力，沒收了教堂的所有地產，並推行獨立自主、自辦教會和自傳、自治、自養的「三自」方針，使天主教、基督教眞正變成了中國教徒獨立自主自辦的宗教事業；廢除了宗教中的封建特權和壓迫剝削制度，揭露和打擊了披著宗教外衣的反革命分子和壞分子，使佛教、道教和伊斯蘭教也擺脫了反動階級的控制和利用；對宗教界人士實行了爭取、團結、教育的方針，團結了宗教界的廣大愛國人士，大多數信教人士都成爲支持黨和政府各項方針的愛國者。

　　然而 1957 年後，由於受到「左」的路線影響，黨的宗教政策也受到一定程度的干擾和破壞。尤其是「文化大革命」期間，一些地方甚至強行禁止信教群眾的正常宗教生活，把宗教界愛國人士以至一般信教群眾當作「專政對象」，在宗教界製造了大量冤假錯案。一些原本正常的宗教活動，被迫轉入地下秘密進行。這無形中爲一些打著宗教幌子的違法犯罪行爲提供了土壤。

　　中共十一屆三中全會後，中共中央開始撥亂反正，平反冤假錯案，一些過去的宗教政策得到恢復。黨和政府根據新的形勢要求，又陸續出臺了一些新的宗教政策。

　　1982 年 3 月，中共中央印發《關於我國社會主義時期宗教問題的基本觀點和基本政策》的通知，指出，「那種認爲隨著社會主義制度的建立和經濟文化的一定程度的發展，宗教就會很快消亡的想法，是不現實的。那種認爲依靠行政命令或其他強制手段，可以一舉消滅宗教的想法和做法，更是背離馬克思主義關於宗教問題的基本觀點的，是完全錯誤和非常有害的。」「經政府主管部門批准，寺觀教堂還可以經售一定數量的宗教書刊、宗教用品和宗教藝術品。」但是，「組織和教徒也不應當在宗教活動場所以外布道、傳教，宣傳有神論，或者散發宗教傳單和其它未經政府主管部門批准出版發行的宗教

〔註11〕　《全國廣播工作會議文件選編》，第 87 頁。

書刊。」2005 年 3 月 1 日起施行的《宗教事務條例》也有類似規定：「宗教活動場所內可以經銷宗教用品、宗教藝術品和宗教出版物。」但「強制公民信仰宗教或者不信仰宗教，或者干擾宗教團體、宗教活動場所正常的宗教活動的，由宗教事務部門責令改正；有違反治安管理行為的，依法給予治安管理處罰。」無線電廣播是面向不特定人群的大眾傳媒，屬於「宗教活動場所以外」的公共空間。在廣播中宣傳宗教教義，意味著將觸犯上述條款的規定。也就是說，在中國現有的政策框架下，宗教界不允許擁有面向不特定受眾的廣播電臺，更不允許創辦傳播宗教教義，引導受眾信教的廣播電視節目和欄目。

三、宗教廣播的停滯

新中國成立初期，只有爲數極少的民營電臺還在進行宗教廣播。據 1950 年 4 月廣播事業局公佈的一份統計數據顯示，當時全國尚有民營廣播電臺 33 座，分佈在七個大中城市。分別是：北京 1 座，天津 1 座，上海 22 座，寧波 2 座，青島 1 座，廣州 3 座，重慶 3 座。

1950 年 4 月全國各地現有民營廣播電臺調查表：

（原載《廣播通報》第 1 卷第 8 期）

地　　址	臺　　名	周　　率	波　　長	電　　力	臺長姓名
北京	華聲	1080KC	477.8	200 瓦	張芷江
天津	中行	1020	294.1	450	淩廷璋
上海	大中華	960	312.5	約 500	潘克夷
	大陸	960	312.5	約 500	趙樂事
	亞美	990	303.03	約 500	蘇祖國
	麟記	990	303.03	約 500	劉鳳麟
	東方	1050	285.7	約 500	陳靷春
	華美	1050	285.7	約 500	李佩衍
	元昌	1080	277.7	約 450	張元賢
	滬聲	1080	277.7	500	李介夫
	九九	1140	263.2	200	朱智民
	合眾	1140	263.2	500	王丹青
	金都	1220	245.9	400 足	王福慶

	鶴鳴	1220	245.9	400 足	王叔寶
	民聲	1250	240	500 足	葛正心
	中華自由	1250	240	約 500	陳信厚
	建成	1310	229	500	陸錦榮
	新聲	1310	229	500	史美申
	大中國	1370	218.9	500	陳亦
	大同	1370	218.9	500	劉寶椿
	亞洲	1400	214.3	500	張壽椿
	大美	1400	214.3	約 500	李戴華
	福音	1430	209.8	500	王完白
	大滬	1430	209.8	500	張一蘋
寧波	寧鐘	1010	297	200	張寧鐘
	寧波	1200	250	25	王之祥
青島	山東無線電業行	1420	216	300	袁有爲
廣州	時代	1000	300	500	岳中權
	新生	1072	229.8	400	王梓材
	勝利	1243	241	200	劉貽康
重慶	谷聲	1340	223	100	
	陪都	950	316	300	
	萬國				

　　上述城市中，上海的民營電臺最多，占到了全國私營電臺總數的三分之二。

上海建國前後宗教廣播的時長與占總節目播出比例情況： [註12]

年月	1949 年							1950 年	
	6 月	7 月	8 月	9 月	10 月	11 月	12 月	1 月	2 月
宗教（分鐘）	370	360	270	300	300	240	255	210	240
％	23.7	28.6	21.2	24.4	20.4	14.9	20.4	15.9	22.4

[註12]　《上海市軍事管制委員會文化教育管理委員會新聞出版處廣播室關於廣播電臺管制工作的報告》（1950 年 3 月 10 日），《舊中國上海的廣播事業》第 792頁。

　　建國初期，各地民營電臺的節目均需事先報呈當地軍管會審批。在民營電臺集中的上海，各電臺每天廣播節目及廣播內容必須於次日向本地軍管會文化教育管理委員會新聞出版處作書面報告，並轉播軍管會指定的節目。「非得本會許可不得有任何自播之政治性節目，如新聞評論、政治性講演及通訊等。」「不得有反對人民政府、反對人民解放軍及任何反共、反人民、反對世界民主運動的反宣傳與敗壞風俗之節目。」〔註 13〕此前，民營電臺在節目安排上擁有一定自由度，各電臺可以根據自身情況調控播音時間，安排演講或新聞。解放後，出於塑造新社會意識形態的需要，「使每個電臺有其特性，以進行相當的分工，使私營電臺聽眾從若干節目（包括教育性節目及娛樂節目中）能得到教育，這就需要把節目內容逐步提高。所以，使節目漸趨固定是個重要的步驟。然而如何使私營電臺的節目漸趨固定則是件很須花一番氣力的事情。」〔註 14〕為此，各地軍管會「除隨時收聽、研究、指導提高外，盡可能使他們節目穩定下來，一方面防止有毒素的、欺騙的、迷信的節目的散佈，一方面促使他們每家辦好一二個文化教育節目或社會教育節目。同時，通過座談會等各種形式來提高他們的政治認識，幫助其瞭解時事中的重大事件的意義和宣傳方針。」〔註 15〕

　　在民營電臺來說，一旦其所播內容被認為是封建迷信的，將馬上受到批評並責令改正。1950 年 3 月 26 日，《人民日報》刊發讀者來信，批評北京華聲廣播電臺播放的《斷后》一劇。「在這戲裏，當瞎了的李后遇到了包公，說出自己是『當今皇上』的生身親母的時候，包公不信，於是就說：『我不免把她扶在上座，受我一拜。她若受得起老夫一拜，就真是當今國母；他若受不住老夫一拜，就是假冒。』（大意）這樣，他拜了下去，而李后受住了，沒有死。於是包公才實心實意地信了她。」〔註 16〕作者進而批評說，「這簡直是既封建又迷信的作品的典型。但藝人們卻照樣唱著，電臺也照樣放送著。這是一個值得注意的問題。因此，我希望文藝工作者能加強與舊藝人的合作，幫

〔註 13〕　《上海市軍事管制委員會文化教育管理委員會新聞出版處廣播室關於廣播電臺管制工作的報告》（1950 年 3 月 10 日），《舊中國上海的廣播事業》第 778 頁。
〔註 14〕　《上海市軍事管制委員會文化教育管理委員會新聞出版處廣播室關於廣播電臺管制工作的報告》（1950 年 3 月 10 日），《舊中國上海的廣播事業》第 804 頁。
〔註 15〕　《上海市軍事管制委員會文化教育管理委員會新聞出版處廣播室關於廣播電臺管制工作的報告》（1950 年 3 月 10 日），《舊中國上海的廣播事業》第 806 頁。
〔註 16〕　陸希治：《私營廣播電臺應認真檢查自己的節目》，《人民日報》1950 年 3 月 21 日。

助他們提高覺悟，把作品中的毒素加以肅清。例如藝人曹寶祿在演唱快書『蜈蚣嶺』的時候，便自動地摒除了其中有毒的部分，使之成爲健康的東西。這是很值得藝人們學習的。同時，我更希望這家電臺今後認眞檢查自己的廣播節目，以免給聽眾以惡劣的影響。」〔註17〕華聲電臺隨即公開道歉，並表示「陸先生所指本月我臺放過兩次《斷后》內容含有封建迷信成分的意見，完全正確。我臺疏忽了對節目內容的認眞檢查，以致給予聽眾惡劣印象。我們今後應加強與演員同志間的連繫，努力改善節目內容。同時希望群眾給我們更多的批評和幫助。」〔註18〕

　　如果嚴重違反禁令，民營電臺還將被罰令停播。上海福音電臺就遭遇了這樣的命運。上海解放初期，福音電臺因「政治面目不清」而在上海軍管會新聞出版處組織的第一次座談會中未受到邀請，直到年底的第 12 次座談會上，福音電臺才作爲「最後的二家」（另一家是有外資嫌疑的大美電臺）之一「被允許參加了座談」〔註19〕，後被分配與新滬電臺共用一個頻率播出，電臺的職工只剩下三人。1951 年 1 月，上海福音電臺因「賬目不清」，違犯了軍管會條例和人民政府法令而被禁止播音。1952 年 10 月 1 日，福音電臺與多家電臺聯合成立上海聯合廣播電臺。

　　因益世電臺於 1949 年 3 月轉赴臺灣，佛教廣播和伊斯蘭教廣播早已經停止，福音電臺的停播，意味著中國大陸宗教廣播的停滯。

　　到改革開放前，雖然偶有宗教界人士的新聞在廣播中出現，但宗教界人士、宗教團體利用廣播進行傳教的活動在大陸已基本絕迹。

　　改革開放後，國內一些電臺和電視臺製作和播出了部分影響較大的宗教題材紀錄片，如中央電視臺攝製播出的《行走西藏》、《玄奘之路》、《盛世重光：佛頂骨舍利現身記》等，都較好地宣傳了宗教文化。但總體上看，宗教團體或宗教界人士自己製作的節目欄目至今未有在廣播電視中播出。

〔註17〕陸希治：《私營廣播電臺應認眞檢查自己的節目》，《人民日報》1950 年 3 月 21 日第 6 版。
〔註18〕《華聲廣播電臺接受聽眾批評》，《人民日報》1950 年 3 月 26 日第 6 版。
〔註19〕《上海市軍事管制委員會文化教育管理委員會新聞出版處廣播室關於廣播電臺管制工作的報告》（1950 年 3 月 10 日），《舊中國上海的廣播事業》第 782 頁。

第二節　宗教廣播的「異路」回歸

　　20 世紀末以來，傳統的電臺傳教方式雖然在大陸地區做不到，但在互聯網上，過去那種聽廣播時宗教內容稀缺的狀態已不復存在。借助互聯網，宗教音頻的同步傳播可輕鬆實現，網絡電臺和電視臺觸手可及。如今，良友電臺的福音廣播網站上，中國大陸信教者留言的數量呈幾何級數逐年增加，且聽眾地區分佈廣泛。〔註 20〕一些內地的宗教團體、機構和個人也紛紛設立網站，並在網站上傳音頻和視頻節目，供網友收聽收看，如「中國佛教網」、「佛學在線」、「豐臺福音網」、「基督教福音 TV」等。宗教廣播的「異路」回歸，已引起國內外學者的高度關注。

一、新媒體環境下大陸宗教廣播的新格局

　　基於互聯網而發展起來的網絡宗教廣播，主要表現為兩種形式：一是傳統宗教電臺的網絡延伸，如良友電臺、環球電臺香港有限公司的網絡傳播；二是宗教機構開辦的網絡廣播，如福音中華網、加拿大華播中心等。

（一）傳統宗教電臺的網絡「廣播」

　　網絡興起後，一些宗教廣播機構抓住信息時代的新契機，讓宗教教義通過網絡傳播到世界各地。如 1949 年 7 月 29 日啓播的基督教福音電臺──良友電臺，一直致力於向中國內地廣播福音信息和教導聖經真理。但建國後由於內地宗教政策的限制，該臺在內地的發展並不順利。互聯網興起後，2002 年 9 月 21 日，良友廣播建立了良友電臺網站（www.liangyou.net），並在網站上提供免費的講義和資料下載服務。2004 年開始，聽眾可以通過網絡隨時收聽該電臺提供的節目。現今，良友電臺網站上開設了數個頻道，向網友宣傳福音節目。同良友電臺所具有的傳統廣播背景相似，香港環球電臺作為一個國際性的非牟利的基督教機構，之前通過發射站和世界各地的錄音室製作節目，並在全球廣播。後隨著互聯網的發展，環球電臺也開始注重網絡宣傳活動。其網站首頁置頂的「現在就聽」大字標題，說明該網站對於廣播資源的重視和再整合。這些電臺的網絡節目一般以布道為主，同時培訓福音廣播事工，此外還解決聽眾的各色問題。如香港環球電臺網站就通過網上廣播與內地聽眾互動，認真給聽眾回信，幫助聽眾解決個人精神或家庭的困擾。以前

〔註20〕http://www.liangyou.net/view.php 抬 cat=frmm&id=cc8feb6c-ed82~102b-a64d-000d60de0716

不可能收聽到的梵蒂岡廣播電臺，現在也可以輕鬆收聽到。以良友電臺的福音廣播爲例，其中 2000～2009 年的留言數量最大，內容基本爲通過互聯網收聽良友電臺的聽眾的各色問題。〔註21〕在「百度知道」上有人還曾這樣留言：「我是在 07 年夏天開始信主的，我是聽福音廣播信主的，有的姊妹說這樣信比看見才信更有福，是被主直接揀選的，是這樣嗎？」回答者說：「聽了就信的人比那看到了才信的人有福多了，因爲心地剛硬的人就是看到了還可能不信，你是有福的，願主與你同在，賜你平安。」〔註22〕由此可見，網絡宗教廣播使內地聽眾有了更多接觸宗教的機會，有人甚至因此而走上信仰宗教的道路。

這類宗教廣播不僅延續了在傳統媒體廣播宣傳中的強大宣傳力度，更是彌補了傳統廣播的時空局限性，從而爲宗教宣傳創造了跨越時空的傳播條件，眞正實現了無遠弗屆。

（二）純粹依託互聯網的宗教廣播

除傳統的宗教廣播電臺網站外，還有純粹的網絡宗教廣播。這種在互聯網上獨立發展起來的宗教廣播，主要是借鑒傳統的廣播方式，實現互聯網多媒體信息的獨立製作和傳播。它們大部分以宗教機構做後盾，在機構網站上開設福音廣播節目和免費的文字及音像資源下載服務。

1998 年元旦創建的福音中華網，就是以提供聲音資料 mp3 文件爲主的福音廣播網站。網站內容豐富多樣，專題目錄中收集了《聖經誦讀》、《個人見證》、《婚姻家庭》等約 15 類節目，其系列專輯更是涵蓋了馬太福音、兒童天地詩歌、空中神學院相關課程等內容。它宣稱，「我們希望能夠服務於聖經眞理，爲福音傳播、信徒造就、教會事工和兒童主日學等盡量提供一個網絡平臺，讓社會更加瞭解基督教本質，讓主內肢體更加認識聖經。」〔註 23〕加拿大華播中心也於 2002 年 2 月加入網絡傳播的大軍，開始將各項錄音製作置於網絡上，供聽眾按需要收聽，目的就是「將主耶穌基督的眞理和福音製作透（原文如此，筆者注）不同媒體送發給慕道者和信徒，待大家能利用上、下班途中和空餘時間來親近或認識神：就是將眞理和福音廣播給世界各地華人；讓不同年齡、不同階層、不同性別、不同學識、不同國籍的華人，能夠

〔註21〕http://www.liangyou.net/view.php 抬 cat=frmm&id=cc8feb6c-ed82-102b-a64d-000d60de0716

〔註22〕http://zhidao.baidu.com/question/38483394.html

〔註23〕http://www.fuyin.com/gama/index.php

同得造就、同蒙主恩」。〔註24〕大愛網絡電臺則是臺灣慈濟廣播部於 2005 年開設的專門佛教網絡電臺。這類網絡廣播依賴互聯網這一新興的傳播平臺，向普通大眾宣揚宗教，爲受眾提供更加直接、快捷、廣泛的內容服務。

除上述兩種主要類型外，在互聯網上，宗教博客、播客、宗教團體或個人的微博、微信公眾號等，均可輕鬆傳輸音視頻信號，實現「宗教廣播」的目標。不可否認，互聯網作爲宗教傳播的新型載體，正成爲宗教組織和團體擴大信徒數量、聯繫信徒和募捐救濟的有效渠道。

宗教廣播借助互聯網進行傳播，使之無形中增加了許多傳統廣播不具備的媒體特性。以互聯網爲平臺搭建的電臺廣播框架，改變了傳統的線性廣播生態，信息載體的多元也豐富了內容傳達形式，這讓宗教廣播表現出廣闊的輻射面和強大的生命力。

首先，網絡上的宗教廣播具備網絡傳播的共性，最明顯的特點就是海量宗教信息的方便易得和便於保存。

與傳統的廣播形式不同，網絡廣播擺脫了廣播線性傳播、無法保存、只能順序收聽的局限，不僅可以隨時收聽，還可將所需信息永久存留。而宗教傳播更需要天長日久，需要對接收者潛移默化，更講究各項傳播內容之間的聯繫和循序漸進，因而也更適於網絡傳播。

其次，網絡上的宗教廣播更注重收聽對象的細分。「宗教是一種社會組織。如同國家是作爲公民身份的人的共同體一樣，宗教則是持共同信仰——以對彼岸歸宿和現世道德有相似觀點爲基礎——的人的共同體。」〔註25〕網絡就像一個無所不包的宗教「超市」，每個人在此都可以各取所需。各宗教網站的廣播節目尤其注意這一點，在內容的細分方面做了很多探索。如大多數的網絡廣播都有以受眾年齡細分節目的做法，分成兒童、婦女、老年等不同的對象，且大多有兒童故事，意在從小培養兒童的宗教信仰。還有的網絡廣播電臺按節目內容分成不同的主題，如戀愛、家庭婚姻、長壽、身心醫療等。良友電臺良友 i-radio 頻道播出的《戀愛季節》就是以戀愛爲主題，通過解釋類似「行在愛中，並且要勇敢祝福你的仇敵」的愛情箴言，來宣揚基督教的戀愛觀。另外，還有專門提供醫療信息服務的《全人醫療站》；要求中國教會

〔註24〕 http://www.cgbconline.org/Common/Reader/Channel/ShowPage.jsp?Cid=17&Pid=5&Version=0&Charset=gb2312&page=0
〔註25〕 徐以驊主編：《宗教與美國社會——網絡時代的宗教（第 3 輯）》，時事出版社2005 年版，第 34 頁。

的年輕一代「在彎曲悖逆的世代裏，彼此警醒守望，爲中國社會的道德風氣禱告……不被潮流影響，勇於爲眞理站立穩固」〔註26〕的《爲中國祈禱》，等等。這種傳播對象的細化表明，很多宗教機構或團體對傳統的大眾媒體及現今的網絡應用已十分嫺熟，網絡對宗教而言不僅僅是傳教布道的工具，而是已成爲了宗教本身的一部分。

第三，網絡宗教廣播更加注重與受眾的互動。傳統的廣播也注重與受眾之間的互動，但是這種互動僅僅將聽眾來信、手機短信和熱線電話作爲廣大聽眾和電臺之間聯繫的主要方式。雖然隨著互聯網的發展，傳統的廣播也開始將論壇、微博作爲同受眾互動的平臺，但是這些互動仍然受到節目播出時間的限制。互聯網是一種雙向互動的媒體，宗教傳播的網絡化打破了先前的傳受格局，爲兩者之間的交流與互動提供了新機遇。設有宗教廣播節目的網站，大都十分注重與受眾的交流和互動，在網頁上開闢出獨立的交流版塊供大家討論。這些互動不受時間或節目內容的限制，任何有關宗教的話題都可以在網頁上留言，並得到相關人員的回覆。如華僑福音廣播中心設立的「生命廣播網」，就開闢了《信仰問答》、《訪客留言》、《生活交流》等互動板塊，節目主持人或講員同來訪的網友共同探討神學問題，還共同交流家庭、友情等生活煩惱。而「林肯華人基督教會」網站還特地開闢針對兒童的《兒童信仰問答》，向兒童講解「誰造了你」、「神在哪裏」等基本問題。在良友電臺的《留言板》、華僑福音廣播中心網的《信仰問答》、福音中華網的《佳音信箱》中，聽眾在這些版塊上咨詢自己所面臨的各類專業問題、興趣問題、甚至個人生活方面的問題，網站的布道人員或者相關節目的主持人都會根據自己的宗教觀點，提出相應的建議或意見。很多宗教網站的同工或負責人甚至將自己的電話號碼和郵箱地址發佈在網站上，供來訪者的聯絡。這些互動增強了傳者與受眾之間的黏度，有利於增強有著共同信仰的人們之間的凝聚力。

第四，網絡宗教廣播更加注重利用多元信息載體。宗教傳播向來重視對不同大眾媒體的充分利用，無論是報紙、廣播、電視還是現階段的互聯網，宗教組織都會根據不同媒體的特質，不斷更新傳播形式，增強傳播效力。在紛繁複雜、信息海量的互聯網上，最稀缺的資源就是「注意力」，於是宗教的網絡宣傳爲了吸引眼球，「推銷」自我，十分注重網站吸引力的塑造。「吸引注意力最根本的途徑是宣明自己明確的宗教立場。在不同場合以不同方式表

〔註26〕福音中華網 http://www.fuyin.com/gama/prayforchina.php

達觀點，盡可能增加其在網絡上的存在。」〔註 27〕宗教網絡廣播爲了更暢通更明瞭地傳達自身觀點，很多都在其網站上運用大量圖片、漫畫、音頻、視頻、FLASH 動畫、音樂等多元的信息載體來增強自身的吸引力。如「生命廣播網」就專門開闢「傳媒圖書館」專欄，向網頁瀏覽者提供福音卡帶、光碟、影帶。即使是暫時由於建立尙晚，不具備對多種資源的運用能力的網站，也盡可能運用圖片、網站 logo 和規整合理的頁面分佈，來美化自身網站的外觀，最大程度讓自己與眾不同，以此來吸引網民的注意力。有的與其他網站建立鏈接，或者與其他媒體合作，提高網站的聲望。正是這些豐富多元的信息載體，使得網頁瀏覽者在收聽廣播的同時，還可以獲知大量其他的信息。

互聯網上的宗教廣播，可謂實現了眞正的「無遠弗屆」。在互聯網出現前，雖然理論上廣播信號可以無遠弗屆，但由於各種技術和政策限制，實際上很難實現。由於廣播的發射和傳輸設備功力有限，只有一定範圍內的聽眾可以收聽到廣播節目。在很多農村地區，至今還興盛著親身傳教的方式，傳教者下鄉向人們面對面傳道布教，偏遠地區的信眾也只能通過傳教者散發的書籍或光盤自行學習。但只要有網絡，在沒有人爲限制的情況下，就可以瀏覽世界各地的宗教網站，聆聽、收看各種宗教廣播、電視節目，並可以免費下載豐富的宗教書目和影像資料。你甚至都無法想像，你所收聽的節目到底是來自於地球上的哪個角落。以前不可能收聽到的梵蒂岡廣播電臺，由於建立了中文天主教門戶網站，中國的網友聽眾也可以輕鬆獲得。由此，在世界的任何一個地方，都可以開通面向華語群體的宗教電臺；不同語言的宗教廣播節目、網站充塞網絡，可謂應有盡有，這等於解決了傳播場所的受限問題。

網絡的開放、寬容也使得個人有了表達自己觀點的空間。通過查看一些宗教網絡廣播的訪問量和留言板可以發現，網絡時代的宗教廣播，早已不再是傳統意義上的單向傳播。各種論壇、互動版塊的設置，各種問題和觀點的提出，也早已改變了被傳播者在傳播活動中傳統的被動地位，傳統的宗教傳播行爲變成了受眾對信息的主動索取。另外，通過網絡傳送的電臺播出，極大降低了節目傳送成本，改善了聽眾的收聽效果，彌補了過去受到時空限制的短波廣播不容易與聽眾建立關係的缺陷。

互聯網與宗教廣播的結盟，也增強了宗教參與公共事務的能力。網絡既提供了一個表達不同觀點的窗口，又爲不同觀點提供了交流溝通的平臺。在

〔註 27〕徐以驊主編：《宗教與美國社會 第三輯》，時事出版社 2005 年版，第 70 頁。

這個平臺上，宗教作爲一股力量發揮著越來越明顯的作用。宗教的網絡傳播所傳遞的觀點，實際上代表了信仰它的教徒內心的眞實想法，是一個數量龐大的群體的同一呼聲，所以十分具有代表性。網絡上觀點的自由流動、信息的迅速傳播，讓信教者和潛在的信教者們可以實時發表觀點和看法，對公共事務的決策提供意見和建議。另外，正確的宗教廣播還具有公民教育的意義。宗教組織所傳播的正面信息，如對墮胎的禁止，自身的救贖等這些與法律和道德相匹配的信條，對它的廣大教徒而言是有力且有效的教育和約束，並且可以收到更爲深刻和持久的效果。

二、網絡時代宗教「廣播」的政府應對

　　網絡宗教廣播特有的影響力和號召力已經顯現。一些別有用心的組織和個人，也看到網絡的神奇功效，開始打著宗教的幌子在網上兜售不合傳統教義的價值觀與世界觀，如宣傳世界末日、聲稱某些人或組織是至高無上的，某些又是邪惡的等。這些，都需要相關部門及時掌握，科學監管。但現實卻遠遠不能盡如人意。

　　首先，我國的網絡宗教管理還相對薄弱。「互聯網的應用使得宗教在擁有了實體網絡的同時，又擁有了無數個虛擬『觸角』，互聯網能達到哪裏，全球體系中的宗教的影響力就能深入到那裡」〔註 28〕，網絡爲宗教所帶來的「最快」、「最廣」、「最直接」的「三最」效應使得宗教成爲具有全球影響力的社會組織之一，也使得宗教組織擁有了難以估計的強大力量。這股力量要得到有效的疏導和利用，就必須有成熟、健全的制度加以保障。然而，目前網絡宗教管制仍然是世界範圍內宗教管理的薄弱環節，在我國則更爲嚴重。我國政府有關宗教管理最新的法律法規爲 2004 年 7 月 7 日國務院第 57 次常務會議上通過，並於 2005 年 3 月 1 日開始施行的《宗教事務條例》。該條例對宗教團體、宗教教職人員、法律責任這幾個主要方面做了詳細規定，但全文並未涉及任何有關宗教網絡傳播的內容。對於網絡傳播的監管，主要依賴有關互聯網的管制政策和促進互聯網自律來實現，其中也沒有針對宗教傳播的條款。而在 2000 年 12 月 28 日第九屆全國人民代表大會常務委員會第十九次會議通過的《全國人民代表大會常務委員會關於維護互聯網安全的決定》中所

〔註28〕徐以驊主編：《宗教與美國社會──網絡時代的宗教（第 3 輯）》，時事出版社 2005 版，第 94 頁。

涉及的宗教網絡傳播的條例規定爲，對「利用互聯網組織邪教組織、聯絡邪教組織成員，破壞國家法律、行政法規實施」構成犯罪的，依照刑法有關規定追究刑事責任。而刑法第 300 條關於邪教的處罰條款中，涉及邪教傳播的，則只有「出版、印刷、複製、發行宣揚邪教內容出版物，以及印製邪教組織標識」等懲罰範圍，未涉及互聯網傳播內容。上述規定對於目前讓人眼花繚亂的網絡宗教傳播而言，顯然都太過簡單和籠統，也已經無法適應變化了的時代要求。

由於我國目前沒有針對性和有效性的法律法規來對宗教的網絡傳播行爲進行監管和控制，所以對於涉及到有中國負面形象內容的宣傳內容，我國往往採取屏蔽的做法阻止其進入。這種做法常常成爲某些國家和組織對我國的信息自由和宗教自由進行歪曲和攻擊的理由，並以此不斷向中國施壓，從而使得我國往往非常被動。

其次，網絡宗教傳播，包括宗教廣播日益強大的凝聚力，也增加了非理性因素滋生的可能。宗教的網絡傳播涵蓋了更爲廣泛的信教人群，增強了宗教信仰的凝聚力和號召力，這讓互聯網成爲實現宗教傳播目的的有效途徑，同時成了非理性因素滋生的溫床。在宗教網絡傳播的過程中，除去單純的某種宗教類別的宗教信仰宣傳外，還有那些打著宗教宣傳的旗號，私下進行煽動色彩濃厚的內容的鼓動和宣傳。同時，由於我國目前對於宗教網絡傳播監管的缺失，讓某些國家可以通過互聯網宗教傳播，堂而皇之地進行文化滲透或實施其文化霸權主義戰略，宗教傳播裏挾著各種煽動、分化、反華的非理性因素一擁而入，卻遇不到任何阻攔。在各國進行激烈的話語權爭奪戰中，這些非理性因素成爲某些國家對我國施壓和要挾的籌碼，也使得我國在國際事務中無法完全保護自身權益，把握主動權。而這些非理性因素的湧入，也會成爲國內反華勢力或煽動國家分化力量進行反動活動的導火索。當這些因素在一個具有強大凝聚力和號召力的宗教領域內傳播和泛濫，那麼所造成的破壞力和後果是無法估量的。

由於中國未有任何專門的宗教節目和宗教電臺，國內還處於宗教廣播的眞空狀態。這其實是非常不利的，也非常被動。因爲國內大眾媒體在宗教傳播內容上的空白，意味著潛在的受眾無法通過合法有效的接收渠道獲取所需信息。中國現有各種宗教信徒 1 億多人，但是卻沒有針對他們的合法而公開的廣播宗教節目，民間僅僅通過書籍或卡帶、光盤以及人與人面對面交流作

爲主要的傳教方式，而這又遠遠不能滿足國內大量的宗教信仰者對於所屬教派信息的需求。隨著這些受眾的規模越發龐大，而傳統的、正常的渠道無法收聽，於是很多人選擇轉向網絡上的宗教廣播，來尋求相關的宗教信息，滿足自己的宗教需求。因而，宗教網絡傳播弊端的存在，要求我國必須重視宗教網絡傳播的發展態勢，並採取相應的對策進行跟蹤和監管。

　　一是應密切關注宗教網絡廣播和宗教網絡傳播的動態發展，及時發現問題，適當加以引導，預防出現宗教問題引起的社會動蕩等極端事件。國家宗教管理機構最好成立一個網監部門，密切關注並隨時上報各種宗教在網上傳播的動態，作爲制定政策和行業監管的依據。目前，國務院負責宗教事務方面的職能部門是國家宗教事務局，該部門職責第一條爲「研究宗教理論和國內外宗教現狀，負責宗教動態和信息的匯總、分析，提出處理宗教領域問題的政策建議」〔註29〕，但在其官網的宗教研究一欄中，還未發現對於宗教網絡傳播進行的成果展示。國家宗教事務局下屬的中國宗教研究中心刊物《宗教與世界》也少見宗教網絡傳播的文章。所以，我國相關部門及專家學者應對宗教網絡廣播尤其是在目前還未陽光化的網絡廣播加大研究力度，及時發現傳播新特徵，並做好引導和管制工作，從而保證網絡宗教傳播環境的合法性和規範化。

　　二應立法以促使宗教網絡傳播的規範化。當前，我國制定的與宗教相關的法律法規主要有《中華人民共和國憲法》、《中華人民共和國境內外國人宗教活動管理規定》、《宗教事務條例》及其他地方行政法規和相關政策，而這些法律法規中所涉及的宗教網絡傳播的內容卻太過淺顯。隨著宗教網絡傳播的日益成熟和壯大，之前的法律法規已經無法對其進行全面有效地管理。再加上宗教的網絡傳播所帶有的弊端及其可能帶來的惡劣後果，急需相關法律法規的規範；網絡上別有用心的宗教傳播行爲也需要法律對其進行嚴懲和威懾。這些都要求相關部門推動宗教網絡傳播的立法，使得網絡上的宗教傳播有法可依，從而打造一個有序規範的網上宗教傳播環境。

　　三應增加宗教廣播節目的製作和播出，滿足教徒的信息需求。2010 年，中國國內教徒數量有 2300 萬，高於北京市的常駐人口數量。國內日益壯大的教徒群體對宗教信息的需求也不斷增加。媒體作爲信息傳播的主要渠道，本應是宗教信息傳播的重要平臺。但是在我國，宗教傳播還主要依賴於民間傳

〔註29〕國家宗教事務局官方網站：http://www.sara.gov.cn/jqgk/zs/index.htm

統的傳播方式以及日漸發展起來的網絡傳播，傳統媒體如廣播對於宗教節目或宗教信息的傳播較少，數量龐大的教徒無法通過它們實現宗教信息需求的滿足，只能轉而用更加隱蔽或特殊的方式獲取信息。這反而更增加了國家層面的監管難度。

　　互聯網對於宗教傳播而言，還是一種新興的傳播技術，但它對宗教組織和宗教傳播活動的影響將是長期的。政府對宗教傳播活動的管理和規範有著義不容辭的責任。相關部門應盡快制定有效的法律法規，使網絡宗教傳播尤其是宗教廣播在陽光下運行，共同促進社會和諧，人民和樂。

第六章　宗教廣播在臺灣、香港和澳門地區的發展

　　與宗教廣播在中國大陸地區近幾十年的銷聲匿迹不同，二戰結束後，臺灣、香港和澳門地區的宗教廣播卻獲得長足發展，成為三地廣播節目和電臺中不可或缺的組成部分。

第一節　臺灣的宗教廣播

　　1894 年中日甲午戰爭後，清政府與日本簽署屈辱的《馬關條約》，將臺灣及附屬各島割讓日本，臺灣自此淪爲日本的殖民地，直到 1945 年抗日戰爭結束，才重新回到祖國懷抱。1945 年國民政府光復臺灣，遵循《中華民國憲法》，人民擁有宗教自由，並且各宗教間皆爲平等。由於傳教環境相對寬鬆，政府對宗教的控制相對較弱，故此臺灣的宗教事業持續興旺，佛教、基督教、天主教等都擁有大量信眾，成爲名符其實的「宗教之島」。

一、天主教廣播

　　臺灣的天主教派別屬於羅馬公教，「最初由西班牙道明會在明萬曆四十七年（1619 年）隨軍教士傳入，1661 年左右消失，又於 1859 年再次傳入，並得到較大發展。」﹝註1﹞國民政府遷居臺灣後，20 世紀 50 年代初，不少本國及外國籍的天主教徒及神職人員離開中國大陸，其中的大部分來到臺灣。除

﹝註 1﹞　張優德：《臺灣地區宗教的歷史與現狀及其對策研究》，《宗教學研究》2001 年第 1 期。

了在臺灣服務的修會增加外，臺灣本地與大陸來臺的神職人員也逐漸取代外籍神職人員，成爲臺灣天主教會發展的主力。之後的十幾年，臺灣天主教徒人數增幅明顯。在臺灣，天主教組織的國際化極強，一方面注意竭力保持與梵蒂岡的關係，另一方面也積極參與天主教的一些國際組織。如 1927 年成立的國際天主教廣播電視協會，就是各國天主教廣播團體的相互瞭解和合作的組織，意在適應傳媒科技的變化，更好利用新型的廣播電視傳播工具。1972年 6 月 21 日，臺灣天主教會成功加入這一組織，成立了國際天主教廣播電視協會「中華民國分會」。

臺灣的天主教廣播開始較早，不僅有專門的天主教電臺，國民黨的中央廣播電臺也爲其提供時段，傳播天主教義。1979 年，中央廣播電臺曾向大陸每周一、四廣播天主教節目。1983 年 12 月 24 日晚九點，臺灣的天主教總主教又在中央電臺向大陸教胞廣播了聖誕子夜的中文彌撒。

目前，專門的天主教電臺有益世電臺和中聲電臺。

（一）益世廣播電臺〔註2〕

1949 年 3 月，于斌主教爲避免益世廣播電臺被共產黨政權沒收，授命楊慕時神父隨國民政府遷往臺灣。1951 年 3 月 25 日，益世廣播電臺在基隆市仁二路恢復播音。後因受地形限制無法擴建，1969 年 12 月 8 日，該臺搬遷到基隆市七堵區百三街七十五號播音至今。「益世廣播電臺有一點至今保留著昔日風貌，就是那又報時刻又能代替呼號的悠長的鐘聲。這隻五音大掛鐘係第一次世界大戰前德國名產，市面早已絕迹，堪稱絕藝。它燎亮悅耳，音調與倫敦 BBC 廣播公司之鐘聲相同。據臺灣有關文獻透露，益世電臺的悠長杳遠的鐘聲，常使去臺的當年南京老聽眾激發起難以自抑的思鄉之情。」〔註3〕

益世電臺保留了大陸時期關注新聞的特點，同時又因地制宜，設立了「地方新聞」、「市政之聲」、「寶島風情話」等針對本地聽眾的新聞性節目。其中，宗教節目有「平安佳音」、「聖母頌」、「聖樂欣賞」、「天主教之聲」；非宗教節目除新聞外，還有天氣、健康、文化、生活、教育等多種類型。電臺以財團法人組織的方式運行，最高決策單位爲董事會，設立董事長、執行長和臺長。

〔註 2〕以下內容主要參考三水：《落日樓臺一笛風——小記在南京的益世廣播電臺》，載於《視聽界》1990 年第一期。
〔註 3〕三水：《落日樓臺一笛風——小記在南京的益世廣播電臺》，載於《視聽界》1990 年第一期。

電臺的宗旨是「以造福社會、服務大眾、廣傳福音爲職志。」1994 年，益世電臺爲加強服務聽眾，增闢現場 CALL-IN 節目，節目中邀請政府官員、民眾代表、專家學者爲民眾解答，內容包括市政、醫藥、法律、家庭親子、婆媳、夫妻等問題。而對於政府或民間的公益活動，益世電臺也全力以赴，熱情參與，在轉達政令、傳達民意、宣導預防青少年犯罪、報導急難救助等方面更是不遺餘力。現在，益世電臺還開設了專門的網站，部分節目如「快樂家庭」、「愛的呼聲」、「快樂家庭」等均可在線收聽。

下爲益世電臺節目表：

益世廣播電台　AM 1404 千赫

節　目　表　　　（103.5.1 起）

☆ 週一至週六			☆ 週日		
播出時間	節目名稱	主持人	播出時間	節目名稱	主持人
0500-0600	平安佳音	高雅各	0555-0600	節目預報	羅燕
0600-0700	益世之聲	高雅各	0600-0700	天主教之聲	羅燕
0700-0800	寶島風情話	高雅各	0700-0800	繽紛生活家	天天
0800-0900	快樂家庭	洪銀堂	0800-0900	城市心靈甘芭茶	美珍
0900-1000	你好我好大家好	千真	0900-0930	重點新聞	羅燕
1000-1200	愛的呼聲	南宮瑛	0930-1000	空中英語教室 初級	彭蒙惠
1200-1220	地方新聞	辜金梅	1000-1100	勞工心聲	游茗任
1220-1300	市政之聲	辜金梅	1100-1200	鳥瞰台灣	倪可
1300-1400	你好我好大家好	千真	1200-1230	重點新聞	羅燕
1400-1600	聽友俱樂部	謝大山	1230-1300	楚雲說書	楚雲
1600-1700	快樂家庭	洪銀堂	1300-1400	與您分享	羅燕
1700-2000	快樂向前行	駿坪/藝甯	1400-1500	健康2點	羅燕
2000-2200	聽友俱樂部	謝大山	1500-1600	宗教與人生	王鳳慧
2200-2400	愛的呼聲	南宮瑛	1600-1700	空中講台	斐德修女
0000-0200	生活加油站	丁川/安琪	1700-1800	兒童天地	陳子晴
0200-0500	春夏秋冬	小禎	1800-1900	台灣鄉土情	陳子晴
0500-0555	聖樂欣賞(週六)	節目部	1900-1930	忘憂谷	趙良慧
			1930-2000	生活的透視	向天
			2000-2100	中華文化	明倫社
			2100-2200	古典逍遙遊	馮安
			2200-2230	空中英語教室 中級	彭蒙惠
			2230-2300	空中英語教室 高級	彭蒙惠
			2300-2310	重點新聞	陳子晴
			2310-2400	雲彩飛揚	靜怡
			0000-0200	生活加油站	丁川/安琪
			0200-0500	聖樂欣賞	節目部

地址：基隆市七堵區百三街 75 號

電　話：（02）24511458

Call In：（02）24511867

傳　真：（02）24515180

（二）中聲廣播電臺（CSB）〔註4〕

中聲廣播電臺創立於 1953 年 2 月 1 日，是當時臺灣中部地區唯一的民營廣播電臺。電臺初辦時，臺址設在臺中市吉祥街一號，後遷至臺中市光復路 134 號至今。1954 年 6 月，吳振鐸博士正式接掌臺長一職，開始對電臺的設備、人事及節目大幅充實和調整。1976 年，電臺依法改組成立「中聲廣播事業股份有限公司」，正式登記爲民營電臺，以董事長爲法人代表，臺長配合執行各項決策。電臺的宗旨是服務民眾，提倡公益，發揚基督博愛精神，淨化人心，改善社會，並提供多元信息渠道，寓教於樂，提升民眾知識與道德素養，進而改善民眾生活及社會品質。該臺自製的節目多以「弘揚基督博愛精神」，關懷並服務社會爲特色，以傳播天主教教義爲方向，達成社教功能爲目標。設有「靜宜之聲」、「愛的呼聲」、「天上人間」、「天主教主日節目」等宗教性節目。這些宗教節目充滿生活氣息，內容生動活潑。

此外，電臺還在每天的正點和半點插播宗教宣傳的短稿，每次一分鐘，說明人生意義及宗教信仰的重要，並歡迎研究天主教教義的函授課。

1956 年，天主教教義函授課程在臺中市天主教聯誼會創辦，創辦人是臺中教區墨啟明神父，全期 35 課。1967 年 4 月爲縮短函授時間，每期改爲 27 課，並交由中聲廣播電臺天主教教義傳播組接辦。1974 年，再修訂並充實內容，增編爲四十冊共計 36 課。教義函授課的對象不分地區和男女老幼，只要來信報名即可免費獲贈每周寄送的三課。課程後面附有測驗題。讀者填答完成後寄回電臺，再由電臺的天主教教義傳播組批改後寄還。讀者全期課程讀完後即發給結業證書。

爲配合天主教會的博愛宗旨，電臺自開播起即積極推動仁愛工作，在廣播中經常配合各公益團體推廣公益活動，呼籲聽眾發揮愛心，自助助人。如針對中部地區監所（包括臺中監獄、臺中看守所、彰化看守所、南投看守所各少年觀護所及田中輔育院）的收容人群，電臺特別製作了「更生之歌」節目，接受正在服刑的人來信點播歌曲，並播出服刑家屬的電話留言，以鼓勵這些人更好地改造自己。電臺還邀請天主教監獄服務社「曙光會」社工人員，針對服刑人員的困擾問題給予心理輔導，並配合監所主管單位宣導法令，在節目中穿插播出有關減刑的條例，或報導就業信息，以達到「教育」和「感

〔註 4〕有關中聲電臺的內容，主要參考臺灣中聲電臺網站
　　　http://www.864.com.tw/about.htm

化」的目的，並彰顯天主教關懷弱勢群體的價值取向。

二、基督教廣播

臺灣基督教的歷史可以追溯到 1624 年荷蘭軍隊佔領臺灣時期。1949 年以來，臺灣基督教發展迅速。臺灣基督教在上層人物中有很大影響。據說臺灣政要人物有 20%爲基督教徒，這使臺灣基督教影響更大，也更容易被利用。

臺灣既有專門的基督教電臺，也有基督教團體或組織製作後在一般電臺播放的節目。

（一）基督教電臺

專門的基督教電臺有佳音廣播電臺。〔註 5〕

佳音電臺成立於 1995 年 10 月，地址在臺北市和平東路二段，頻率FM90.9，全天 24 小時播出。節目宗旨爲「分享生命眞理，落實全人關懷，強調品格建造，重視家庭倫理，提供豐富信息，播放聖樂與經典好音樂，陪伴守護人心，期許成爲空中燈塔，使人聽見眞理，得到救恩，爲人們的心靈帶來光明盼望。」電臺的節目內容豐富，包括講道、靈修、新聞、氣象、教育、音樂、電影、文學、家庭、青年、心理輔導等。還每月編印《佳音廣播月刊》，擷取廣播節目的內容精華，化爲文字報導，免費贈閱聽友、教會、醫院、社教機構、商家行號等，將觸角深入社會許多角落。此外，電臺還每月印製《祝福你福音小輯》，免費提供教會做爲福音單張使用；每年爲社區朋友舉辦各類型活動，如老歌演唱會、都市巡禮踏青、聖誕歡樂會、城市音樂會、心靈健康講座、佳音之夜、週年慶聽友晚會等，以拉近電臺與聽眾的距離。

與民國大陸時期的上海福音廣播電台一樣，佳音電臺的經費均來自信徒的捐贈。「佳音電臺成立至今，上帝的恩典滿滿，每個節目的製播、每件出版品的製作、每場活動的花費……，都是佳音勇士慷慨奉獻支持完成的。上帝透過每筆奉獻讓小功率的佳音發揮極大的功效，製播的節目、頌贊的音樂、便利功能佳網站、演出的活動、出版的刊物……，安慰陪伴許多心靈孤單的朋友。」

近年來，佳音電臺不斷擴大其受眾範圍。於 1998 年 10 月建立網絡電臺，完成了節目的網絡化生存。2004 年又成立佳音聖樂網，「二十四小時提供網絡

〔註 5〕關於佳音電臺的內容，主要參考 http://www.goodnews.org.tw/aboutus.php，文中引用部分如無特殊說明，均出自該網站。

族群一個乾淨、放鬆、信仰的音樂頻道，透過聖樂陪伴網絡族群的心靈」，2008年 6 月發展成爲「佳音經典音樂網」、「佳音現代聖樂網」兩個分眾網絡音樂臺。2008 年起，佳音電臺又與大宜蘭地區最受歡迎的 FM90.3 羅東電臺合作，跨出了建構佳音 Love 聯播網的第一步。「借著廣播媒體無遠弗屆的影響力，推動媒體宣教，共同製播優質節目，及舉辦各類活動，以關懷、服務民眾，廣傳福音，守護這片土地的每一顆心靈。」〔註6〕在佳音電臺的網站上，每周還固定發送佳音 LOVE 聯播網的電子報。

為了更多元、更廣泛的服務全球華人，2010 年 7 月，佳音電臺又開設了一個網路平臺——優游聯播網〔註7〕。該網站包含豐富的聖樂資料庫、生活信息等服務，「竭力支持全球華人錄製符合當地風土民情的網路廣播節目，期望成爲全球華人溝通與分享的心靈橋梁，也要讓全球聽見來自臺北的愛，讓臺北聽見旅居全球各地華人的心聲。」〔註8〕該網站有六個聯播頻道，包括「臺北基督之家」、「芽搜頻道」、「臺南靈糧之聲」、「全球靈糧之音」、「611 電臺」以及「空中補給站」等。

目前，佳音電臺的部分節目，還在臺灣地區 8 個電臺的特定時段播出。在國外，加拿大、美國、馬來西亞的電臺（馬來西亞爲網絡電臺）也有佳音電臺的節目播出。

（二）基督教組織（團體）製作並投放一般電臺的廣播節目

在臺灣，一些基督教組織和團體雖沒有自設電臺，但卻通過製作節目的方式，提供給電臺播放，以實現基督教傳播的目標。如臺灣基督教信義會製作的「信義之聲」、「聖樂選粹」、「主日崇拜」節目，還有臺灣時兆聖經函授學校製作的「時兆之聲」，以及神召會、「救恩之聲」製作的福音節目等。

臺灣信義會〔註9〕成立於 1954 年 11 月 10 日，1960 年加入世界信義宗聯會，現有信徒約 7000 人，擁有教會、布道所、學生中心、醫院及出版社，還有電視廣播部、勞工福音中心、全人關懷中心等。信義之聲是其重要的事業機構之一。〔註10〕

〔註 6〕http://www.goodnews.org.tw/aboutus.php

〔註 7〕網址爲 http://www.youradionet.com/index.php

〔註 8〕http://www.youradionet.com/web_side/supportus.html

〔註 9〕信義會網站：http://www.twlutheran.org.tw/index.php

〔註 10〕參見 http://www.21unet.com/index.php 拈 m=content&c=index&a=show&catid= 332&id=32060

1952 年，美籍傳教士鍾可聆開始在電臺主持每周四次的空中英語查經，這是信義會福音廣播的先聲。不久信義會又增加了國語節目，由董尚勇牧師及魏德光牧師主持。此後，信義會把救恩堂一個房間改裝為錄音室，錄製福音節目錄音帶，送電臺播送。1955 年，鍾可聆教士、韓安德牧師、艾樂斯教士等在臺北和高雄以英文查經和國語證道的方式，在電臺從事福音廣播工作。後由吳默倫牧師、趙蔚然牧師、鄧若基牧師等接棒。1961 年，信義會製作的「聖樂選粹」在華聲電臺開播，「主日崇拜」在中國廣播公司電臺開播；1963 年製作的「每日靈修」於中國廣播公司電臺開播；1969 年製作的「心弦」在中國廣播公司電臺開播。目前信義社製作的節目有國語節目「忘憂谷」（全省）、「每日靈修」（全省）、「書香園」（臺北）、「長大成熟」（大陸）等；臺語節目有「周日好心情」、「晚安鄉親」（楊梅、桃園）等。

臺灣時兆聖經函授學校是基督復臨安息日會的傳播機構。1948 年，基督復臨安息日會差派傳道人由大陸或海外先後來到臺灣，著手開拓傳道聖工。1948 年 4 月成立教會正式組織。現今臺灣地區所有教會和布道所皆隸屬於臺灣區會。〔註 11〕「時兆之聲」是臺灣基督教會公眾布道中最先開設福音廣播的。1946 年，李嗣貴牧師受任基督復臨安息日會中華分會福音廣播部幹事，與林堯喜牧師在上海創設「預言之聲」廣播節目（後易名為「時兆之聲」），並擔任聖經函授學校校長。1948 年，函授學校遷到香港，包謙牧師任校長。1951 年，函授學校遷往臺灣，包牧師亦來臺隨函校住在臺中。

1951 年，李嗣貴夫婦來臺，在臺北市建國北路 26 號的臺灣區會開設「時兆之聲」廣播，在正聲和中央電臺播出，時間為每星期日晚一次；同年又在復興電臺每天早晨播出，內容為李嗣貴牧師的短篇講道，時間 30 分鐘。1966 年，「時兆之聲」在中廣、中央電臺播出。1968 至 1980 年，「時兆之聲」用國語、英語、閩南話廣播。其廣播節目「引人歸主者為數不少，為傳福音貢獻甚偉。」〔註 12〕

神召會（ASSEMBLIES OF GOD）為一「五旬節信仰」召會組織，於 1914 年在美國阿肯色州溫泉城（Hot Springs. Arkansas）創立，現分佈於世界各地，設立地區或國家性組織。中國神召會總議會於 1948 年 9 月 12 日在湖北省武昌神召會成立，後隨國民政府遷臺，在臺灣成立區會設立教會傳遞基督福音，

〔註 11〕http://www.21unet.com/index.php 抬 m=content&c=index&a=show&catid=332&id=32073

〔註 12〕參見 http://www.fuyinchina.com/n1838c245p28.aspx

並於 1960 年 4 月 21 日向臺灣省政府登記爲財團法人組織，當年 5 月 10 日向臺北地方法院辦妥法人登記手續。神召會極爲重視大眾傳播事工，成立廣播組，透過中廣、中華、復興等電臺，以國語、臺語、英語、客家語向全省播送福音信息。1989 年，神召會還通過美國神召會廣播中心，展開對大陸福音廣播的事工。〔註 13〕

「救恩之聲」是一個專門做節目的福音廣播製作中心，於 1974 年 1 月 16 日由挪威信義差會差派宣教士成立於臺灣。救恩之聲廣播中心從一臺簡單的盤式收錄音機開始，向臺灣沿海的鄉鎮如宜蘭、羅東、蘇澳等地區播放福音廣播節目。早期的時候，是向臺灣漁村、農民來做的福音廣播，幫助他們認識耶穌。沒有多久，就開始放在遠東福音廣播、環球廣播電臺，然後就向著中央電臺，向著中國大陸廣播。1993 年起，挪威宣教士漸漸退出，將救恩之聲廣播中心交由臺灣中國基督教信義會總會，爲總會下的「福音廣播宣教機構」。1997 年，臺灣中國基督教信義會總會將救恩之聲廣播中心轉向獨立自主的「華人福音廣播宣教機構」。2004 年 6 月，救恩之聲開始在海外的福音廣播節目。2004 年 10 月份開始，救恩之聲透過網絡和許多機會發展到世界各地，包括美國、加拿大、俄羅斯、智利、澳大利亞、新西蘭等。如今，救恩之聲廣播中心擁有兩個專業錄音室、三個小型計算機自控式錄音室，服務對象也從臺灣本島擴及至全球華人。

針對不同年齡層受眾的需要，「救恩之聲」製作了各個不同性質的福音廣播節目。包括面向兒童的「兒童聖經故事」、「爆米花」、「快樂島」；針對婦女與家庭的《我們的時間》、《與生活有約》；面向知識青年的《天使夜未眠》等。「救恩之聲」還運用廣播節目及各個媒體渠道，分享見證人的眞實生命經歷，並協助教會一起舉辦「雲彩飛揚福音見證聚會」，將見證人、見證故事從錄音室帶入教會，「鼓勵弟兄姊妹邀請朋友、鄰居、家人進入教會分享這些生命見證，同得福音的好處；也願借著這樣的分享祝福教會成爲蒙神喜悅、傳福音報喜訊的教會。」〔註 14〕

〔註 13〕http://www.21unet.com/index.php m=content&c=index&a=show&catid=332&id =32065
〔註 14〕http://www.harley.com.tw/kata/at/new_page_135.htm

2012 年救恩之聲（華語福音廣播）廣播節目時間表 〔註15〕：

雲彩飛揚（華人生命見證）since1994 年		
佳音廣播電臺 FM 90.9	每周日	15：05 - 16：00
基隆益世電臺 AM 1404	每周日	23：00 - 24：00
臺廣新竹臺 AM 1206	每周日	23：00 - 24：00
臺廣臺北臺 AM 1323	每周日	01：00 - 02：00
東臺灣廣播電臺 FM 107.7	每周日	08：00 - 09：00
臺中全球之聲廣播電臺 FM 92.5 　（客語）	每周日	24：00 - 01：00
加拿大 Calgary FM 94.7	每周六、日	21：00 - 21：30
南非約堡華夏之聲電臺 AM1269　千赫	每周一、三	15：15 - 16：00
網路廣播 www.goodnews.org.tw　；www.vos.org.tw	全天播出	
馬來西亞眞光電臺 www.lightradio.org	每周六	19：00 - 20：00
	每周日	19：00 - 20：00
美國紐約僑聲電臺	每周六	07：30 - 08：00
		19：30 - 20：00
美國紐約中國廣播網 WGBB AM1240	每周六	18：00 - 18：30
	每周日	07：00 - 07：30
生命廣播網華語臺 www.cgbc.net	全天播出	
有機網上電臺 www.radioorganiclive.com	每周一至五	13：00 - 14：00
		19：00 - 20：00
		01：00 - 02：00
		07：00 - 08：00
加拿大愛民頓佳音社 www.chineseoutreach.ca	每周日	11：00 - 12：00
		18：00 -19：00
雲彩飛揚 / 恩雨同路人（華人生命見證）since2007 年 7 月		
多倫多　　　AM1430	每周六	20：00 - 20：30
西雅圖　　　AM1540	每周二	19：30 - 20：00
愛民頓　　　FM 101.7	每周一	14：00 - 14：30
雪梨　　　　Mandarin　2AC	每周一	21：30 - 22：00
美蹤電臺 www.footprintradio.org	每周六、日	12：00 - 13：00
Manhattan, Kansas FM105.5	每周一	24：00 - 01：00

〔註15〕http://www.vos.org.tw/program.htm

Lawrence, Kansas FM103.7		
Rolla, Missouri FM101.7		
Auburn, Alabama FM94.3		
Lincoln, Nebraska FM93.7		
生活的透視（華人基督徒真理造就）since2000 年		
基隆益世電臺 AM 1404	每周一至周六	01：30 - 02：00
網路廣播 www.vos.org.tw	全天播出	
生命廣播網華語臺 www.cgbc.net	全天播出	
聖經廣播網 www.bbnradio.org	周一至周五	03：00 - 03：30
		12：00 - 12：30
美蹤電臺 www.footprintradio.org	周一至周五	16：30 - 17：00
Manhattan, Kansas FM105.5		21：00 - 21：30
Lawrence, Kansas FM103.7		
Rolla, Missouri FM101.7		
Auburn, Alabama FM94.3		
真理之光（華人基督徒真理造就）since1994 年		
遠東良友電臺 SW 31 公尺 9400 千赫	周一至周日	17：45 - 18：00
網路廣播 www.vos.org.tw	全天播出	
馬來西亞眞光電臺 www.lightradio.org	周一至周五	08：00 - 08：15
	周六至周日	07：30 - 08：00
加拿大愛民頓佳音社 www.chineseoutreach.ca	周一至周五	15：00 - 15：15
美蹤電臺 www.footprintradio.org	周一至周日	11：00 - 11：30
Manhattan, Kansas FM105.5		14：30 - 15：00
Lawrence, Kansas FM103.7		
Rolla, Missouri FM101.7		
Auburn, Alabama FM94.3		
快樂島（華人兒童福音預工）since1980 年		
環球廣播電臺 SW 19 公尺 15235 千赫	周一至周日	17：30 - 18：00
網絡廣播 www.vos.org.tw	全天播出	
生命廣播網華語臺 www.cgbc.net	周二、周四、周六	
加拿大愛民頓佳音社 www.chineseoutreach.ca	周一至周五	19：00 - 19：30
馬來西亞眞光電臺 www.lightradio.org	周六至周日	14：00 - 14：30

爆米花（華人兒童福音預工）since1982 年		
環球廣播電臺 SW 19 公尺 15235 千赫	周一至周六	18：00 - 18：15
網絡廣播 www.vos.org.tw	全天播出	
美蹤電臺 www.footprintradio.org	周一至周六	15：30 - 15：50
Manhattan, Kansas FM105.5		
Lawrence, Kansas FM103.7		
Rolla, Missouri FM101.7		
Auburn, Alabama FM94.3		
Lincoln, Nebraska FM93.7		
兒童聖經故事（華人兒童福音預工）since1999 年		
環球廣播電臺 SW 19 公尺 15235 千赫	每周日	18：00 - 18：15
網絡廣播 www.ktwr.net　www.vos.org.tw	全天播出	
生命廣播網華語臺 www.cgbc.net	全天播出	
加拿大愛民頓佳音社 www.chineseoutreach.ca	每周六	07：00 - 07：15
	每周日	19：00 - 19：15
美蹤電臺 www.footprintradio.org	每周日	15：30 - 15：50
Manhattan, Kansas FM105.5		
Lawrence, Kansas FM103.7		
Rolla, Missouri FM101.7		
Auburn, Alabama FM94.3		
Lincoln, Nebraska FM93.7		
天使夜未眠（華人知青福音預工）since2000 年		
環球廣播電臺 SW 25 公尺 11825 千赫	周一至周日	23：00 - 24：00
網絡廣播 www.ktwr.net　www.vos.org.tw	全天播出	
生命廣播網華語臺 www.cgbc.net	全天播出	
馬來西亞眞光電臺 www.lightradio.org.	周一至周日	23：00 - 00：00
加拿大愛民頓佳音社 www.chineseoutreach.ca	周一至周五	01：00 - 02：00
我們的時間（華人家庭福音預工）since1983 年		
環球廣播電臺 SW 31 公尺 9975 千赫	周一至周五	20：30 - 21：00
網絡廣播 www.vos.org.tw	全天播出	
馬來西亞眞光電臺 www.lightradio.org	周一至周五	22：00 - 22：30
加拿大愛民頓佳音社 www.chineseoutreach.ca	周一至周五	11：00 - 11：30
2AC 澳洲雪梨華人電臺	每周三、四	21：30 - 22：00

繽紛生活家（華語福音預工）since2005 年		
東臺灣廣播電臺 FM 107.7	每周日	09：00 - 10：00
基隆益世電臺　AM 1404	每周日	07：00 - 08：00
臺廣臺北臺　AM 1323	每周日	24：00 - 01：00
心靈晚禱（真理大學校園福音預工）since2005 年		
真理大學校內廣播	周一至周五及周日 21：30 - 21：40	
網絡廣播 www.au.edu.tw/ox_view/dorm.htm	全天播出	
加拿大愛民頓佳音社　www.chineseoutreach.ca	周一到周六　21：00 - 21：10	
馬來西亞真光電臺 www.lightradio.org	周六至周日　00：30 - 00：45	
為普世華人禱告 since2006 年		
環球廣播電臺 SW 31 公尺 9975 千赫	周一至周五　20：30 - 21：00	
遠東良友電臺 SW 31 公尺 9400 千赫	周一至周日　17：45 - 18：00	
環球電臺網絡廣播 www.ktwr.net	全天播出	
救恩之聲網絡廣播 www.vos.org.tw	全天播出	
馬來西亞真光電臺 www.lightradio.org	周一至周五　08：00 - 08：15	
	周六至周日　07：30 - 08：00	
加拿大愛民頓佳音社 www.chineseoutreach.ca	周一至周五　15：00 - 15：15	

目前，「救恩之聲」網站以「讓全球華人都聽見」為宗旨，設置了線上收聽、函授學校和線上留言等專欄，所有節目都可以在網站收聽。

三、佛教廣播

在臺灣，佛教是信眾人數最多的宗教。但臺灣卻沒有專門的佛教電臺。佛教廣播主要是由一些佛教組織製作後借其它電臺的某些時段播出，節目內容多為高僧講經弘法。

臺灣佛教界很重視利用無線電廣播電臺弘法。據資料顯示，到 1973 年，電臺播出佛教節目就已經很普遍，且為大眾所歡迎。當時播出佛教節目的電臺有臺北市民本電臺的「佛教之聲」，正聲廣播電臺、臺中市民本電臺的「慈明之聲」，高雄市鳳鳴電臺的「佛教之聲」及臺北分臺、花蓮鳳鳴電臺的「佛教之聲」和宜蘭中廣電臺的「佛教之聲」、高雄縣鳳鳴電臺的「淨覺之聲」、臺東縣正聲公司的「臺東佛教之聲」等共十處。每日早晚，由高僧大德向各

地播講佛法、佛歌、佛讚、佛經等，淨化人心，福利社會。〔註16〕

　　據目前掌握的資料，1952 年南亭法師在民本電臺播出的「佛教之聲」為臺灣佛教界「空中弘法之始」。〔註17〕

　　這一年，南亭法師在臺北市新生南路購得民宅，創辦華嚴蓮社，定期講經，並與周宣德、鄭崇武諸居士在民本電臺播出「佛教之聲」節目，弘揚佛法。後來，華嚴蓮社刊印的《阿彌陀經》、《十善業道經》、《妙慧童女經》、《永嘉大師證道歌》等都刊載了他的廣播稿。〔註18〕

　　1953 年，慈惠法師參與了在中國廣播公司宜蘭臺、民本電臺播出的「佛教之聲」節目，時間達六年之久〔註19〕。

　　1957 年，星雲大師參與了民本電臺的「佛教之聲」節目，領導佛教徒到電臺播音，運用電臺進行弘法。〔註20〕該節目在四家電臺播出。〔註21〕星雲法師還在眾多廣播電臺創立《覺世之聲》、《信心門》、《禪的妙用》、《生活的智慧》等，充分借用現代傳播工具傳播佛教。〔註22〕星雲大師講說《八大人覺經》的錄音，在宜蘭民本電臺、正聲廣播公司雲林電臺都播出過。〔註23〕星雲大師（釋星雲）（1927～）是著名佛學大師，佛光山開山宗長，國際佛光會世界總會會長。俗名李國深，原籍中國江蘇江都，其信徒常稱之為星雲大師，為臨濟正宗第四十八代傳人。他曾先後在世界各地創建 200 餘所道場；創辦九所美術館、二十六所圖書館、出版社、十二所書局、五十餘所中華學校、十六所佛教叢林學院；著作等身，有 110 餘種佛學著述，並翻譯成英、日、德、法、西、韓、泰、葡等十餘種語言，流通世界各地。〔註24〕2010 年 1 月13 日星雲大師獲得「中華文化人物」終身榮譽獎。〔註25〕

　　1959 年，聖印法師於正聲廣播公司所屬的臺中農民廣播電臺開闢「慈明之聲」廣播節目。當時的播音技術要求播音者到電臺播音室直接播出（後來

〔註16〕參見《二十年來蓬勃發展之臺灣佛教》，原文載於六二年一月十五日《獅子吼》
　　　　十二卷一期四頁，轉引自 http://hk.plm.org.cn/e_book/xz-4943.htm#top
〔註17〕http://www.foyuan.net/article-435038~1.html
〔註18〕http://cidian.iask.sina.com.cn/a/egwk.html
〔註19〕http://www.chibs.edu.tw/ch_html/projects/taiwan/formosa/people/2-ci-hui.html
〔註20〕http://www.fjdh.com/wumin/2009/04/09225073555.html
〔註21〕http://www.ebud.net/special/relic/fotuo/special_relic_fotuo_20020202_45.html
〔註22〕《江蘇檔案》特刊 2012 第 02 期，轉引自
　　　　http://www.dajs.gov.cn/art/2012/5/28/art_2821_38446.html
〔註23〕http://bbs.foyuan.net/thread-3628~1~1.html
〔註24〕http://baike.baidu.com/view/366509.htm#1
〔註25〕http://fashi.gming.org/list-5.html

才進步到錄音帶播放），因此聖印法師每周日黎明趕往電臺，風雨無阻，數年如一日。到 1965 年，慈明之聲開闢臺灣省八個電臺聯播，法音遍佈全省。這一節目持續了 33 年之久，直到 1991 年，聖印法師以弘法繁忙而停播。〔註26〕

聖印法師（1930～1996），俗姓陳，單名林，臺灣省臺中縣人，1930 年出生於臺中縣東勢鎮的農家。陳家祖籍廣東，清季移民臺灣，世居臺中，以農傳家，世代信佛。他十八歲剃度出家，法名果玄、字聖印。1959 年，聖印法師在臺中市南區合作街購得土地，創建慈明寺，是年動工興建，1961 年初竣工。後慈明寺成為臺灣中部名刹。

1961 年，益妙尼師又在雲林廣播電臺開闢「佛教之聲」節目，每天請人在電臺廣播佛法。〔註27〕

1964 年夏，淨心長老在高雄市鳳鳴電臺開播「淨覺之聲」空中布教節目，並將節目擴充到正聲公司臺北臺與高雄臺、草屯中興電臺。此後，「淨覺之聲」分別於北、中、南之正聲、中興、鳳鳴等數個廣播電臺，每日晨間六時至七時播出一小時，講經弘法，並為聽眾解答疑問，幾十年來從未間斷。另外，在正聲宜蘭臺與臺東臺，以及臺南勝利電臺，每星期日都有一小時的弘法節目。1985 年復將電臺布教節目延伸到美國加州，對海外華人弘法。很多聽眾就是聽了「淨覺之聲」的節目後開始信佛學佛的。〔註28〕淨心長老（1929～）是臺中縣人氏。弱冠之年即依新竹法源寺斌宗和尚剃度出家。1962 年又投於白聖法師門下，為白聖法師在臺的第一位嗣法弟子。1963 年 4 月，淨心法師晉任高雄光德寺第三任住持至今。〔註29〕他一生以弘揚佛法、僧伽教育、文化工作、慈善救濟、社會福利公益事業為己任，在廣播電視弘法、佛教教育、佛教出版以及社會慈善事業等方面都頗有建樹。現任臺灣世界佛教華僧會會長、臺灣中國宗教徒協會理事長、臺灣中華民國宗教與和平協進會理事長、臺灣中國佛教雜誌發行人等職。

1973 年 3 月，李炳南居士受廣播界前輩黃懷中居士的幫助，於彰化國聲電臺開創「蓮友之聲」節目，後又開播「中華文化」節目，在九所民營電臺

〔註26〕http://baike.soso.com/v7114825.htm
〔註27〕參見 http://xmwk.zgfj.cn/e/action/ShowInfo.php 抬 classid=216&id=3557
〔註28〕參見 http://vod.fjdh.com/NewsDetail/886.html，
　　　　http://www.chibs.edu.tw/ch_html/projects/taiwan/formosa/people/1-jing-xin.html，
　　　　http://ccswf.chingjou.org.tw/h2.html
〔註29〕http://www.chibs.edu.tw/ch_html/projects/taiwan/formosa/people/1-jing-xin.html

聯播。1979 年，由於電臺廣播成績斐然，成立「明倫廣播節目供應社」，擴大空中弘法。1983 年 1 月，捐款設立「孔學獎金會」鼓勵儒學作品之寫作，提供明倫月刊及電臺廣播用。1984 年 2 月，獲黃懷中居士之助，於復興廣播電臺開播「明倫之聲」，全省聯播，幫助社教。1985 年 10 月，再獲黃懷中居士推薦，於臺灣區漁業廣播電臺開播「明倫之聲」節目。1985 年 11 月，捐款購地，獲周榮富居士之助，興建「六吉樓」，作爲廣播社辦公及社教科上課之用。〔註30〕

　　李炳南居士（1889～1986）是山東濟南人，名豔，字炳南，號雪廬。爲衍聖公孔奉祀官府秘書長。初學唯識於梅光羲，於禪、淨、密等，皆曾修習，後歸依印光大師，專修淨土。此外，亦精中醫。抗日戰爭期間，隨孔德成前往重慶，並助太虛大師弘法。後卜居臺中。除仍任職孔奉祀官府外，併兼任中國醫藥學院及中興大學教授，業餘則致力於佛法之弘揚。於臺中講經說法數十年，以「李老師」之名著稱於臺灣佛教界。先後創辦臺中佛教蓮社、菩提樹雜誌社、慈光圖書館、慈光育幼院、菩提醫院、菩提救濟院等多處弘法及慈善機構。

　　在臺灣佛教組織製作的許多節目中，慈濟基金會的佛教節目不僅受到業界的稱揚，也得到許多聽眾的認可。

　　慈濟基金會全稱「財團法人中華民國佛教慈濟慈善事業基金會」，是臺灣的佛教慈善團體。其前身爲證嚴法師〔註31〕在 1966 年 5 月 14 日於臺灣花蓮創立的「佛教克難慈濟功德會」，簡稱「慈濟功德會」。「慈濟」二字之意義爲「慈悲爲懷，濟世救人」。1980 年 1 月 16 日，臺灣省政府核准「財團法人臺灣省私立佛教慈濟慈善事業基金會」立案，「慈濟功德會」改稱爲「慈濟基金會」。1994 年，臺灣中華民國內政部核准「財團法人中華民國佛教慈濟慈善事業基金會」立案，慈濟基金會成爲一個服務事業遍及全臺灣的財團法人。

〔註30〕 參見 http://www.dizang.org/bk/lbn/022.htm
〔註31〕 證嚴法師（1937～）臺灣臺中縣人，1962 年秋自行落髮出家，踏上僧侶修行之路。1966 年，證嚴法師萌生了成立慈善組織，爲貧苦人服務的志向，遂於當年 5 月 14 日（農曆 3 月 24 日）於花蓮創立「佛教克難慈濟功德會」，簡稱「慈濟功德會」。慈濟的慈善濟貧工作由六位同修每人每天增產一雙嬰兒鞋開始。證嚴法師又利用屋後的竹子鋸成 30 個存錢筒，發給在家信徒一人一個，要她們每天存進五毛錢。最後由慈善、醫療、教育、人文志業擴及到了海外賑災、骨髓捐贈、小區志工和環保各領域，成爲「一步八腳印」，現在全球五大洲 47 個國家設有分支會或聯絡處，援助超過 71 個國家地區。

　　受印順法師「人間佛教」的觀念影響，證嚴法師想將佛教徒的「家家觀世音，戶戶彌陀佛」，轉化爲「人人觀世音，個個彌陀佛」，將佛教精神人間化、生活化，致力於推動社會救助與慈善工作，以募款及濟貧爲重點。後來進而以「教富濟貧」爲目標，提倡「無緣大慈，同體大悲」精神，要求會員「以佛心爲己心，以師志爲己志」，遂衍生爲「四大志業，八大法印」的規模，希望建立「慈濟社會」、「慈濟家庭」，推動「慈濟人文」。按照證嚴法師的「普天三無」爲原則，即所謂「普天之下沒有我不愛的人；普天之下沒有我不信任的人；普天之下沒有我不原諒的人」，該基金會之慈善事業運作不分種族，不分宗教及不分國度。團體中也不乏其它宗教、種族的志願者。〔註32〕

　　本著「清流傳播，淨化人心」的原則，慈濟傳播人文志業基金會多年來通過出版書籍、製作廣播節目與電視節目來傳播人間佛教思想。1985 年 11 月 16 日，慈濟的第一個廣播節目「慈濟世界」在民本電臺開播。節目時間爲周一到周六早上六點零五分到七點。前半段 30 分鐘的內容，是由證嚴法師講經，後半段由靜睿、靜暘、靜潔輪流主持。1986 年 4 月 8 日，「慈濟世界」開始在中廣臺灣臺開播，更擴大了節目的收聽群。由於節目製作嚴謹，「慈濟世界」擁有較多聽眾，收聽範圍也較廣。

　　慈濟基金會最資深的廣播節目是在中廣新聞網播出的「愛灑人間」和「真心看世界」。節目提供最新的證嚴上人開示，報導慈濟的社會事業，是許多慈濟照顧戶、監獄受刑人心靈的慰藉與依靠。「真心看世界」節目還曾在 2009 年榮獲全球華語廣播界最高榮譽的公益貢獻獎。「而全臺監獄、看守所受刑人收聽慈濟廣播者眾多，汲取上人法語、感動慈濟人所爲，出獄後加入行列受證委員慈誠者頗多，這就是大愛廣播無遠弗屆的影響力。」〔註33〕

　　2005 年 9 月 1 日，慈濟世界廣播歷經轉型改版，成立了全新的「大愛網絡電臺」〔註34〕。「大愛網絡電臺」的節目製作謹嚴，內容活潑充實，啓發人心向上向善，一直擁有廣大的聽眾。爲了收聽這一網絡電臺，許多志工還自覺地學習使用計算機上網。「大愛網絡電臺」開設了「視訊聊天室」，聽眾（網友）可以突破廣播只能收聽的限制，看到錄音室現場的實況和主持人與來賓的訪談，參與性、現場感更強。這一改進，使過去只能收聽的廣播變成了看

〔註32〕 http://zh.wikipedia.org/wiki/財團法人臺灣佛教慈濟慈善事業基金會
〔註33〕 參見《2011 年 1 月至 12 月慈濟傳播人文志業基金會「大愛灑人間」服務成果》，http://www.tzuchiculture.org.tw/201101-12.htm。
〔註34〕 大愛網絡電臺網址是 radio.newdaai.tv。

得見的「廣播」。不僅如此,「大愛網絡電臺」還提供節目的下載,精選了專題報導區,方便聽眾隨時隨地收聽。2011 年,「大愛網絡電臺」首頁平均每月瀏覽總量近 5 萬次,在線收聽人數約 3 萬人。廣播節目類型包括「慈濟法音」、「音樂及講座」、「語言與學習」、「親子區」等豐富的內容。

第二節 香港的宗教廣播

　　素有「東方之珠」美稱的香港,是一個介於東西方之間,兼容並蓄的多元文化社會。其領土包括香港島、九龍和新界等 230 多個大小島嶼。人口中除 98%的華人外,還有來自地球不同角落的英國人、美國人、印度人、菲律賓人、日本人和韓國人。在這樣一個多元化的社會裏,號稱香港社會支柱之一的宗教也呈現出多元化的特點。其主要宗教有佛教、天主教、基督教、伊斯蘭教、道教、孔教、印度教、錫克教、巴哈伊教、猶太教、襖教等。信徒占總人口的 2 / 3。近年來一些新興宗教也傳入香港,更加使其教派林立、名目繁多,成為「世界各宗教的縮影」。〔註35〕許多宗教團體除了弘揚教義外,也興辦學校、提供衛生福利設施等。世界各大宗教組織也紛紛在這裡設立了分支機構和傳教組織,同時香港的各種宗教團體也與國際宗教組織保持著密切的關係。在香港,有來自世界各地的各種宗教的傳教士,僅基督教新教各派別就有數十種國際傳教機構。近年來新興宗教也紛紛傳入香港,設立分會,而各大宗教的國際組織也注重利用現代化的傳播工具在香港設立出版社、電臺等,發行宗教書刊、音像製品,還舉行大型的布道會,通過電視或電臺傳播到世界各地,並影響到中國大陸。隨著大陸的開放,香港的宗教組織和個人還不斷到內地參觀訪問,或旅遊探親,加深了內地與香港兩地雙方宗教界人士的相互瞭解與友誼。

一、佛教廣播

　　佛教傳入香港已有 1000 多年的歷史。1842 年中英《南京條約》簽訂後,香港變為近代化的商業港口,與各國交通自由,內地佛教界人士大批前往香港,帶動香港佛教事業日漸興盛。據文獻記載,香港正式開展佛教活動是 1918 年,不過當時僅僅是居士的誦經和佛教講演。1920 年,太虛大師來到香港,舉辦了一次講經法會,這是香港第一次出現盛大的佛教活動。因為這次講經

〔註35〕趙紅宇:《香港宗教的傳播與發展》,《世界宗教研究》1997 年第 2 期。

法會的影響，佛教流佈的範圍逐漸擴大，佛教信徒一天比一天多，組織也更加健全。

香港的佛教廣播中，佛學班同學會與香港電臺合辦的「空中結緣」具有一定的知名度。該欄目 1981 年 7 月 5 日開始在香港電臺第五臺播出，由葉文意居士主持，內容包括佛經講座，深入淺出地闡釋佛學常識及佛理。其中的《劇化故事》取材自佛經，使聽眾透過劇中人物遭遇，更容易瞭解佛理；自 1995 年開始，節目邀請黃燕雯居士加入主持聽眾信箱，以對話形式解答聽眾來信，聽來倍覺親切。〔註 36〕

佛學班同學會是 1974 年 6 月成立並向香港政府註冊的合法團體。數年後經向港英當局申請，被批准為慈善不牟利團體，凡捐款者均獲收據，得享有免稅權益。佛學班同學會的宗旨就是宣揚佛教正義，每周均有佛學初級班、佛學進修班、佛學講座、誦經法會及念佛法會等。佛學班同學會的主旨是引導初機、闡明佛理、感化世人，令其止惡行善。該會的新會員需要在該會修讀佛學一年，由該會有關人士介紹，再由主席核准，才能成為會員。〔註 37〕

二、基督教廣播

香港的基督教廣播與臺灣類似，有專門的基督教電臺，還有基督教組織製作後在各電臺播送的基督教廣播節目。

香港有兩家基督教電臺，但都是國外電臺的分支機構。它們分別是在大陸享有很高知名度的良友電臺和環球電臺。

良友電臺隸屬於遠東廣播有限公司，總部在美國加州洛杉磯縣 La Mirada 市。1949 年 7 月 29 日啓播，以短波向中國大陸廣播福音，致力向中國內地廣播福音信息和教導聖經真理。良友電臺於香港、臺灣、新加坡、美國和加拿大設有製作中心，透過位於菲律賓和韓國的發射站，分別以短波和中波廣播至中國各地。〔註 38〕良友電臺旗下有六個頻率，分別是良友一臺、良友三臺、良友 i-radio 頻道、良友少數民族臺、益友一臺、益友二臺。其廣播語言為北方官話（普通話、雲南話）、粵語、回民廣播、壯語（紅水河話、德保話）、蒙古語、藏語（康巴話、衛藏話、安多話）、維吾爾語，內容主要是向中國大

〔註 36〕 參見 http://www.budyuen.com.hk/ 及
http://itunes.apple.com/pa/podcast/xiang-gang-dian-tai-kong-zhong/id383299750
〔註 37〕 http://www.budyuen.com.hk/
〔註 38〕 http://www.liangyou.net/ 抬 label=AboutUs

陸廣播福音信息和教導聖經真理。在中國大陸實行改革開放之前，良友電臺曾一度是廣東一帶民眾得知外界消息的重要渠道。〔註39〕

　　環球電臺（Trans World Radio，縮寫為：TWR）是一個跨國基督教福音廣播電臺，也是一個非牟利的基督教機構，其資金來源於熱心聽眾的捐贈。電台宗旨是將耶穌基督的信息以廣播傳至地極。該電臺開始於 1952 年，當時 Paul Freed 從摩洛哥向西班牙發射廣播。後來，環球電臺被驅逐出摩洛哥。在摩洛哥曾經多年使用的大功力發射器是二戰後納粹所拋棄的。其它主要的發射地點還有關島、博奈爾島、斯里蘭卡、塞浦路斯和斯威士蘭。目前，透過分佈在世界各地的 13 個發射站與 30 多個錄音室 / 辦事處，環球電臺從 14 個國家，使用中波或大功力調頻發射器、短波以及通過當地電臺、電纜、人造衛星和互聯網，達到 160 個國家、225 種語言和方言區的數百萬人。

　　環球電臺香港有限公司的主要工作是製作中文福音節目，向中國及東南亞的華人廣播。該公司聯同北美，歐洲，加拿大及東南亞等地的環球電臺辦事處及合作夥伴一同製作布道、造就和裝備性的節目，這些節目以普通話為主，其次有廣東話及其它方言。節目從太平洋關島的發射站廣播，中國、香港、東南亞各地都能收聽；「很多聽眾來信說他們從福音廣播得到很大的益處及幫助」。

　　目前，環球電臺互聯網設立了網上福音廣播，網友可以在其網站收聽該臺的大多數節目。

　　在香港基督教組織製作的廣播節目中，既有香港本地教會如香港基督教協進會的廣播節目，也有國外福音傳播機構提供的廣播節目。

　　香港基督教協進會為香港教會聯合組織，成立於 1954 年。目的在推動整體教會的聯合見證和宣教工作；同時亦與普世教會和合一組織保持聯繫，彼此關懷，分享資源。〔註40〕該會製作的宗教廣播節目分為中文和英文兩種。

　　香港基督教協進會的中文宗教廣播節目有兩項，由「香港電臺中文宗教廣播顧問委員會」負責製作。

　　1960 年代，香港電臺邀請五個教會宗派，即天主教香港教區、聖公會、循道衛理會（現稱循道衛理聯合教會）、中華基督教會及浸信會合作組成「香港電臺中文宗教廣播顧問委員會」，開始製作具有基督宗教特色的廣播節目。

〔註39〕http://zh.wikipedia.org/wiki/%E8%89%AF%E5%8F%8B%E7%94%B5%E5%8F%B0#cite_note-0#cite_note-0
〔註40〕http://www.hkcc.org.hk/acms/?site=hkcc

委員會的宗旨為：監察並從基督徒角度對廣播界作出影響；提高公眾對廣播所給予人生活影響的警覺性；對有關宗教及廣播之事宜作出回應；與廣播界保持良好關係並發展中文宗教廣播事宜；策劃、主持香港中文宗教節目播音。

從 1960 年代至今，委員會主要負責兩個節目，即《豐富的人生》與《天降甘霖》（早期稱為《主日崇拜》）。目前《豐富的人生》每逢星期六晚上六時半播出，而《天降甘霖》則每逢星期日晚上六時半播出。

委員會極為重視上述兩個節目的時代性與可聽性，對時代的變遷及時勢發展及時作出回應。如 80～90 年代的「九七」困擾和移民潮、2000 年代經濟低迷及 2003 年「非典」等，都在節目中有所反映。委員會早期只專注於製作廣播節目，較少舉辦戶外活動，缺乏與聽眾的互動和交流。到了 1990 年代中期，委員會開始嘗試與其它的基督教機構聯合舉辦一些活動，如與九龍城區教會合辦的十二月份嘉年華會、與九龍城浸信會合作傳播啓德機場搬遷紀念與祈禱會、與香港基督徒音樂事工協會（ACM） 協辦歌唱比賽等。在 2003 年爆發非典型肺炎疫情時，委員會更積極地作出響應，除了邀請靈實醫院臨床心理學家在節目中談「抗炎情緒健康管理」外，也辦「愛在 SARS 蔓延時」座談會，鼓勵市民勇敢地度過「非典」的非常時期。因此，兩個中文節目都深受聽眾歡迎，一些節目甚至蜚聲國際。如 1986 年，北美中文電臺要求轉播《豐富的人生》環節《東西小語》；1988 年，委員會同意讓紐約長老會在小區播放《天降甘霖》；2002 年，《天降甘霖》節目供加拿大遠東廣播公司及美國舊金山 Crossradio 電臺及網上廣播。

最近幾年，隨著網絡科技的發達，這兩個節目也實現了網上收聽。

香港基督教協進會的英文宗教廣播節目有四項，由「英語宗教廣播委員會」負責製作。香港電臺英語宗教廣播顧問委員會（RBTAC）源於二次世界大戰。當時香港政府及主流的基督教會曾成功推出一項有組織及製作優良的宗教廣播渠道，因此委員會成為一個服務至今的廣泛合作小組。委員會的組成是由天主教委派兩名代表，其它四名由香港基督教協進會委派，而其中兩名為聖公會代表，另外兩位為其它基督新教的宗派代表，委員會主席一職則分別由這三組代表中輪任。每年委員會均讚助製作 600 個節目，由不同的主持人主持，其中包括天主教、基督新教、聖公會及正教會講員等。

國外福音機構提供的節目中，最著名的是 2011 年 12 月「恩雨之聲」為香港幾家電臺製作播出的「恩雨同路人」和「恩典時刻」節目。

「恩雨之聲」於 1987 年成立於加拿大多倫多，是一個以電子傳媒傳播福音為使命的機構。該機構的經濟來源全靠教會及個別信徒奉獻支持，製作的普通話和粵語電視及電臺節目在加拿大、美國、亞洲、澳洲等 50 多個國家及地區播放。2001 年底，「恩雨之聲」在香港設立辦事處，成立董事會，拓展事工。「透過本地電視媒體，每周播放福音見證，並借電話熱線跟進關懷，並廣泛送贈福音光盤，與香港教會和信眾，夥伴同行，播種福音。」〔註 41〕2011 年 12 月 10 日，「恩雨之聲」的廣播節目「恩雨同路人」開始在新城財經臺 FM104 播出，時間為每周六晚 11 時，節目類型是生命見證訪問節目，由著名作家周淑屏小姐主持，合共 52 集。2012 年 10 月 1 日開始，「恩雨同路人」節目改為新城數碼財經臺播出，時間仍然是逢周六晚上 11 時播出。

2012 年 6 月 1 日「恩雨之聲」的另一檔廣播節目「恩典時刻」開始在數碼電臺（數碼大家臺 DBC2 臺）播放，時間為每周一及五晚上 8 點到 10 點，節目類型為生命見證訪問直播節目，8 月 20 日改為晚上 7 點至 9 點播出。

目前在「恩雨之聲」主頁上，可以看到往期節目的回放。

第三節　澳門的宗教廣播

一、澳門宗教概況

澳門宗教的歷史悠久，信教人數占區域內總人口的比例高。主要有佛教、道教和一些民間宗教，還有天主教和基督教；另外，伊斯蘭教和巴哈伊教在澳門也有為數不多的信徒。但澳門本土的廣播電臺卻不多，一共只有兩家電臺和一些網絡電臺。這兩家電臺是屬於澳門廣播電視有限公司的澳門電臺和私營的澳門綠村商業電臺；其中，澳門電臺擁有中葡文兩個頻道。因此，相較香港繁榮的廣播市場而言，澳門廣播業並不發達，宗教廣播的數量也不多。

二、澳門的宗教廣播

澳門電臺中文頻道曾播出過佛教和天主教的內容。

在葡萄牙當局統治澳門時期，當地並無佛教聯合會組織，相對較為鬆散，各自為政、各自發展，雖然能夠和合友善發展弘法事業，卻缺乏一個團結教

〔註 41〕 http://www.sobem.org.hk/history.php

界的機構，始終難以統籌策進，滿足日漸增多的信徒和社會大眾的需求。直到 20 世紀 30 年代末，竺摩法師從內地來到澳門，才創辦起澳門佛教界歷史上第一份佛教刊物——《覺音》月刊。1988 年，澳門佛教聯合會成立。1991 年成立了澳門佛教青年中心。澳門佛教青年中心是一個非盈利的社會團體。宗旨是學習佛陀以智慧和慈悲服務他人，實踐佛陀精神，淨化社會人心，為澳門市民提供信仰佛教正知正見的信息。該中心成立後，與澳門電臺中文頻道合辦了一個廣播節目《法音宣流》，星期日 23：00 - 00：00 在澳門電臺中文頻道播出。

此外，澳門電臺中文頻道還曾與澳門教區社會傳播中心合作，播出過天主教的內容。〔註42〕

〔註42〕http://zh.wikipedia.org/zh-hant/澳門電臺中文頻道%20 抬 iframe=true&width=100%&height=100%

結束語

　　歷史地看，中國宗教廣播的產生和存在並非偶然。它出現於外國人在中國的「飛地」租界，是中國政府權力難以到達的地方產生的與外國人在華地位提升相伴隨的產物。但宗教廣播之所以能在民國時期獲得較快發展，顯然有著更為深刻的社會文化與政治背景。

　　首先，民國南京政府在法律上賦予國民信教自由，同時還賦予民間創辦廣播電臺的自由，無疑為宗教廣播的出現準備了必要條件。

　　辛亥革命勝利後，以孫中山為首，中華民國臨時政府制定了具有「憲法」性質的根本大法──《中華民國臨時約法》。其第二章「人民」款第七條規定，「人民有信教之自由」。不僅如此，從孫中山到蔣介石等各級政府首腦中，許多都有宗教信仰，因此對民眾的宗教信仰也持包容和肯定態度。所謂上行下效，政界、商界和文化界大批信教人數的存在，無形中帶動了民眾的信教熱潮。反觀整個民國時期，連年戰亂給民眾造成的缺乏安全感，本就容易滋生宗教信仰的社會土壤。統計數據顯示，辛亥革命後至新中國成立前，除抗日戰爭的最艱難時期外，中國基督教和天主教的發展都呈「直線上昇的趨勢」，〔註1〕人數也逐年遞增。以基督教為例，1928 年，中國的基督教信教人數為44 萬 6 千多，1935 年即遞增至 51 萬 2 千多，1946 年 70 萬，1949 年 78 萬以上。天主教信教人數在 1946 年也有 327 萬以上〔註2〕。而佛教事業在民國時期也有很大發展，不僅佛教改革如火如荼，居士團體也在抗戰前獲得很大發

〔註1〕中央人民政府情報總署編印內部資料：《外國在華教會概況》（1950 年 3 月印），
　　　　第 7 頁。
〔註2〕《外國在華教會概況》，第 13 頁。

展。普通民眾所常見的「平時不信佛，臨時抱佛腳」心理，就說明每當社會動蕩，對前途命運沒有把握時，就容易把希望寄託在宗教信仰上。這客觀上都為宗教廣播準備了受眾群。而隨著社會上宗教性需求的增加，廣播中宗教內容的生產和擴大也就成為時所必然。

從廣播層面看，廣播事業興起後，1928 年 6 月，國民黨中央政治會議臨時會議決定，包括無線電廣播在內的無線電事業改由新成立的建設委員會管理。8 月，建設委員會設立無線電管理處，管轄中國國內及國際間包括廣播電臺在內的全部無線電事業；同月，建設委員會公佈《中華民國無線電臺管理條例》，明文規定廣播電臺「得由人民設立」。12 月 13 日，建設委員會頒佈《中華民國廣播無線電臺條例》，規定「廣播電臺得由中華民國政府機關公眾或私人團體或私人設立，但事前須經國民政府建設委員會無線電管理處之特許，違者由當地負責機關制止其設立」。〔註 3〕在這一背景下，民間創辦的廣播電臺從 20 世紀 30 年代開始即風起雲湧，如雨後春筍般在各大中城市陸續出現，宗教廣播也在這一辦臺熱潮中應時而生。

其次，對於執政當局的鼎力支持，宗教廣播事業也投桃報李，在不遺餘力地傳佈宗教教義的同時，還不忘通過節目向執政當局輸誠，為自身的生存與發展營造良好的政治氛圍。以上海功率最大的民營宗教電臺——福音廣播電臺為例，該臺創辦後，一不播放任何廣告，二不從事任何營業活動，日常經費全靠基督徒們的奉獻。綜觀福音電臺的節目，其內容並不限於專門的布道，還擔負著複雜的教化、傳播新知乃至參與政治的功能，是當時宗教界人士參與社會事務的一個重要渠道。該臺常邀請政界、文化界名流進臺做演講，既有利於提升電臺人氣，又可以裝點門庭。「蔣夫人宋美齡女士演講」、「外交總長張岳軍夫人馬育英女士演講基督徒對於社會的責任」、「聖約翰大學卜方濟校長英文演講」、「滬江大學劉湛恩校長演講奮戰、團結、犧牲」等〔註 4〕，都產生了較大影響。1937 年，福音電臺還貫徹執行 1937 年 4 月中央廣播事業指導委員會制定的「各廣播電臺必須轉播中央臺的播音」政策，在星期日節目中增加了中央廣播電臺的節目和播音業同業公會節目。正如在該社出版的《福音廣播季刊》中該臺主持人王完白公

〔註 3〕《建設委員會頒佈中華民國廣播無線電臺條例》（1928 年 12 月 13 日）。
〔註 4〕陳文文、徐翠：《上海福音廣播電臺——中國空中福音的先聲》，《科技信息》，2009 年第 25 期。

開宣稱的那樣,「本電臺素以提倡基督教之信仰與實行爲職志,與蔣委員長(即蔣介石)的主張如出一轍」〔註5〕。而益世電臺的于斌大主教與南京政府的密切關係,則更是眾所周知。

第三,宗教廣播事業的興起與發達,也是宗教組織與個人對宗教傳播不懈探索的結果。宗教廣播出現後,面對國家被日本侵略者不斷蠶食的情形,日益顯示出一種濃烈的現實關懷。一些宗教界人士與國家民族心連心,同呼吸,共命運。其思想和主張通過廣播擴散後,贏得了社會的極大尊重。正是由於宗教廣播的視角日益轉向社會和民生,積極關心時事,瞭解形勢,甚至投身抗戰,以親身行動追求宗教對社會的實際貢獻,因此,戰時宗教廣播非但未與時代脫節,反而成爲戰時宣傳的重要力量。

最後,也要看到,無論從全局還是實際效果看,民國時期的宗教廣播仍有相當的局限。宗教廣播中呈現出的鮮明的經世致用取向雖與宗教本身對人的終極關懷相違逆,但這一符合中國傳統文化心理的節目價值觀,無疑也顯示出宗教廣播改革的良好願望——基督教自身的外向性使其總會在第一時間借力新興媒體,基督教內容與廣播事業同時產生的歷史事實本不難理解——連一向躲在深山,等人來「求」的佛教事業,也開始搭乘無遠弗屆、「普度」眾生的無線電廣播,不能不說是宗教傳播的巨大進步,也反映出中國宗教界人士與時俱進的可貴精神。民國時期,基督教、天主教、佛教界人士都曾召開會議,探討革新傳教的方式,其中就包含對廣播等新興手段的利用。宗教與廣播相結合,也就成爲情理之中了。

作爲宗教的喉舌,宗教廣播努力擔負著傳播和宣揚宗教的任務,不但爲宗教的傳播做出了積極貢獻,同時也擴大了廣播媒介的傳播內容和類型,成爲凝聚信教者和吸引潛在信徒的一種新的虛擬空間。雖然並無直接的數據證明宗教廣播的發展與近代以來宗教事業的日漸興旺正相關,但宗教廣播的發展和擴散,卻使更多人無需通過書籍閱讀和人際傳播即又輕鬆,進入宗教領域。它大大降低了宗教的門檻〔註6〕,拉近了宗教與普通人的距離,也使近代以來宗教的世俗化、大眾化有了物質的依託和實踐的驗證。

〔註5〕《福音廣播季刊》第一卷第三期,1937年3月出版,轉引自趙玉明著:《中國廣播電視通史》,中國傳媒大學出版社2006年2月第一版,第29頁。

〔註6〕Donald M. Bishop:《宗教在美國社會中的地位》,
http://chinese.usembassy-china.org.cn/jl0100_place.html

　　反觀當下，科學技術的飛速發展和物質生活水平的提高，已經改變了大眾生活的很多方面，但宗教事業依然興旺，甚至還呈現出蓬勃發展之勢。有益的宗教傳播不僅可以消弭宗教分歧，更能增進各民族、各文化、各宗教間的瞭解，化解民族衝突和宗教矛盾，加強民族團結和宗教建設，可謂有百利而無一害。相反，把宗教傳播的主動權拱手讓與一些極端的宗教組織，任其在網絡上任意傳播不良信息，將可能帶來一系列意想不到的惡果。因此宗教管理部門和各宗教團體應正視這一問題，積極利用廣播傳統媒體和互聯網新興媒體，傳播有利於人心道德的宗教教義，營造開放而清朗的媒介空間。

參考文獻

一、書　籍

1. 傅統先著：《中國回教史》，商務印書館，中華民國 29 年（1940 年）初版，寧夏人民出版社 2000 年再版發行。

2. 王完白編：《見證如云：無線電聽眾之自述》，中華民國 29 年（1940 年）12 月上海競新印書館印製。

3. 上海鹿苑佛學會印贈：《妙音集》，國光印刷局，中華民國 32 年（1943 年）4 月版。

4. 王完白編：《續見證如雲》，通問報社民國 37 年（1948 年）12 月發行。

5. 中央人民政府情報總署編印內部資料（1950）：《外國在華教會概況》。

6. 張曼濤主編：《現代佛教學術叢刊・民國佛教篇（86）》，台灣大乘文化出版社 1978 年版。

7. 中國社會科學院新聞研究所編：《中國共產黨新聞工作文件彙編》（上），新華出版社 1980 年版。

8. 李維漢：《統一戰線問題與民族問題》，人民出版社 1981 年版。

9. 【英】羅素：《為什麼我不是基督教徒》，商務印書館 1982 年版。

10. 北京廣播學院新聞系廣播史教研室編印的內部資料：《中國廣播史料選輯》（1983 年）。

11. 上海市檔案館、北京廣播學院、上海市廣播電視局合編：《舊中國的上海廣播事業》，檔案出版社、中國廣播電視出版社 1985 年版。

12. 中國社會科學院民族研究所民族理論室編印：《宗教與民族研究資料選輯》（1986 年 10 月）。

13. 《太虛文集》，臺灣文殊出版社 1987 年版。

14. 汪學起、是翰生主編：《第四戰線——國民黨中央廣播電台掇拾》，中國文史出版社 1988 年版。

15. 佟傑主編：《宗教名人傳記》，吉林文史出版社 1991 年版。

16. 《建國以來重要文獻選編》（第一冊），中央文獻出版社 1992 年版。

17. 韓樸、田紅編：《北京近代中學教育史料》，北京教育出版社 1995 年版。

18. 中共中央文獻研究室綜合研究組、國務院宗教事務局政策法規司：《新時期宗教工作文獻選編》，宗教文化出版社 1995 年版。

19. 釋印順編：《太虛法師年譜》，宗教文化出版社 1995 年版。

20. 朱維錚主編：《馬相伯集》，復旦大學出版社 1996 年版。

21. 顧衛民著：《基督教與近代中國社會》，上海人民出版社 1996 年版。

22. 南懷瑾著：《中國佛教發展史略》，復旦大學出版社 1996 年版。

23. 方軍、蕭銳軍：《一花五葉》，武漢測繪科技大學出版社 1997 年版。

24. 李寬淑著：《中國基督教史略》，社會科學文獻出版社 1998 年版。

25. 張西平、卓新平編《本色之探——20 世紀中國基督教文化學術論集》，中國廣播電視出版社 1999 年版。

26. 趙凱主編：《上海廣播電視志》，上海永會科學院出版社 1999 年版。

27. 姚民權、羅偉虹著：《中國基督教簡史》，宗教文化出版社 2000 年版。

28. 《北京百科全書——通州卷》，北京出版社 2001 年版。

29. 羅冠宗主編：《前事不忘，後事之師》，宗教文化出版社 2003 年版。

30. 孟令兵著：《老上海文化奇葩：上海佛學書局》，上海人民出版社 2003 年版。

31. 米壽江，尤佳：《中國伊斯蘭教》，五洲傳播出版社 2004 年版。

32. 王治心著：《中國基督教史綱》，上海古籍出版社 2004 年版。

33. 顧長聲著：《傳教士與近代中國》，上海人民出版社 2004 年版。

34. 王檜林著：《中國現代史》，北京師範大學出版社 2004 年版。

35. 北京市第二十五中學校史編委會編輯：《育英史鑒》2004 年印刷。

36. 羅偉虹著：《中國基督教》，五洲傳播出版社 2004 年版。

37. 顧長聲著：《傳教士與近代中國》，上海人民出版社 2004 年版。

38. 中共中央文獻研究室編：《西藏工作文獻選編》，中央文獻出版社 2005 年版。

39. 李彬著：《全球新聞傳播史》，清華大學出版社 2005 年版。

40. 卓新平、許志偉主編：《基督宗教研究》，宗教文化出版社 2005 年版。

41. 劉家峰編：《離異與融會——中國基督徒與本色教會的興起》，上海人民出版社 2005 年版。

42. 陶飛亞著：《邊緣的歷史——基督教與近代中國》，上海古籍出版社 2005

年版。

43. 江濤著:《抗戰時期的蔣介石》,華文出版社 2005 年版。

44. 文庸、樂峰、王繼武主編:《基督教詞典》,商務印書館 2005 年版。

45. 太虛大師全書影印委員會編:《太虛大師全書》,宗教文化出版社 2005 年版。

46. 趙玉明主編:《中國廣播電視通史》,中國傳媒大學出版社 2006 年版。

47.《基督教文化學刊》,中國人民大學出版社 2006 年版。

48. 何光滬主編:《宗教與當代中國社會》,中國人民大學出版社 2006 年版。

49. 黃夏年主編:《民國佛教期刊文獻集成》(209 卷),全國圖書館文獻縮微複製中心 2006 年版。

50. 佟靜著:《抗戰中的宋美齡》,華文出版社 2006 年版。

51.《北京志·新聞出版廣播電視卷·廣播電視志》,北京出版社 2006 年版。

52. 何光滬主編:《宗教與當代中國社會》,中國人民大學出版社 2006 年版。

53. 趙玉明主編:《中國現代廣播史料選編》,汕頭大學出版社 2007 年版。

54. 張先清著:《史料與視界——中文文獻與中國基督教史研究》,上海人民出版社 2007 年版 。

55. 王朝柱著:《宋美齡與蔣介石》,河南文藝出版社 2007 年版。

56. 方永剛著:《蔣介石——從溪口到慈湖》,華文出版社 2007 年版。

57. 李國棟著:《民國時期的民族問題與民國政府的民族政策研究》,民族出版社 2007 年版。

58. 陳建明、劉家峰著:《中國基督教區域史研究》,四川出版集團巴蜀書社 2008 年版。

59. 王美秀等著:《基督教史》,江蘇人民出版社 2008 年版。

60. 趙建國著:《終極關懷——信仰及其傳播》,中國傳媒大學出版社 2008 年版。

61.《大正藏》,河北佛協出版社 2009 年版。

62. 王琨編著:《三大宗教在臺灣》,福建教育出版社 2011 年版。

63. 趙曉蘭、吳潮著:《傳教士中文報刊史》,復旦大學出版社 2011 年版。

二、期刊和報紙

1.《北平上智編譯館館刊》

2.《聖心報》

3.《聖教雜誌》

4.《公教學校》

5.《福音廣播季刊》

6.《廣播周報》

7.《無線電雜誌》

8.《申報》

9.《無線電世界》

10.《中央日報》

11.《益世周刊》

三、網站

1. 上海市地方志辦公室：http：//www.shtong.gov.cn

2.「礦石收音機」論壇：http：//www.crystalradio.cn/forum.php

3. 中國紹興圖書館：http：//www.sxlib.com

4. 天主教在線 http：//www.chinacath.org/

5. 地藏孝親網：http：//www.dizang.org

6. 佛教導航網站 http：//www.fjdh.com

7. 百度百科：http：//baike.baidu.com/

8. 中國非物質文化遺產名錄數據庫系統：http：//fy.folkw.com/

9. 海峽佛教網 http：//www.hxfjw.com/

10. 益世廣播電臺：http：//yishih.ehosting.com.tw

11. 東方網：http：//www.eastday.com/

12. 雅虎教育：http：//edu.cn.yahoo.com/

13. 天主教在線：http：//www.chinacath.org

14. 中華教育改進社：http：//www.ceiiedu.org

15. 巴中文化交流網：http：//www.bswtx.gov.cn/

16. 央視網 TV 大社區：http：//space.tv.cctv.com

17. 南普陀在線：http：//www.nanputuo.com

18. 央視科技網：http：//www.cctvpro.com.cn

19. 人民網理論頻道：http：//theory.people.com.cn/

20. 國家宗教事務局：http：//www.sara.gov.cn/

21. 維基百科：http：//zh.wikipedia.org

22. 佳音廣播電臺：http：//www.goodnews.org.tw/goodnews.php

23. 信義會網站：http：//www.twlutheran.org.tw/index.php

24. 優 U 網：http：//www.21unet.com/

25. 福音中國：http：//www.fuyinchina.com

26. 播恩傳播中心：http：//www.bcbcus.org

27. 救恩之聲：http：//www.vos.org.tw/index.php

28. 香港寶蓮禪寺佛教文化傳播網：http：//hk.plm.org.cn/

29. 新浪愛問開放詞典：http：//cidian.iask.sina.com.cn/

30. 地藏緣論壇：http：//www.folou.com

31. 中華佛學研究所：http：//www.chibs.edu.tw/

32. 中國佛教網：http：//www.zgfj.cn/

33. 佛教天地：http：//www.ebud.net/

34. 江蘇省檔案信息網：http：//www.dajs.gov.cn/

35. 無量光明網：http：//www.gming.org/

36. 財團法人高雄市私立淨覺社會福利基金會：http：//ccswf.chingjou.org.tw/

37. 慈濟慈善事業基金會：http：//www.tzuchi.org.cn/

38. 中華佛學網：http：//www.aaa110.com/index.asp

39. 中國寺廟網：http：//www.simiao.net/

40. 良友電臺：http：//www.liangyou.net

41. 遠東廣播有限公司：http：//febchk.ccnet-hk.net

42. 環球電臺香港有限公司：
    http：//www.twr.org.hk/抬 Lang=hk&MenuID=1&SubmenuID=18

43. 香港基督教協進會：http：//www.hkcc.org.hk/acms/抬 site=hkcc

44. 恩雨之聲：http：//www.sobem.org.hk/

45. 大愛網路電臺：http：// radio.newdaai.tv/

46. 中國宗教學術網：http：//iwr.cass.cn/

47. 中國人權網：http：//www.humanrights.cn/cn/index.htm

48. 中國政協新聞網：http：//cppcc.people.com.cn

49. 中國知網：http：//cnki.net

50. 晚清、民國期刊全文數據庫（1833～1949）

51. 大成老舊刊全文數據庫

附　錄

一、《福音電臺成立之經過》

（本埠）王完白

　　無線電的波音，是現代最有權威的交通利器。我國的播音事業本甚幼稚，但在民國二十一年一二八戰事之後，就突飛猛進，據說當時的統計收音機的進口已在二十萬具以上，四五年來尤加普遍，現在的數目，當然更屬可驚，其深入民間的勢力，已遠超報紙之上，我本來在常州主辦福音醫院，那年也爲滬戰緊張，從親友勸告來滬暫避，其時四馬路中西大藥房所辦的中西電臺，剛剛造好，總經理周邦俊君，是我同學好友，他和我商酌想在電臺節目中除了商業娛樂以外，再播送一些有益於社會的義務節目。我的主張最好演講基督教義與醫學常識，這是提倡道德與衛生，對聽眾身心兼顧，作有價值的貢獻。周君很表同情，就託我主持這兩項節目，從那時開始，成爲國內無線電臺播送教義與醫學的首創者。記得我第一次在中西電臺廣播福音，是在二十一年六月十九號禮拜日，我說明所以發起講基督教義的理由，因爲這是科學的宗教，現代的宗教，救國的宗教，也提起自己本爲佛教徒，後來因去勸基督徒而反被基督教人所勸的經過。當時我雖然大著膽做嘗試的播音，然而預料一時不能受聽眾的歡迎，只望慢慢地有相當效果。萬想不到第二天即收到本埠聽眾的表示好感的來信甚多。其中有一封是滬江大學出身的張君寄來的。大略說他雖在教會學校多年，然向來反對基督教。今日偶在無線電機中聽我所講，方知實爲他所需要的宗教，向我購買聖經，要我做他宗教的導師云云。這一封信眞是鼓起了我的勇氣。那時我還是在紅十字會醫院舍親初作客，舍親聞我的報告，也喜出望外，甚至受感落淚。因此我決意留滬工作，

不再回常州去。

　　那時中西電臺的講道，除我自己按時擔任外，延邀請上海各教會熱心領袖前往主講，如本電臺發起人趙晉卿李觀森謝頌羔君等。省親加讚助，成績非常良好。聽眾通信問道，因而歸主的很多。後來感覺到只在商業電臺裏插入一些宗教節目，遠不能盡量發展，所以就約集同志數人，發起另創福音廣播電臺於博物院路一二八號，各方努力籌備。經交通部核准，指定周波八四零，呼號 XHHA，在短期間內就告成立。我被同人推為總理。民國二十三年十二月二日正式播音，有盛大的開幕典禮，演講的有吳鐵城市長張之江督辦等。以後得全上海教會領袖協力合作，全部節目皆清潔高尚，以廣播福音為目標，所接各地聽眾的來函甚多，北至北平西至成都南至廣東皆有來信，更有從國外澳洲紐西蘭等處來的。本電臺的電力原為一百五十華脫，外埠收聽仍嫌力弱，因而計劃重建新機，增加電力至一千華脫，又呈准交通部特許改建。當於今年元旦舉行新機落成禮，有蔣院長夫人張外長夫人等中西名人演說，和第一流的音樂詩歌，都很為名貴。並經政府改定呼號為 XMHD。現在的電力在國內民營電臺中要算最大的了。據西報說這樣非營業性的純粹基督教電臺，全世界還只有中國這一家，真是上帝的恩賜，使我們有這樣的機會。至於本電臺的經費，都由發起人自行捐助，且向不宣佈，但自從擴大電力另建新機後，已決定公開徵求同志，來做福音廣播社的社員。我們認為能捐資做與人有益的工作，是最大的權利，所以在草創之後，已有相當成績的時候，歡迎各界熱心士女來與我們合作。

原載《通問報》1936 年 8 月版

二、福音廣播電臺抗戰前不同時期的節目時間表

1934 年節目表〔註1〕：

時　間	節　目	備　註
上午　8：00 - 8：30	晨禱	每日
8：30 - 9：00	音樂	星期日
	新聞與報告	每日

〔註 1〕資料來源：《中國無線電》雜誌 1934 年 2 月 5 日第 2 卷第 3 期，轉引自《舊中國的上海廣播事業》，第 117～118 頁。

1：00 - 1：20	英文宗教演講	星期日停
1：20 - 1：40	國語讀經	同上
□：30〔註2〕- 5：00	音樂	星期日
下午　5：00 - 5：30	兒童故事	星期日停
	勉勵會	星期日
5：30 - 6：00	家庭改良與人格訓練	星期日停
5：30 - 6：30	晚禱會	星期日
6：00 - 6：30	聖經研究	星期日停
7：00 - 7：30	特別音樂	每日
7：30 - 8：00	布道演講	星期日停
7：30 - 8：30	夜禮拜	星期日
8：00 - 8：30	醫學衛生	每日
8：30 - 9：00	德育故事	同上
9：00 - 9：30	社會問題	同上
9：30 - 9：50	晚間新聞	同上
9：50 - 10：00	晚禱	同上

1935 年節目表〔註3〕：

時　間	節　目	備　註
07：30	音樂	
08：00	晨禱	
08：30	音樂	
09：00	休息	
12：30	音樂	星期停〔註4〕
13：00	英文宗教演講	
13：20	音樂	
13：40	休息	
16：30	音樂	

〔註2〕作者注：資料中此處時間缺失，推測此處時間爲 4:30。
〔註3〕《廣播周報》第 51 期，中華民國 24 年 9 月 7 日版。
〔註4〕作者注：節目表中的「星期」指星期日。

時間	節目	備註
17：00	報告新聞	星期停
	勉勵會	星期
17：30	家庭改良	星期停
	聖公會晚禱	星期
18：00	聖經研究	
18：30	兒童故事	
18：45	粵語禮拜	
19：00	特別音樂	星期停
19：30	布道	星期停
19：30	夜禮拜	星期
20：00	王完白 醫學衛生	星一至四
	衛生	星期五
	醫學工會醫學	星期六
20：30	德育故事	
	英文布道	星期
21：00	英文布道	
21：30	各國方言講道	
22：00	停止	

1937 年節目表〔註5〕：

時　間		節　目	備　註
上午	07：30 - 07：45	音樂	星期日停
	07：45 - 08：15	晨禱	每日
	08：15 - 08：30	音樂	星期日
	10：30 - 12：00	英文禮拜	星期日
下午	12：30 - 12：45	英文新聞	星期日停
	12：45 -01：05	英文布道	星期日停
	01：05 - 01：15	音樂	星期日停
	05：00 - 05：30	音樂	星期日停
	05：00 - 06：00	晚禱	星期日

〔註5〕《中國無線電》雜誌 1937 年 7 月 5 日第 5 卷第 13 期，資料來源於《舊中國的上海廣播事業》，第 170～171 頁。

05：30 - 06：00	兒童故事	星期日停
06：00 - 06：05	音樂	星期日停
06：00 - 07：00	國語布道	星期日
06：05 - 06：25	聖經研究	星期日停
06：25 - 06：35	音樂	星期日停
06：35 - 07：00	英文故事	星期日停
07：00 - 07：05	音樂	星期日停
07：00 - 07：30	粵語禮拜	星期日
07：00 - 07：25	王完白醫師　醫學衛生	星期日停
07：25 - 07：35	音樂	星期日停
07：30 - 08：00	夜禮拜	星期日
07：35 - 08：00	布道	星期日停
08：00 - 09：00	播音業工會節目	星期日
08：00 - 09：05	中央節目	星期日停
09：00 - 09：30	俄文布道	星期日
09：05 - 09：25	布道	星期日停
09：25 - 09：35	音樂	星期日停
09：35 - 10：00	布道	星期日停

三、《福音廣播部報告》

林堯喜

民國三十五年十一月十日，《預言之聲》假座上海廣播電臺（XORA）首次在中國播音，迄今一年有餘，此外，亦已向全國十二座電臺簽訂合同，每周按時播送末世福音，此十二座電臺設於上海、南京、漢口、鄱陽、長春、錦州、寧波、西安、蘭州、廣州、長沙等都市。

上帝屆時敞開廣播布道門戶，令各地中央廣播事業管理處所屬國營電臺，開始接受商業廣告節目，俾《預言之聲》能照所定廣告章程租用各地電臺。目前本會正向中央廣播事業管理處進行手續，假用全國九座最大電臺播送《預告之聲》。該各電臺備有兩用※※，（原文不清，筆者注），可以使用三十三又三分之一周之巨型留聲膠片。凡無此種設備之電臺，《預言之聲》之音樂、禱告、以及報告則用小型唱片錄之。至於講辭，則由當地工人負責誦讀。此種辦法，在國語不通用之區域，甚為適宜。廣州區差會因有長於音樂人才，

所以一切音樂，祈禱，暨報告，均用粵語播講，無需依賴唱片，惟各地現有辦法尚待試驗性質，其成績如何，需經過相當時間方能判別。最近因戰爭關係，交通受阻，以致西北、東北與上海之通信告停，《預言之聲》遂無法投寄唱片，幸在各地處有當地工人負責宣讀講詞，故無需專賴留聲片。希望《預言之聲》常蒙上帝恩助，精益求精，維持高尚標準。

聽眾來信

本國《預言之聲》所接聽眾來信，當然不及美國之多。自首次播音到現在，寄上海郵政信箱件五四九封，寄聖經函授學校信件三六三封。彙來捐款約合美金四百元。全會一度試用贈品推動讚助會員計劃，所獲成績尚佳，惟所贈之書籍不久告罄，遂作無論。

一九四八年計劃 本協會議決《預言之聲》須於一九四八年推動工作範圍，以二十座電臺為目的。本協會同時擬定製造唱片之新辦法，並已訂購新式磁帶錄音機一架，藉以節省留聲片之材料。

協力並進《預言之聲》除得上海職員之維持外，尚得各聯區差會同工協力推進，上海錄音室對各地唱片之需要，未能應付裕如，切望經過相當發育生長時期後，廣播布道工作能走上穩定軌道，達到最高標準，與本會其他各布道機構一致完成神聖使命。

原載 1948 年上海基督復臨安息日會編：《末世牧聲》1948 年第 28 卷第 3 期。

四、《廣播傳教術與北平公教廣播事業》

姚耀思

廣播傳教術

（一）引言

在今日社會中，無不重視宣傳，大小工商業在預算中都列出宣傳費。然而宣傳本是專門藝術，必須熟知人類的情緒，大眾的心理，熟於運用分析與綜合的方法，以及各種的知識。

但宣傳的重要性，在思想戰上尤為顯而易著，因為在思想或主義的宣傳上，除了語言文字，且可利用藝術的各部門，如：詩歌、繪畫、音樂、戲劇以及最重要的「無線電廣播」。

無線電廣播在今日，是宣傳最優良的工具。書報雜誌雖然有能被人一再披閱的優點，但卻無以彌補大多數人不肯或不能閱讀的缺點；並且文字也不

及語言有力。演劇、電影與集會，雖然能傳達說話人的表情神氣，卻另有個
缺點：就是第一有了空間的限制，另一方面更需要勞動觀眾聽眾離家赴會，
於是暑熱、嚴寒、風雨等都成了阻障。

　　無線電廣播（以及它將在電視方面的發展）卻沒有這些缺點。聽眾可以
不離臥室，費舉手之勞便能收聽。倘若將講稿件付梓，又能有恒久的價值。
所以它雖問世較晚，卻在極短時期內，佔了宣傳工具的首位！

　　此外，廣播還有幾個優點：一是可以變化無窮，免去單調之弊；一是無
遠不屆；一是可以日新月異地改進。

（二）公教廣播——在海外

　　在歐美的公教人士開始利用無線電來宣傳眞理，最初是出於自衛，借鏡
於我們的敵人。遠在一九二三年，美國許多廣播電臺便有了每周一次的公教
節目；全國的聯播起始於一九二九年。在同一時期（一九二四～一九三〇），
歐洲的每一公教國家，大多數皆已開始了公教的廣播。但因爲那些國家，大
多數是公教徒，非公教徒所受公教徒的影響，是與中國情形不同的。（也許有
人要說像在德國有二千萬公教徒，在美國有五分之一的人口是公教徒，所以
公教主持的廣播有用，而在中國無用。因爲中國僅有一百五十分之一的人民
是公教徒。本人意見正是相反，在中國人囚爲識字的人較少，所以公教廣播
能特別生效）。

（三）公教廣播——在中國

　　與外教人士接觸，是宣傳福音必經之途；無線電廣播因能接觸多數人，
所以是一個最優良的工具。在中國，傳教士有許多特殊的困難，例如：願意
研究公教教義的教外人士，爲了顧慮或是害羞而不肯會晤神父；許多地位高
尙和受過高等教育的家庭，因傳統習慣而對公教有偏見，沒有人能消除這種
誤會；一位新皈公教的人，找不到方法能讓家庭中的旁人認識公教的信仰；
廣播是這些問題的一部分（甚或完全的）答案。

　　然而有多少人是借廣播而信仰公教的呢？到公審判日自見分曉。在歐美
倒是有過統計的，結果都極使人滿意。即使它未能使一個人踏入公教的大門，
至少也能解除許多誤會與偏見，而減少走向皈依公教路上的障礙。

　　我們常聽見人說：在中國的公教會距離大眾生活太遠了。借著廣播，能
使公教與國人共見。並且，廣播節目的預告，內容的記載都可能在報紙公佈

的。馳名世界的「拜耳」藥廠，每年攝製許多與醫藥全無關係的電影，到各處放映，只爲教觀眾見到「拜耳」這一個字。使用同樣方法，我們也可使國人在多處看見聽到「公教」這名詞，引他們走上尋求眞理之路。

公教廣播還有一個重要使命——宣傳合理的、妥善的人生觀念、主義等（不必加以公教的頭銜）。使大多數的思想，循公教的路徑去走，傳教定會有長足的進展。所以與其說：「請聖心堂的張傳信神父講：公教會與婚姻制度」，不如說：「請張傳信先生講：一夫一妻制度自由結合」。

爲了上述理由，廣播傳教事業最好不用公教自立的電臺。自辦電臺固然可以不受外界限制，但公教色彩便未免太濃，同時開銷也過於浩大。

固然要在國家電臺裏獲得廣播權不是一件容易的事，我們也並不希望一二月內，中國的三十七座電臺都能有公教節目。但各地公教徒可以極力把握機會，聯絡各臺的負責人，努力進行。一般說來，倘若能對其他節目有所貢獻，自然可以獲得負責人的歡迎與合作。

（四）公教時間

一般來說，「公教時間」有下列五項要素：

1. 報告員；
2. 講演；
3. 音樂；
4. 播音劇（對話）；
5. 新聞報告。

（1）報告員

雖然我國的廣播電臺在中文節目上皆是由臺方人員報告，這裡也有幾點值得一談的。譬如演講開始以前，可以介紹講者的職業、社會地位、著作等；或者對演講內容略作介紹。倘若音樂節目的內容是一個聖歌聖詩，那麼也可以利用這機會來對教義作幾句清晰有力的說明。（例如某校學生將唱「O Salutaris Hostia」，開始以前，報告員可以解說公教對於聖體的信仰。但設法不要引起辯論，那末教外人只能說：「眞奇怪，這些天主教徒一定對聖體信的很深；不然的話，他們怎會寫出這樣好的音樂呢」？）同樣的，當音樂節目是選自裴多芬、古諾、海頓、李斯特莫扎特、叔伯特等人的作品時，也可以附加聲明，作曲者是一位公教徒。

（2）演講

演講是「公教時間」最重要部分，其他部分無非是為吸引聽眾。因為聽眾中輟諦聽是輕而易舉的事，並且見不到演講者的表情（有許多演講者是靠手勢、表情、語態來吸引聽眾注意力的），所以廣播演講是完全與其他演講不同的。理想的廣播演講者，應該有平和、鎮靜、清晰的聲音，（宏大是不需要的，因為麥克風可以轉播極微小的聲音）；不作太長的休止，（適宜的休止在普通演講收效良好，但在廣播卻易被誤為終了）；注意時間的長短（以免妨礙其後節目的進行）而事先預習。

更有一點值得注意的，便是廣播的收聽者，並非集聚在廣場上或大廈裏，而是三三五五分散的。所以不要採取對千百聽眾演講的語態聲勢，而記住是在對三兩人在一室裏說話。所用最好是國語，少帶地方色彩。

內容要有趣，同時要投合時機。清楚而具體，生動而有力，針對中國現實的需要。即或演講內容是被指定的，有力的題目是更能動人的。譬如：「避免第三次大戰的必要條件」，便可以用作講「十戒」或「愛人」的題目。

（3）音樂節目

一般廣播節目是離不開音樂的。在「公教時間」內播送音樂，更有雙重目的：既能吸引聽眾注意我們的項目，更能借良好的樂曲來證明，公教是藝術之母。

美國全國公教男子協會的總幹事 W.C.Smith，一向為美國兩個全國聯播的公教節目「公教時間」（NBC 聯播）「信仰播音」（ABC 聯播）計劃音樂節目以及節目介紹等。他討論音樂節目說：「我有確切的證明，即是音樂不但能慰安憂愁者的心懷，並且能使非公教徒對公教信仰的接受，作一種有益的幫助。在「信仰播音」一節中，我們播送風琴、豎琴、提琴與男四聲合唱；所選歌曲，自巴哈至近代作家的都有。在「公教時間」中，我們介紹自古至今的諸種公教音樂。有許多事實足資證明，優美的高雅的音樂與使人動心的聖詩，同樣可受美國群眾的歡迎。

「但我們播送各地聖歌隊的歌唱，目的不是像開音樂會一般供人欣賞。真正的企圖，是「軟」化聽眾的心胸，為能接受下面演講中所包含的真理。據他講，「額我略樂調」（Gregorian Chant 一般大禮彌撒中所唱的樂調），為公教廣播節目是很適宜的。

也許音樂節目一時不易找到，也許地方上沒有這樣人才。但也許附近有

位神父能唱歌，也許附近某小修院可以作個合唱。也許有些教友經過一番訓練可以唱「經」。起初成績不一定太好，逐漸自然會進步的。

倘若就這步都無法做到，至少還可利用唱片的。

（4）播音劇（Sketch）

這個名詞在中文是不大妥的。它不只是個劇；內容包含有無線電廣播的各種長處。真正的 Sketch 並非是在播音機前朗誦劇本而已。在公教廣播上，它也可以得到廣泛的應用。

譬如說，大生物學家巴斯德發現恐水症（狂犬病）治療法是一個很動人的故事。在廣播時，可以不是由一個人講，而是由幾個人表演：一個人作巴斯德，一個作他的助手，一個作被瘋犬嚙咬的小孩，一個作小孩的母親。當時的情景地點可由報告員描述。

（5）新聞報告

「公教時間」的一分一秒都是極寶貴的。在報告新聞時要多介紹有關全世界公教會的消息，而不可報告當地消息或是當地教會的公告。對世界大事公教立場所作的見解，固然有價值，但不適於這項節目的。材料可取自信德 Fides 和寵光 Lumen 二通訊社的稿件。

（五）十五分鐘廣播與其他節目上的合作

自然廣播節目伸縮極大，不但無成規足供墨守，並且上文所舉也不詳盡。有時十五分鐘廣播也大可利用（五分鐘音樂、八分鐘演講、二分鐘報告）。目前在美國每周便有五十二個固定的十五分鐘公教廣播。

也許地方電臺當局會聘請你作一次有關社會問題的演講，也許請你專門負責每周的哲學講座，也許你能擔任創始一新節目的責任（例如：「病人的時間」「法律講座」等）。這種合作非常有益。

此外，無固定時間地你會被邀請合作協助其他節目。譬如一個好的聖誕劇，只須少加修改，略作說明，便很可以廣播。也許你的學校有位修女是典型的教師，那麼便也可以廣播她的一段上課境況。有時你還可以代為介紹一位演講者或是音樂家。這總都不算難事。

（六）我們須付的代價

在中國各電臺廣播中缺乏的便是西樂；一般只有用唱片來暫代，但電臺負責人都願找音樂家親自演奏的。倘若你能供給一些西樂節目，你的其他節

目自然也受歡迎。

當然供給西樂節目有許多困難。但本地神父、修士、修女間，不乏有會某種樂器或擅長歌唱的人，他們也都可以幫助。雖然有人會反對使神父修女演奏世俗音樂（本來這也沒有一些不對），但是為了神聖的目標（不必論，此舉能夠向教外人顯示，神父修女不是落伍的人，不是自行禁錮不得言笑的人），這與辦醫院、診療所、學校，都是為使教外人能在各種機會，認識天主的光明。

（七）節目負責人

為了使與廣播有關的千百件事務能有系統有組織，是該有一個專人負責，策劃良好的節目。最好組織一個小規模的委員會，以免因人事變動而致全盤計劃作廢。在委員會之指示下，有專人負責執行一切事務。

此人僅有頭腦和熱心是不夠的，更應嫻熟廣播常識，長於待人接物，對工作本身有興趣，鎮靜忍耐，專心於自己的理想而全力以赴，不畏艱難。他的責任最重要的。

有時這位負責人須為一段演講預寫詳細的綱要，而當外來材料無著的時候，更須自撰播音劇或是新聞報告的全文。此外他還須負責預備節目中的音樂部分。

更有些雜務也是他工作中的一部分：例如與電臺當局的聯絡、宣傳、演習、講演稿的預檢等。為了預防演講或表演者的意外缺席，他更須備好以防萬一的演講以及應急的唱片。

（八）廣播宣傳的困難

有些反對公教廣播的人會說：「根本就沒幾個人聽，廣播又有什麼用呢？」

在中國是根本無法調查收聽人數及其職業、興趣的。但你可以推想，若是有四十個兒童唱歌，收聽的一定有他們四十人的父母、祖父母等，以及教師親戚（大多數皆是教外人士），在音樂節目完了，更會收聽你的宣傳演講。

即或你能確知，只有極少數人收聽，這工作依然有價值。今日無人收聽，明日會有；此地無人收聽，他處會有。請看報紙上的廣告，又有多少人閱讀？倘若有人閱讀的──這倘或有人閱讀，便值得萬千元的代價。

也許會有人覺得事倍功半，因為需要準備時間太多，而每周的半小時播音是得不償失。但廣播節目的準備絕非一二人力所能及的，而將負擔分予許

多人肩上，故此不算過於艱巨。我們的目標也不止於產生良好的節目，而是要與除此以外無法接觸的大眾發生關係。這種機會可能不會再有。況且比較功效與努力也不能僅用時間的長短作度量，正像牛與飛機不成比例一樣。這些非難只消靜思一下，便是不攻自破的。

（九）協力合作的必要

無論怎樣說，公教主持的廣播節目，需要極大的努力——尤其是少數人初創此事業時。

倘若各地主持公教節目的人能合作，那麼工作便會輕易許多。例如太原的負責人能利用漢口負責人關於演講的計劃；或是北平可以得到上海所寫的播音劇，天津的音樂節目所錄唱片能在南京應用，自然成績會優越的。美國的公教徒在八年以前，成立了一個「公教廣播事業局」The Catholic Radio Bureau輔助各地有志借廣播宣傳公教的人士，去和各地電臺聯絡，接洽廣播的時間，建議節目的內容與性質，幫助節目的產生，成立廣播所需的圖書館，並且作各公教廣播團體間的連繫，且為他們的顧問。這種辦法我們大可仿學。

（十）結論——同心戮力

目前在全世界進行的主義思想的衝突，較歷史上的大戰為甚。今日公教的遭受攻擊，不再是一二點教義而是全面的公教人生哲學與人生觀。這個鬥爭我們是該全力以赴的。

現代戰爭中使用最進步武器的，會戰勝武器落伍的人們。希望各地公教的志士，努力爭取利用廣播宣傳公教的機會，希望大家盡力維護這新生的事業！

出自《北平上智編譯館館刊》第二卷第六期（1947年）

五、佛音廣播電臺抗戰前不同時期的節目時間表

1934年10月節目表〔註6〕

播音時間		節目名稱	備　註
上午	06：30 - 07：30	早課	星期六停
	08：00 - 09：00	樂師經	

〔註6〕《無線電雜誌》附錄「全國廣播電臺一覽表」，60～61頁，1934年10月。

播音時間	節目名稱	播音員
09：30 - 10：30	商情 唱片	
10：30 - 11：30	妙法蓮華經	星期六停
11：45 - 12：15	商情唱片	
下午　12：15 - 01：15	馮明椒 國學	
01：15 - 02：15	香讚講經	
02：15 - 03：15	倪萍倩 龐學卿 珍珠塔	
04：00 - 04：45	商情唱片	
05：00 - 06：00	全堂晚課	星期六停
06：00 - 07：00	汪蔭蓀 雙珠塔	
07：00 - 08：00	普賢行願品	
03：00 - 04：00	王秀英 蘇灘小曲	
08：00 - 09：00	汪蔭蓀 新茶花	
09：00 - 10：00	三和團 滑稽話劇 蘇灘	

1937 年 4 月～6 月節目表 〔註 7〕

播音時間	節目名稱	播音員
07：00 - 08：00	早課	宏開 福慶
08：00 - 08：40	誦華嚴經	宏開 福慶
08：00 - 08：40	紀念周	
08：40 - 09：10	音樂警策語	慧參
09：10 - 09：50	講成唯識論	
09：50 - 10：00	行市 音樂	
10：00 - 11：00	休息	
11：00 - 11：15	行市 音樂	
11：15 - 11：55	講總理遺教	
11：55 - 12：00	警策語	
12：00 - 12：40	講楞嚴經	道根
12：40 - 13：20	講華嚴經	悅情
13：20 - 16：00	休息	
16：00 - 16：40	娛樂	
16：40 - 17：30	晚課	宏開 福慶

〔註 7〕《佛教日報》第 682 號。

16：40－17：30	講太上感應篇	朱志萍
17：30－18：10	講楞伽經	肇通
18：10－18：50	講涅盤經	本寬
18：50－19：15	講所得稅	辛子文
19：15－19：20	警策語	
19：20－20：00	話劇	陳萍倩
20：00－21：05	轉播中央電臺	
21：05－21：45	話劇	電送劇社
21：45－22：05	醫學常識	林鳳閣
22：05－22：45	勸世故事	林鳳閣

1937 年 7 月節目表〔註 8〕：

播音時間	節目名稱	備 註
上午　07：00－08：00	早課	星期一停
08：00－08：40	紀念周	星期一
	誦華嚴經	星期一停
08：40－09：10	唱片	
09：10－09：50	成唯識論	
09：50－10：00	公債行情	星期日停
11：00－11：20	公債行情	星期日停
11：20－11：40	防衛知識	星期日停
下午　01：00－01：40	陳萍倩　話劇　大紅袍	
01：40－02：00	教育節目	
02：00－02：40	楞嚴經	
02：40－03：00	公債　粵樂	
04：00－04：30	唱片	
04：30－05：00	全堂晚課	
05：00－05：40	蔣如庭　朱介生　三笑	
05：40－06：00	警策語	
06：00－06：40	講涅盤經	

〔註 8〕參見《中國無線電雜誌》所刊載的佛音廣播電臺播音時間表，詳見：《舊中國
　　　的上海廣播事業》第 161 頁。

07：20－08：00	陳萍倩　話劇	
08：00－09：00	播音業公會節目	星期日
08：00－09：05	中央節目	星期日停
09：45－10：05	林鳳閣　醫學常識	
10：05－10：45	林鳳閣　故事	

六、天主教愛國老人馬相伯的歷次廣播演講目錄〔註9〕

演說次序	演說題目	主要內容	與宗教相關的內容	播出時間及電臺
開場白		將 12 次演說命名為《華封老人言善錄》	引用《若望福音》第八章第四六節救世主的聖訓「予言真實；曷弗信予？」作為這 12 次演說的標誌；救世主說過：無益言談都要受審判的！	1932 年 11 月
第一次	國難的根本問題	國民黨政府不顧人民利益，日本侵略中國是違反人道的行為，號召國人莫忘國難，共同反對日本侵略，支持東北義勇軍抗日。		
第二次	何謂人道主義	民治是站在人道的立場上，為人民謀出路，謀福利，即人民來自治。人道主義就是愛人如己，彼此友愛。	《若望福音》第十三章第三十四至三十六節救世主所說的關於互相友愛的一段話；美國一位天主教司鐸為失業工人謀求救濟的事情；奉勸 250 萬聖教同志以身作則奉行人道主義精神。	
第三次	民治從鄉里組織起	民治的重要性，民治如何從鄉里組織起，人民應該自衛自救。		
第四次	組織「不忍	為什麼要為人道主義而奮鬥，中國人必須抗	本著宗教家的態度，為「不忍人」會的同志預	

〔註 9〕12 次廣播演說的原文詳見朱維錚主編《馬相伯集》，第 968～1003 頁，朱的引用來源是《益世報》。

	人」會	爭，提議《益世報》組織「不忍人」會，邀請讀者參加，號召國人「日捐」助賑，支持東北同胞。	先祝福；救世主說：「爾不識我，亦不識我父；倘爾識我，亦識我父！」（《若望經》第八章第十九節）	
第五次	告日本軍閥	批判日軍侵略中國的行爲，告誡他們自動覺悟，改過自新，表明中國人的反抗到底決心。	救世主曰：「尚有片時，光與爾俱，宜乘有光而行履，毋令昏暗之乘爾也；履蹈於昏暗者，勿知攸往，尚及爾有光之頃，信向夫光，俾得爲光明子焉！」（《若望經》第十二章三十五、三十六節）	
第六次	勖哉義勇東北軍，爲維護世界人道而戰	批判日本的侵略行爲，肯定和支持東北義勇軍的抗日行爲，號召援助義勇東北軍。	先請諸同志，默禱十分鐘；特爲義勇東北軍，祈求光榮的勝利！	
第七次	勸募中華義軍捐，一人一日一銅元	號召大家在國難嚴重時期，每人每天捐出一銅元，援助義勇東北軍。此外還募集各種特捐，如遊藝捐、據毒捐、奢侈捐、節省捐等。		
第八次	全國同胞援助東北義勇軍	號召大家實行「一人一日一銅元」的日捐運動，援助東北義勇軍，爲人道主義而自衛。		上海亞美公司特別裝置機器播出
第九次	準備空防決死隊	日本的大規模航空演習計劃，是「企圖搗亂世界和平，對我重大示威演習」，中國需要「立即準備，防備野心家大搗亂」「全國各地需要大規模的空防決死隊」，號召民眾捐款製造小的戰鬥機，要有願意犧牲一己而救人的駕駛人員，號召「青年志士，大家起來！來殉國難，來救同胞！」	日本教徒遭到殺害時的無畏，歐戰時期法國教徒犧牲自己的事例；救世主關於捨其生命而爲友朋的大愛之說（《若望經》第十五章第十四至十五節）；讓我們正犧牲的時候，牢記莫忘歡呼三聲：「救世主！我愛你；愛了人！請你祝福中國萬歲！」	

第十次	從榆變談到人民自衛	將提倡自衛的普遍常識，特別向各界人士，作一次公開討論（參看前第三講）認為出錢募兵是不可靠的，號召人民自己起來反抗，自衛自救。	《若望經》講「善牧與傭」的區別的一段話是民治精神的絕對真理（第十章十一至十六節）；自己時常不忘為國難祈禱，請諸位同胞恭誦短經文「主耶穌，千萬饒赦，大發慈悲，請看爾聖傷功德！」；奉勸256萬聖教同志，「一心一德，虔祈在天聖後，暨中國主保，諸聖，轉禱天主，憐視中國，未奉教人，開其心，明其目，使棄邪歸正，通國欽崇，同紓國難，而共成一牧一棧！」	
第十一次	從立國要義觀察國貨年的重要	為提倡國貨，把民國二十二年叫做國貨年。從立國要義著想，提倡國貨，自圖富強。「什麼是國貨年？今後年年，中國同胞，衣食住行，都用國貨；來救濟貧弱的國難，來復興大中華民國。諸位，請不要再自私自利，個個要有國民道德，實行急公好義才好。若是整個中國亡了，一姓一家也決不能生存的！大家醒覺，從新努力！國貨年的重要，既在如此！請牢記著！請從今年元旦起實行！」		1933年元旦XGAH無線電臺
第十二次	「一國家」「一法人」「一性命」	特別感謝捐款人對「不忍人會」的熱烈讚助。「諸位同胞，諸位同志，應該自救，應該救國！推廣『不忍人』的『仁心』，實行『真愛	無論是公教人士還是無名氏的捐助，「都是表現基利斯當的真精神」（作者注：「基利斯當」是指「基督」）；救世主為救贖人類，自願	

		國』的『仁政』；那麼，『仁者無敵於天下』，不愧一個眞實的人道主義者！」	降生爲人；《四福音經》即寫救世耶穌言行；「我聖教中同志，時常祈禱說道：『仰惟耶穌之心至謙至愛；願化我等之心，如爾聖心！』」；聖教中人「共成一會，猶如一身。」「讓我們籲告吾主：『不人道待我，毋寧死！』」	
第十三次	鋼鐵政策	呼籲國人立即起來，誓死抗擊日本侵略者		1937年7月中央廣播電臺

七、《三年來擔任伊斯蘭教講座的意義》

（丁麟祥播講　中華民國三十七年七月十五日）

各位親友、各位熱心宗教的人士：

本人今天講話的題目是「三年來擔任伊斯蘭教講座的意義」，本人應邀赴西安廣播電臺播講伊斯蘭教教義，直到現在已經三個年頭了。集成的稿件有百十一件，就時間上來說不算長，就播稿來說不算不多。回頭一想實在有點可怕，因爲距離任務標的還有無計算得遠。更使知微、才淺、能力薄弱的本人感覺吃憂。

本人能力渺小，這是事實。本人祈求偉大眞主恩助，這又是願望。

許多親戚都替我關心，許多朋友都替我設想。所以我決定把三年來前後的經過，以及今後的打算，很詳細的告訴給諸君。希望原宥我的過去，並且請求諸君站在宗教的立場上、社會的立場上，常常給我許多珍貴的指教，尤其是盼望伊斯倆目的弟兄們督責贏弱板代宣揚寶貴的伊斯蘭教道，往前幹吧。

第一點：回族本來是構成大中華民族的一個民族。無論漢、滿、蒙、回、藏、苗、瑤、黎等民族間，極應相互敬愛，此扶彼助，共興家幫，同謀建設。但是，多年以來，事理相反，糾紛益多，究其原因約有數端；一則因爲清廷挑撥離間，製造事端，己則安坐天下，坐收漁利；一則因爲官吏腐惡政治不良，民族仇視，怨恨愈深；一則因爲中國一般文化水平低落，缺乏國族觀念；一則因爲回教教義秘而不宣，外界因之發生種種揣測，以致錯誤叢生，釀成事端。所以本人主張，統一全國運

動，首先掃除全國文盲，尤其是提高回胞一般知識水平，多多翻譯伊斯蘭教經文，並且盡量發揚伊斯蘭教教義。這樣一來，全國所有個民族間的情感，真能精誠團結、親如手足，回教教義也可以普及全球，並且可以讓伊斯蘭的巨大光輝照在每個人的面前，自然也就驅散了黑暗中的惡魔，指示人類一條平坦的康莊大道。

第二點：本人播講，純用通俗文字，大眾口氣。務求個個聽懂，人人明白，回教教胞聽了，自然更促進他的修養，堅定他的信念；其他非回教朋友聽了能夠明白回教教義，熟悉回教教義內容，並且知道回教原來是這樣一個真、善、美的宗教。

第三點：本人再將此裏邊避免生硬句子，荒誕典故，深奧道理，學者講詞。不怕通俗淺顯，唯恐文深費解。

第四點：在講詞中多用比喻，不嫌繁多，唯恐聽眾諸君不易瞭解，故而。

第五點：自從中華民國三十五年七月起，每周播講一次，需時十五分鐘，到了三十六年一月又增至二十分鐘，但自三十七年一月起因為基督教參加播講，故又變更節次，每隔一周講一次。三年來努力如一日，除本人有病，沒法赴臺播講，從未間斷。

第六點：本人播講內容，偏重教義的闡揚，但有時也介紹回教地理歷史、文化，以及國際回教狀況。

第七點：本人播講不但不涉及政治問題，就任何宗教是非，也還不評論。以回教胞的立場，宣傳回教的一切。

第八點：每次講話力求淺顯明白，道字正確，時間恪守，既不咬文嚼字，避免聽眾翻譯的麻煩，又能運用講演的口氣，引起聽眾的興趣。

第九點：多年來回教不發展的原因，一方面因為阿文大主講學問固很宏博，不過偏重阿文的研究，對於中國學術就不大學習。尤其不善言辭。固對教外人士之質詢，不能予以滿意解答；反過來說，現在回教青年，多數沉醉時代潮流，喜悅穿戴新奇衣帽，很少學習阿文義理，以及主命聖行的要件，因此對於回教教義尤遠隔一層。至於其他工商界的回教教胞只有篤信力行，卻很少有研究發揮教義的力量和功夫。

第十點：本人的播講需時不超過二十分鐘，論字不超過四千個上下，異日裝訂成冊，每題一本即方便閱讀，又容易購買，並且更容易大眾化、普及化。

第十一點：本人播講，既不攻擊任何宗教，又不指責他人的處或含有任何成見與偏意，一心一意專爲發揚回教的寶貴和偉大！

第十二點：講詞偏重倫理，少講故事，多引章句，反覆解釋，務求諸君不但易聽，易看並且樂聽樂看，發生一種良好的興趣。

第十三點：講詞的語氣和講話一樣，每本以講題爲名，訂成單行本。祈求這個小小的冊子，很能變成一顆一顆小小的種子撒在了各地人士的心田上，……也許會發出不可思議的力量！

第十四點：外界人士多不明白回教教義和生活習俗，回教阿訇既難接近，回教文人答解不切，經籍原文無法領略，漢譯經卷少見寡聞。既不明白回教內容，更難研究回教一切。知之不易，求之愈切，所以只好在回教的形式上察探回教精神，或在同胞的生活習慣上評論回教的文化；要知道中國的回胞在前清時代曾受專治的壓迫，到了民國又遭受封建軍閥的摧殘，天災人禍交相迫及。回胞生活益行困苦，因之有做小生意者沿街挑擔，生活緊迫，益見形色。外界人士不能明眞相，多以這些局部的寒苦，教胞生活，就認爲這就是回教文化。因此鑄成大錯，輕視回教者有之，侮蔑回教者有之，更有許多不可想像的事實扮演出來——希冀

（一）要求回教中中阿文學者，多多努力，打破民族隔閡，使人人明白回教眞相。

（二）其他非回教的人士，以客觀的立場，研討回教的學問，務求眞的瞭解，請勿任意揣測，或妄加批評，以致發生許多誤會，引起很大糾紛，弄的政府腳忙手亂，民族感情裂痕益深，國際觀聽譏評叢生。大家見面彼此弄得都不大好看，這究竟是爲什麼？

第十五點：回教先哲王岱與、劉介廉、馬炳文、馬復初諸公曾遺留許多珍貴的巨著，見到的深切，發揮的詳盡，無論就思想，或文辭方面來考究，眞堪爲千古之師。中國回教能有今日穩固基礎的原因固多，諸先哲之功績佔了一大半。不過本人感覺諸先哲的巨著目前不容易像雪片一樣落滿原野，使全國同胞人手各執一冊，這是本人認爲精美中的一點憾事啊！

第十六點：本人的播稿即談不到什麼講演，更談不到什麼文章。不過把所得

一知半解很願意介紹給聽眾諸君，籍大家的研究發揮眞理，雖然說是一桌粗米淡飯，但適合大眾的胃口，不僅容易下咽，容易消化，正相當我國社會今日的一般大眾程度。

第十七點：本人不學無術，何敢妄談教義，幸有眞主的相助，烏大主講振明解釋經文的原義，並且時加校正，這是本人最感激的，這兒鄭重致謝。

第十八點：本人本著苦幹的精神，堅強的毅力，挺起胸膛邁步前進，愛護伊斯蘭正教，正所以愛大中華。

第十九點：本人播講，不爲別的，希望人人尋得光明大道。祈求眞主赦免吾人一切罪過，好像浴池裏滌洗過得新人。

第二十點：如若不發生意外的阻撓，本人決心播講到底，希翼伊斯蘭的光輝普照天下。

第二十一點：本人播講，並不按照一個題目的系統，一貫的講下去，因爲恐怕聽眾感覺乾枯乏味，所以這一次講理，再一次論事，三次講人情，四次講歷史或文化……但是每個單另講題之次序並不紊亂；仍舊繼續下去。

第二十二點：本人在擬稿的時候，特別小心。（一）不說含糊不清的話。（二）不說詞奧意深、難聽、難懂的話。（三）不說使人易誤解的話。（四）不說使人懷疑的話。

第二十三點：本人除受吾教大主講指導之外，參考中文翻譯經籍，以及有關的各種學說。

第二十四點：本人播講詞語既不敢陳詞太深，因爲陳詞太深，一般的農、工、商、賈、婦、孺就聽不懂。又不敢陳詞太俗，因爲陳詞太俗，那麼一般軍、政、黨、教的人士聽了又嫌乏味。所以本人爲了雙方兼顧，博得一般的接受起見，決定半文半俗，但是又要「文而易解」，「俗而不野」。

第二十五點：本人播講宗教之理論外含有文化性質，從中研究探討眞理。

第二十六點：本人播講負擔責任很大，一字一句都要加以考慮，無論對於教內教外人士或者對己對他各方面都要小心。

第二十七點：仁者見仁，智者見智，所以本人的講詞各方兼顧，絕不願意使任何一人不滿意。

第二十八點：三年來除因事或停電耽擱外，還算長時期的播講，尚得社會人士一般的好評，感謝。憑著真主的洪恩沒有多大的錯誤，尚望各界朋友的特予指正。

第二十九點：本人效勉駑力，堅決意志，願為伊斯蘭而努力！願為中華民族精誠團結而努力！願為世界人類和平、幸福而努力！！！

在這許多小冊子還沒有和諸君見面以前，本人先做個簡單的介紹，請求大家鼎力支助，以便完成。這是本人百二十分熱烈盼望的。

離開本題，另外還有幾句話，要在這裡給諸君談一談：

回教目前有兩件大事應該努力。

第一個重要事件，就是要對外擴大宣傳教義——因為伊斯蘭教教義是前進的，不是保守的。是拯救全人類的，至於我們應該取怎樣的方法，那就需要隨機應變活動運用了，像講演、譯經、寫作、研究……

第二個重要事件，就是對內解決回胞的生活，像教育、職業、醫藥、婚姻、喪葬以及風俗的改善……這些問題本人打算要到各清真寺裏去講，並且也同樣提出許多意見，寫出許多單行本，檢討過去的錯誤，對照現代的情勢提出改進的意見。在能夠做到的範圍內希望實現。祈求真主襄助！

（舍目斯・迪尼・旭・優素福整理）

原載《伊斯蘭文化研究》2008 年第 3 期

致　謝

　　本書在構思、寫作的過程中，得到了以下同學、老師和朋友的無私幫助：

　　我的三位碩士生朱麗麗、吳春威和宋麗瓊爲這部書稿做了大量的基礎性工作。她們於 2008 年秋季入校，並隨我研習《中國廣播電視史研究》課程。在上課討論時，我希望有同學能把當時極爲薄弱的宗教廣播史研究做起來。於是朱麗麗和吳春威主動請纓，一個承擔了基督教廣播的任務，另一個立志從事于佛教廣播研究。之後是艱苦的資料搜集與整理工作。第二年，我們一起順利申請到了教育部基金課題《中國宗教廣播史研究》。兩位女生則剋服了重重困難，在北京大學圖書館和國家圖書館奮戰數月，最後分別以 7 萬字和 4 萬字的稿件，圓滿完成了碩士學位論文答辯，也爲本書的基督教與佛教廣播部分打下了堅實基礎。與此同時，我又廣泛搜集伊斯蘭教、天主教和道教廣播（目前發現的還極少，因此在本書中並未收入）的相關資料，並對前兩位同學遺漏的基督教與佛教文獻進行了梳理和分析，打印出十幾本厚厚的文獻資料，交付給宋麗瓊同學，並請她補充香港、澳門和臺灣的相關資料。經過一年左右的時間，她也圓滿完成了這一任務。因此，這本書與其說是我的個人專著，不如說是以我爲主、師徒四人合力完成的作品。沒有她們的前期付出，就沒有這部書稿的面世。

　　在她們之後入校的劉陽、時曉冉、王杰、田榮娟、段然還有張立雷，都爲本課題搜集過一些資料。感謝上天，讓我做了一名教師。年復一年的備課、上課和科研工作之所以從不讓人感到疲累和厭倦，就是因爲有這些年輕學子的助力和接力。

　　我的導師趙玉明教授對本書提出了許多寶貴意見。趙老師是中國廣播史

研究領域的權威，也是我的學術領路人。從 1999 年入師門攻讀博士，至今他依然關心著我的每一步成長。他支持我撰寫宗教廣播史的計劃，且提出了極為中肯的建議。每每發現此類文章或書籍時，趙老師總是細心地為我收集起來。寫作過程中每遇不解的難題，也總能在趙老師那裡找到答案。師恩如山，學生沒齒不忘。

感謝西安伊斯蘭文化研究會秘書長、《伊斯蘭文化研究》執行主編蕭希洵先生為我提供了民國時期丁麟祥先生的《三年來擔任伊斯蘭教講座的意義》稿件。

還要感謝臺灣花木蘭出版社的楊嘉樂女士和高小娟女士。沒有你們的鼓勵和寬容，這部書稿的交付日期可能還要無限期地拖下去。

有人說，電影是遺憾的藝術。寫作何嘗不是！本書雖已交付出版，但自知不足與缺憾尚多；假以更多時日，書稿或將更加完善。但限於個人學識及目前狀況，對中國宗教廣播史的研究就只好暫告一段落。還望海內外方家不吝賜教，以便今後修訂時加以完善。

艾紅紅　2014 年 5 月 20 日於北京